SCIENCE FICTION

Herausgegeben
von Wolfgang Jeschke

Ein Verzeichnis weiterer Bände dieser Serie
finden Sie am Schluß des Bandes.

PETER DAVID

EINE LEKTION IN LIEBE

Raumschiff ›Enterprise‹
Die nächste Generation

Deutsche Erstausgabe

WILHELM HEYNE VERLAG
MÜNCHEN

HEYNE SCIENCE FICTION & FANTASY
Band 0605077

Titel der amerikanischen Originalausgabe
Q-IN-LAW
Deutsche Übersetzung von Andreas Brandhorst

Redaktion: Rainer Michael Rahn
Copyright © 1991 by Paramount Pictures Corporation
Die Originalausgabe erschien bei POCKET BOOKS,
a division of Simon & Schuster, New York
Copyright © 1994 der deutschen Ausgabe und der Übersetzung
by Wilhelm Heyne Verlag GmbH & Co. KG, München
Printed in Germany 1994
Umschlagbild: Pocket Books/Simon & Schuster, New York
Umschlaggestaltung: Atelier Ingrid Schütz, München
Technische Betreuung: Manfred Spinola
Satz: Schaber Satz- und Datentechnik, Wels
Druck und Bindung: Ebner Ulm

ISBN 3-453-07241-3

Gene Roddenberry gewidmet:
Er hat uns den Weg gezeigt.

Und auch für Gene L. Coon —
wirklich schade,
daß er uns nicht begleiten konnte.

Historische Anmerkung

Eine Lektion in Liebe findet etwa drei Monate
vor den Ereignissen in ›Ménage à Troi‹
und ein ganzes Stück vor ›Q-pid‹ statt.

KAPITEL 1

Kerin atmete langsam aus und versuchte, sich zu beruhigen, aber das Herz pochte ihm nach wie vor bis zum Hals empor. Um ihn herum hingen Sterne in der Schwärze — jene Sterne, die von Anfang an Teil seiner täglichen Existenz gewesen waren. Er hatte folgendes gehört: Wenn man auf der Oberfläche eines Planeten stand, so funkelten die Sterne aufgrund atmosphärischer Verzerrungen. Solche Erfahrungen blieben ihm fremd: Während seines achtzehn Jahre langen Lebens hatte er nie einen Planeten besucht.

Derzeit galten seine Gedanken weder den Sternen noch ihren Trabanten. Statt dessen konzentrierte er sich auf das große Mutterschiff der Graziunas, das vor ihm durchs All glitt. Es war dunkelblau und rechteckig; an vielen Stellen ragten dornartige Gebilde aus der zentralen Masse. Ein Schwarm aus Insekten schien den großen Raumer zu umgeben: kleine Jäger, geflogen von einem oder auch zwei Piloten. Sie patrouillierten ständig, hielten immerzu nach potentiellen Feinden Ausschau.

Ganz deutlich sah Kerin die Öffnung des großen Hangars am Heck des Mutterschiffes. Und selbst wenn er nicht in der Lage gewesen wäre, jenen Bereich zu erkennen: Die Instrumente zeigten ihm den Weg. Der junge Mann warf einen nur flüchtigen Blick auf die Anzeigen. Er kannte sein persönliches Shuttle in- und auswendig — sein Vater hatte es ihm zum zwölften Geburtstag geschenkt. Kerin erinnerte sich an prickelnde Aufregung, als er es zum erstenmal betreten, mit den

Fingerkuppen die Konsolen und den Kommandosessel — *seinen* Kommandosessel — berührt hatte.

Einige Sekunden lang betrachtete er sein Spiegelbild im Panoramafenster, und einmal mehr erstaunte es ihn, wie sehr er inzwischen seinem Vater ähnelte. Er hatte den für alle Angehörigen des Hauses Nistral typischen spitzen Haaransatz, und hinzu kamen große und ausdrucksvolle dunkle Augen. Seiner Haut haftete ein silbriger, metallischer Glanz an, und das breite Kinn brachte Entschlossenheit zum Ausdruck.

Er sah zu den Indikatoren der Waffensysteme und stellte zufrieden fest, daß alle Akkumulatoren geladen waren. Auch die Triebwerk-Displays zeigten normale Werte. Vor dem Verlassen des Nistral-Mutterschiffes hatte er alles hundertmal überprüft. Nervosität und übermäßige Vorsicht brachten ihm dabei den gutmütigen Spott seiner Freunde ein. Kerin nahm ihn bereitwillig hin. Die vielen Systemkontrollen kosteten ihn einige Stunden, aber sie dienten ihm nun als Basis für die Überzeugung, daß an Bord des Shuttles alles bestens funktionierte. Deshalb konnte er seine ganze Aufmerksamkeit der Navigation widmen.

Die ersten Patrouilleneinheiten der Graziunas näherten sich. Nur zwei. Aber genug für ein Abfangmanöver.

»An das fremde Schiff«, tönte es aus dem Lautsprecher der externen Kommunikation. »Identifizieren Sie sich. Und nennen Sie Ihre Absichten.«

Kerins lange Finger verharrten kurz über den Kom-Kontrollen, bevor er eine Taste drückte. »Hier spricht Kerin vom Haus Nistral. Ich suche jeden beliebigen Ort auf. Ich lasse mir keine Vorschriften machen. Und ich nehme, was mir gefällt.«

Stille herrschte — bedeutungsvolle Stille.

»Wenn es so sein muß ...«, erklang schließlich die ernste Antwort, »dann soll es so sein.«

Botschaft übermittelt, Botschaft empfangen. Und beide Seiten wußten Bescheid.

Kerin holte tief Luft, ließ den Atem langsam entweichen und trachtete danach, sich zu beruhigen. Er versuchte, alle Gedanken daran zu verdrängen, was nun auf dem Spiel stand. Jetzt ging es darum, sich von den Reflexen leiten zu lassen, die er sich bei zahlreichen Übungen angeeignet hatte.

Er warf noch einen Blick auf die grafische Darstellung der Formation, schnallte sich an und beschleunigte jäh.

Das kleine Raumschiff sprang durchs All und raste unter den beiden Abfangjägern hinweg. Kerin ließ sein Shuttle wie einen Stein fallen, drehte ab und hielt geradewegs auf das große Mutterschiff zu.

Die Patrouilleneinheiten wendeten und verfolgten ihn. Kerin richtete den Erfassungsfokus auf sie, und seine Finger huschten über die Tasten des Navigationscomputers, führten schnell hintereinander mehrere Ausweichmanöver durch. Rechts und links gleißten energetische Entladungen, und das Shuttle erbebte mehrmals, wurde jedoch nicht getroffen. Ein dünnes Lächeln umspielte die Lippen des jungen Mannes. »Fangt mich, wenn ihr könnt«, murmelte er.

Ein Strahlblitz traf den Stabilisator auf der rechten Seite, und von einem Augenblick zum anderen geriet die Maschine ins Trudeln. Kerin brummte einen Fluch, riß das Shuttle herum und nach oben. Die beiden Abfangjäger schienen am Heck festzukleben.

Es knackte im Lautsprecher. »Das ist jetzt die letzte Warnung. Noch können Sie sich ehrenvoll zurückziehen.«

»Hinweis zur Kenntnis genommen«, erwiderte Kerin und ging auf Gegenschub.

Die Jäger sausten an ihm vorbei — und in den Ortungsfokus der Zielerfassung. Der Nistral löste die Laserkanone aus, und mehrere Energiestrahlen zuckten zu den Jägern, verdampften die Spitzen ihrer Tragflächen und damit wichtige Komponenten der Stabilisierungssysteme. Die Folge: Aus ihrer geraden Flugbahn wurde eine Spirale. Kerin schenkte ihnen keine Beachtung mehr, sah wieder zum Mutterschiff.

Weitere Patrouilleneinheiten näherten sich, aber die Zuversicht des jungen Mannes wuchs mit jeder verstreichenden Sekunde. Er begann mit einer Folge von Ausweichmanövern, die normalerweise nur für ein kleines, leichtes und besonders manövrierfähiges Kampfschiff möglich waren. Kerin hatte gehofft, daß ihm das eher unscheinbare Erscheinungsbild des Shuttles zum Vorteil gereichte — was bisher tatsächlich der Fall zu sein schien. Bewundernde Stimmen klangen aus dem Lautsprecher der externen Kommunikation — man staunte über das kleine Nistral-Shuttle. Immer wieder kam es zu energetischen Entladungen in der Nähe, aber sie alle verfehlten das Ziel.

Die Verfolger wechselten ihre Taktik und begannen mit einem Sperrfeuer, aber auch darauf war Kerin vorbereitet. Er hatte sich mit allen bei den Graziunas gebräuchlichen Strategien befaßt und Gegenmaßnahmen entwickelt. Er rief nun die entsprechenden Navigationsprogramme ab, und sein Schiff flog einen komplexen Kurs, der es durch die Barrieren aus destruktiver Energie führte.

Der Zugang des großen Hangars befand sich direkt vor dem jungen Mann, als das Shuttle plötzlich getroffen wurde. *Offenbar haben sich die Krieger der Graziunas einige neue Strategien einfallen lassen,* fuhr es Kerin durch den Sinn.

Das kleine Raumschiff schlingerte, was sich als ein Segen erwies: Dadurch bot es den Piloten der Abfangjäger ein schwerer zu treffendes Ziel. Mehrere Laserstrahlen flackerten daneben und darunter.

Kerin bemühte sich, sein Shuttle wieder unter Kontrolle zu bringen, als es dem Mutterschiff entgegentrudelte. Einige Sekunden später erreichte er die Öffnung des Hangars und passierte sie mit viel zu hoher Geschwindigkeit. Sein Blick wechselte zwischen Fenster

10

und Bildschirmen: Hier und dort deuteten schemenhafte Bewegungen auf Techniker hin, die zur Seite sprangen und versuchten, sich irgendwo in Sicherheit zu bringen. Der junge Nistral drückte hastig mehrere Tasten, um die ›Nase‹ des Shuttles nach oben zu bringen. Wenn er mit dem Bug zuerst landete, überschlug er sich wahrscheinlich — was fatale Konsequenzen haben mochte.

Das Schiff reagierte wesentlich träger als sonst, aber allmählich kam es vorn nach oben. Dann der Aufprall ... Es quietschte ohrenbetäubend laut, als der ›Bauch‹ des kleinen Raumers über den Hangarboden kratzte. Funken stoben, und ein Schrei entrang sich Kerins Kehle.

»Brich jetzt bloß nicht auseinander«, stöhnte er.

Das Shuttle rutschte und vibrierte dabei so heftig, daß der junge Mann befürchtete, die Zähne zu verlieren. Die gegenüberliegende Wand raste ihm entgegen, und er schloß die Augen — eine Kollision erschien unvermeidlich.

Das Schiff drehte sich einmal mehr um die eigene Achse und schmetterte mit dem Heck an die Rückwand des Hangars. Kerin wurde in den Sessel gepreßt und keuchte, als um ihn herum alles zitterte. Er schnappte nach Luft, und hinter seiner Stirn hallte das Kreischen von berstendem Metall wider.

Er sah durchs Fenster und stellte fest, daß sich ihm einige wild gestikulierende Graziunas näherten. Rasch streifte er die Gurte ab und eilte zur Tür.

Sie klemmte. Noch einmal schlug er auf die Öffnungstaste, aber es erfolgte keine Reaktion.

Kerin fluchte, zog seinen Blaster und schoß. Er verabscheute es, das Shuttle auf diese Weise zu beschädigen, aber er hatte keine Wahl. Innerhalb weniger Sekunden entstand ein Loch, das ihm genug Platz bot, um hindurchzuklettern.

Anschließend sprang er von Bord, veränderte die Justierung der Waffe und eilte um das Schiff herum. Hinter der Ecke begegnete er einem Wächter, der einen zornigen Schrei ausstieß und sofort angriff. Kerin blieb zumindest äußerlich gelassen — in seinem Innern sah es ganz anders aus —, hob den Blaster und drückte erneut ab. Der Strahl traf den Mann mitten auf der Brust und schleuderte ihn zurück. Schnaufend blieb er auf dem Boden liegen, und Kerin setzte über ihn hinweg, stürmte zum nächsten Ausgang. Mit einem leisen Zischen schloß sich das Schott hinter ihm, und nur einen Sekundenbruchteil später knisterten Strahlblitze über den massiven Stahl. Der Eindringling fragte sich, ob die Waffen seiner Widersacher ebenfalls auf ein niedriges Emissionsniveau justiert waren ...

Die Korridore dieses Schiffes waren groß und zeichneten sich durch viele Verzierungen aus. Blaue und orangefarbene Töne überwogen, bildeten einen starken Kontrast zu den schwarzen und silbernen Schattierungen des Hauses Nistral. Kerin sah nach rechts und links, kramte in allen Ecken seines Gedächtnisses und versuchte, sich an den Weg zu erinnern. Er hatte sich alle Einzelheiten der internen Struktur dieses Raumers eingeprägt, in der sicheren Überzeugung, sich später mühelos zu erinnern. Doch jetzt rührte sich Zweifel in ihm. Das Herz hämmerte schneller, und kurz darauf vernahm er ein anderes Pochen: Schritte, die sich rasch näherten.

Sein Instinkt sagte ihm, daß er sich nach rechts wenden mußte, und er hörte auf diese innere Stimme. Nach der ersten Entscheidung fielen die anderen leichter, und bei jeder Abzweigung ließ er einen Teil seiner Unsicherheit zurück.

Hier rechts, dort noch einmal rechts, dann links und schließlich ...

Kerin verharrte und blinzelte im hellen Licht.

Er stand nun im offenen Zugang des Großen Saals der Graziunas.

Graziunas — so hieß nicht nur das Haus, sondern auch sein Oberhaupt. Es handelte sich um einen Erbtitel.

Der gegenwärtige Graziunas war kräftig gebaut, hatte eine breite Brust und langes rotes Haar, das ein glänzendes blaues Gesicht säumte. Der Bart reichte ihm fast bis zum Schlüsselbein.

Diener und Familienmitglieder leisteten ihm Gesellschaft. Alle waren auf den Beinen und beobachteten Kerin.

Sehra, Graziunas' Tochter, hielt sich dicht an der Seite ihres Vaters. Sicher hatte sie schon vorher erfahren, daß Kerin zu ihr unterwegs war, und nun stand sie dort, wirkte fast ebenso nervös, wie sich der junge Nistral fühlte. Ihre schlanke Gestalt schien in eine Aura aus würdevoller Zurückhaltung und freudiger Erwartung gehüllt zu sein; sie ließ den Neuankömmling nicht eine Sekunde lang aus den Augen.

Graziunas trat von seinem Podium herunter und näherte sich Kerin mit langen, zielstrebigen Schritten. Der junge Mann wich nicht zurück und nahm eine kampfbereite Haltung an. Niemand gab irgendeinen Ton von sich. Das einzige Geräusch stammte von Graziunas' Stiefeln: Sie knirschten leise auf dem polierten Boden. Er trug eine Hemdbluse sowie hohe, blaue Gamaschen und einen langen Umhang, der bei jedem Schritt wogte.

Etwa anderthalb Meter vor Kerin blieb er stehen und verschränkte die Arme.

»Nun?« Die tiefe Stimme des Patriarchen klang befehlsgewohnt, aber es ließ sich auch eine gewisse Heiterkeit in ihr vernehmen.

Kerins Mund bewegte sich lautlos. In seinem Hals entstand ein dicker Kloß.

Graziunas' strenger Blick machte alles noch schlimmer. Kerin fühlte sich davon durchbohrt, und in seinem Innern erbebte etwas.

Er warf Sehra einen flehentlichen Blick zu und stellte fest, daß ihre Lippen stumme Worte formten.

Worte, die er an ihren Vater richten sollte.

»... als Bittsteller ...«, sagte er und merkte zu spät, daß er mitten im Satz begann.

»Was?« Graziunas erweckte den Anschein, als sei er bemüht, nicht schallend zu lachen. Kerin hielt das Zucken in den Mundwinkeln für ein Zeichen von Herablassung, und der in ihm brodelnde Ärger ließ ihn erneut vergessen, was er sagen sollte.

Er schloß die Augen, atmete tief durch, konzentrierte sich und hob die Lider wieder. »Ich komme als Bittsteller zu Euch«, sagte er förmlich und hoffte inständig, daß seine Stimme nicht versagte. »Und als jemand, der etwas verlangt.«

»Was verlangst du?« fragte Graziunas.

»Die Hand Eurer Tochter. Sie soll meine Gemahlin werden.«

Sehra schüttelte den Kopf, und daraufhin begriff Kerin, daß ihm ein Fehler unterlaufen war. Eigentlich spielte es keine große Rolle, aber es galt, alle Einzelheiten der Tradition zu achten. »Die Hand Eurer höchst ehrenwerten Tochter verlange ich, damit uns das Band der Ehe vereine«, fügte er hinzu.

»Und wenn ich mich weigere?« fragte Graziunas.

Kerin nahm seinen ganzen Mut zusammen. »Dann bin ich bereit, um Eure Tochter zu kämpfen. Bis zum letzten Atemzug. Bis zum letzten Funken Leben in meinem Leib. Denn Eure Tochter soll mir gehören — und ich ihr —, bis die Sterne erlöschen.«

Graziunas schlug abrupt zu, aber Kerin duckte sich rechtzeitig. Ein leises »Oh« erklang vom Publikum. Kerin reagierte sofort, holte mit ganzer Kraft zu einem Hieb aus und zielte auf das Gesicht seines Kontrahenten.

Graziunas griff nach der heranrasenden Faust und hielt sie mühelos fest.

Kerin ächzte und versuchte, die Hand mit einem Ruck zurückzuziehen, aber es war zwecklos. Die Finger des Patriarchen schlossen sich stählernen Klauen gleich um die gefangene Faust, drückten immer fester zu. Graziunas lächelte gnadenlos und wartete offenbar darauf, daß Kerin schrie.

Aber der Erbe des Hauses Nistral ließ sich nicht zu einem Schrei hinreißen, obgleich brennender Schmerz von der halb zerquetschten Hand ausging. Er biß sich auf die Lippe, um auch weiterhin still zu bleiben.

Die Zuschauer hielten nun den Atem an — sie alle fragten sich, wann der junge Mann der Pein nachgeben und Schwäche zeigen mochte.

Kerin begann zu zittern, und Blut quoll aus der zerbissenen Lippe, rann ihm übers Kinn.

Graziunas lachte, und einige Anwesende erschraken dadurch so sehr, daß sie zusammenzuckten. Er ließ die Hand los, und Kerin taumelte zurück, erlaubte sich ein erleichtertes Seufzen.

»Ihr habt Mut bewiesen, Sohn von Nistral«, sagte Graziunas. Es klang widerstrebend. »Mut und Temperament. Darüber hinaus habt Ihr die richtigen Worte gesprochen und mich herausgefordert. Es ist Euch nicht gelungen, einen Sieg zu erringen, aber zweifellos mangelt es Euch nicht an Entschlossenheit.« Er trat zurück und deutete zu Sehra. »Ich gebe Euch hiermit die Hand meiner Tochter — ihre Zustimmung vorausgesetzt.«

Kerin konnte es kaum glauben, hörte die Beifallsrufe wie aus weiter Ferne. Er lächelte und schüttelte den Arm, um die Schmerzen ganz aus der Hand zu verbannen — eine Geste, die hier und dort gutmütiges Lachen bewirkte. Der glückliche junge Mann nahm jetzt keinen Anstoß mehr daran; er dachte einzig und allein an den erzielten Erfolg.

»Bist du einverstanden?« fragte er und vergaß, daß er eigentlich die förmliche Sprache benutzen sollte.

Sehra sah über diese Verletzung des Brauchs hinweg und lächelte. »Natürlich.«

Sie trat vom Podium herunter und umarmte Kerin, woraufhin noch mehr Applaus erklang.

»Hat man einen guten Eindruck von mir gewonnen?« flüsterte ihr der junge Nistral ins Ohr.

»Ja.« Sehra strich ihm übers kurze Haar. »Ja, ich glaube schon.«

KAPITEL 2

Lieutenant Cohen saß im Gesellschaftsraum des zehnten Vorderdecks und beobachtete die vorbeigleitenden Sterne. Er hob das mit Synthehol gefüllte Glas, und der Glanz ferner Sonnen spiegelte sich in der schimmernden Flüssigkeit wider. Nach einigen Sekunden seufzte er auf eine Art und Weise, die den Rest der Welt deutlich auf seine Niedergeschlagenheit hinwies. Er war so deprimiert, daß er den verzweifelten Wunsch verspürte, *irgend jemandem* sein Herz auszuschütten. Doch gleichzeitig brachte er nicht die Kraft auf, einen Zuhörer zu wählen.

Guinan trat einige Schritte auf ihn zu — und blieb dann stehen. Sie schürzte die Lippen, und ihre Augen funkelten wie das Licht der Sterne in Cohens Glas, als sie zurückwich und den Raum durchquerte.

Sie hatte mit dem Rücken zum Eingang gestanden und daher gar nicht gesehen, daß Geordi LaForge hereingekommen war. Trotzdem spürte sie sofort seine Präsenz.

»Hallo, Geordi«, sagte sie leise.

Er sah zu ihr auf. Besser gesagt: Er neigte den Kopf und betrachtete die vom VISOR übermittelten Farbmuster. Guinans Emissionsbild unterschied sich immer ein wenig von dem anderer Personen. Eine gewisse ... Kühle schien sie zu umgeben. Als schwebte ihre Seele in einem inneren Kosmos aus Ruhe — was auch in den infraroten Ausstrahlungen ihres Körpers Ausdruck fand.

Derzeit saß LaForge allein am Tisch. Er wartete auf

O'Brien und Riker, doch er war schon jetzt in ziemlich guter Stimmung. »Guinan!« entfuhr es ihm fröhlich. »Probleme?«

Sie nickte in eine bestimmte Richtung. »Er.«

»Wer?«

»Cohen.«

Geordi sah zur anderen Seite des Gesellschaftsraums. »Cohen?«

»Ja.«

Der dunkelhäutige Mann lächelte. »Wollen wir uns auch weiterhin mit Sätzen unterhalten, die nur aus einem Wort bestehen?«

Guinan erwiderte das Lächeln. »Vielleicht.«

»Was ist mit Cohen?«

»Er scheint ein wenig down zu sein. Und da er zu Ihrer Abteilung gehört ... Möglicherweise sollten Sie mit ihm reden.«

»Fällt das nicht in Ihren Zuständigkeitsbereich?« fragte LaForge. Trotzdem stand er auf.

Die Wirtin wich zurück. »Aus irgendeinem Grund glaube ich, daß es sich um eine Männersache handelt.«

»Um eine ›Männersache‹?« wiederholte der Chefingenieur amüsiert.

»Sie wissen schon ...« Guinan hob den Arm, winkelte ihn an und deutete auf den Bizeps. »Männersachen.«

»Verstehe.« Geordi wiederholte die Geste. Fast immer gelang es Guinan auf eine recht subtile Weise, bei anderen Leuten jenes Verhalten zu bewirken, das ihren Wünschen entsprach. *Zumindest mit ihren geistigen Muskeln kann kaum jemand mithalten*, dachte LaForge.

Er ging durch den Gesellschaftsraum, und zunächst begleitete ihn die Wirtin. Doch als sie sich Cohen näherten, wandte sie sich plötzlich ab und eilte fort. Geordi hörte ein Seufzen, und es klang vertraut: Auf diese Weise hatte er selbst das eine oder andere Mal geseufzt.

»Cohen?« fragte er.

Der Mann am Tisch sah auf. »Oh, Lieutenant Commander. Hallo.«

LaForge ließ sich in einen Sessel sinken. »Nennen Sie mich Geordi. Immerhin sind wir nicht im Dienst, und hier kennen wir uns alle.«

»Geordi«, sagte Cohen unsicher.

»Und ich nenne Sie ...?«

»Cohen.«

»Oh.« LaForge zögerte kurz. »Sie sind bedrückt, nicht wahr?«

Cohen wölbte eine Braue. So geringfügige Veränderungen des Gesichtsausdrucks konnte Geordi nicht entdecken. Um Regungen zu erkennen, interpretierte er plötzliche Schwankungen beim Puls und Bewegungen des Kopfes. »Das ist Ihnen aufgefallen?« erwiderte Cohen beeindruckt. »Meine Güte! Nun, als Sie hereinkamen ... Sie nahmen dort drüben Platz, und ich dachte, Sie hätten mich überhaupt nicht bemerkt. Wie gelang es Ihnen, meine Stimmung festzustellen?«

Die wahre Antwort lautete: *Guinan wies mich darauf hin.* Aber so etwas klang nicht sonderlich beeindruckkend. »Ein spezielles Talent von mir«, sagte Geordi. »Möchten Sie über Ihr Problem reden?«

Cohen senkte den Blick. »Ich glaube nicht. Nein. Eigentlich liegt mir nichts daran, dieses Thema zu erörtern.«

»Wie Sie meinen.« Geordi stand auf.

»Ach, ich bin so deprimiert«, sagte Cohen. »Mein ganzes Leben taugt nichts.«

LaForge setzte sich wieder.

Cohen starrte stumm in sein Glas, und nach einer Weile fragte Geordi: »Was belastet Sie?«

»Das Leben im allgemeinen.«

»Ah.«

»Und Frauen.«

»Ah«, kommentierte der Chefingenieur noch einmal, diesmal mit mehr Nachdruck.

19

»Sehen Sie mich an, Geordi«, sagte Cohen. Rasch fuhr er fort: »Ich meine ... Bitte entschuldigen Sie. Es lag mir fern, Ihre Gefühle zu verletzen.«

Geordi lachte. »›Sehen‹ ist ein ganz normales Wort, Cohen.«

»Ja, ja, ich weiß. Na schön. Sehen Sie mich an. Ich habe heute Geburtstag und bin vierunddreißig geworden.«

»Herzlichen Glückwunsch!« entfuhr es LaForge. »Ich hätte mich gründlicher mit den Personaldateien ...«

Cohen winkte ab. »Schon gut. Ich bin jetzt vierunddreißig. Mein Haar wird dünner, und ich habe zugenommen — an der Taille sitzt die Uniform verdächtig stramm. Und gestern ging meine Beziehung mit Technikerin Jackson in die Brüche.«

»Jackson, hm?« Geordi überlegte kurz. »Eine hübsche junge Dame. Und Sie waren mit ihr zusammen?« Ärger erfaßte ihn — ein Ärger, der ihm selbst galt. Seit seiner Beförderung zum Chefingenieur hatte er viel zu tun und war bezüglich der an Bord kursierenden Gerüchte nicht mehr so auf dem laufenden wie früher.

»Acht Monate«, sagte Cohen traurig. »Acht Monate — für nichts. Lieber Himmel, ich vergeude mein Leben. Ich bin in die Dienste von Starfleet getreten, um Forschung zu betreiben. Aber die meiste Zeit über hänge ich im Maschinenraum fest. Nie hat man mich einer Landegruppe zugeteilt. Ich bekomme gar keine Gelegenheit, etwas Neues zu entdecken. Ich, ich, ich ... bin ein Niemand. Versuchen Sie mal, sich in meine Lage zu versetzen. Was habe ich schon?«

»Ja«, brummte Geordi, »sehen wir uns einmal an, was Sie haben. Zum Beispiel das dort.« Er deutete zum Fenster.

Cohen schüttelte verwirrt den Kopf. »Ich verstehe nicht ...«

»Die Sterne.«

»Die Sterne«, kam es kummervoll von Cohens Lippen. »Großartig. Und? Worauf wollen Sie hinaus?«

»Sie leben zwischen den Sternen, Cohen!« betonte Geordi mit unüberhörbarem Enthusiasmus. »Haben Sie vergessen, was das bedeutet? Vor einigen Jahrhunderten blickten die Menschen zu den Sternen auf, ohne die Erde verlassen und den Weltraum erreichen zu können. Ihre Vorfahren gelangten nicht einmal zum Mars, und jene Welt befindet sich praktisch nebenan. Ihre Ahnen *träumten* höchstens von einem Leben, wie Sie es führen. Und Sie nehmen alles als gegeben hin.« LaForge klopfte Cohen auf die Schulter. »Sie wissen gar nicht, was Sie haben.«

»Was habe ich?« fragte Cohen. Er wirkte noch immer skeptisch.

Geordi lehnte sich zurück und verschränkte die Arme. »Sagen Sie's mir.«

Der Mann schnitt eine Grimasse. »Das ist doch Unsinn ...«

»Gehen Sie einfach davon aus, daß ich Ihnen einen entsprechenden Befehl erteile«, sagte Geordi. Es klang noch immer freundlich.

Cohen musterte ihn und versuchte herauszufinden, ob es der Chefingenieur ernst meinte oder nicht. Vielleicht scherzte er nur, denn seine Lippen deuteten ein Schmunzeln an. »Ich soll Ihnen die positiven Aspekte meines Lebens schildern?«

»Ja.«

Cohen dachte nach. »Mir fallen keine ein.«

Geordi ließ den Atem zischend entweichen. »Zunächst einmal: Sie helfen dabei, alle Funktionen dieses Schiffes zu erhalten. Das ist eine wichtige Angelegenheit. An Bord der *Enterprise* gibt es tausend Personen, und es ist in erster Linie der Maschinenraum, der ihre Sicherheit gewährleistet. Vielleicht halten Sie Ihre routinemäßigen Pflichten für langweilig oder gar stumpfsinnig, aber Sie werden Ihnen trotzdem gerecht, und dieser Umstand macht Sie zu einem wichtigen, unverzichtbaren Angehörigen der Crew.«

21

»Ja, das stimmt«, entgegnete Cohen langsam. »Ich meine, wenn ich es aus dieser Perspektive sehe ... Man braucht mich.«

»Genau!« bestätigte Geordi.

»Außerdem bekomme ich gelegentlich Landurlaub. Und das Holo-Deck ...«

»Ja.« LaForge lächelte. »Dort können Sie jede gewünschte Umgebung simulieren. Und nur die modernsten Raumschiffe sind mit Holo-Decks ausgestattet.«

»Darüber hinaus stecke ich nicht in einer beruflichen Sackgasse«, sagte Cohen. »Ich habe keineswegs das Ende der Karriereleiter erreicht.«

»In der Tat!«

»Ich meine, schließlich bin ich kein Chefingenieur. Für einen Chefingenieur gibt's kaum Hoffnung. Er kann nicht zum Oberchefingenieur befördert werden.«

Geordi öffnete den Mund und schloß ihn wieder.

»Oh, damit will ich Ihnen keineswegs zu nahe treten«, fügte Cohen hastig hinzu.

»Ich bin Ihnen nicht böse«, erwiderte LaForge ruhig. »Aus einem gewissen Blickwinkel gesehen könnte man tatsächlich glauben, daß ich in eine ›berufliche Sackgasse‹ geraten bin, aber ich versichere Ihnen ...«

»Sie brauchen mir überhaupt nichts zu versichern«, warf Cohen ein. »Ich verstehe voll und ganz.«

»Gut.« Geordi lächelte. »Wir sprachen von Ihnen, wenn ich mich nicht irre.«

»Die positiven Aspekte meines Lebens ...« Cohen blickte aus dem Fenster. »Die Sterne erinnern mich an Jacksons Augen. Ich kenne keine Frau mit schöneren Augen. Wenn sie mich ansah, schimmerten ihre Pupillen, und ... und ... Es läßt sich nicht beschreiben. Wissen Sie, was ich meine?«

Nein. Weil ich bereits blind geboren wurde. Ich bin imstande, eine glühende Kohle aus dreißig Metern Entfernung zu erkennen, aber die Liebe in den Augen einer Frau kann ich nicht einmal dann erkennen, wenn mich nur dreißig Zentime-

ter von ihr trennen. »Ja«, log Geordi. »Ich weiß ganz genau, was Sie meinen.«

»Gegen den Haarausfall gibt's geeignete Mittel, stimmt's?« Er strich sich über den Kopf. »Und mit etwas mehr Sport werde ich die zusätzlichen Pfunde los. Eigentlich keine große Sache, oder? Man braucht nur ein wenig Selbstdisziplin.«

Ja. Deine persönlichen Probleme lassen sich relativ leicht lösen. Im Gegensatz zu meinen. Wenn ich beschließe, mich einigen Operationen zu unterziehen, die mir ›normales‹ Augenlicht zurückgeben ... Dann verliere ich das besondere Wahrnehmungsspektrum des VISORs. »Nur ein wenig Selbstdisziplin«, pflichtete er dem Mann bei.

»Mit Jackson ist zwar Schluß, aber ... Himmel, wir haben eine tolle Zeit miteinander verbracht. Sie ist eine phantastische Frau: hinreißend, intelligent und verdammt gut im Bett. Ach, existiert etwas Schöneres als eine funktionierende Beziehung, Geordi?«

Seit fast zwei Jahren bin ich allein. »Da haben Sie völlig recht.«

Cohen stand auf, und neue Zuversicht durchströmte ihn. »Wissen Sie, Geordi ... Ich gehe zum Maschinenraum und überprüfe die Systeme. Die nächste Routinekontrolle ist zwar erst in zwei Stunden fällig, aber man kann nicht vorsichtig genug sein, oder?« LaForge nickte stumm, und daraufhin fuhr er fort: »Anschließend spreche ich mit Jackson und frage sie, ob es bei dem Bruch zwischen uns bleibt. Wenn sie tatsächlich nichts mehr mit mir zu tun haben will ... Nun, es gibt viele Fische im Meer und Sterne am Himmel, nicht wahr?«

»Ja.«

Cohen straffte die Gestalt und ging. Als er den Gesellschaftsraum verließ, kam Commander William Riker herein. Der Erste Offizier nickte kurz, und Cohen salutierte fröhlich. Was Riker ziemlich überraschte: An Bord der *Enterprise* salutierte praktisch nie jemand, und außerdem schien Cohen vor Glück fast zu platzen.

Picards Stellvertreter sah zu dem Tisch, an dem Geordi normalerweise saß, aber dort zeigte sich keine Spur vom Chefingenieur. Einige Sekunden später bemerkte er ihn auf der anderen Seite. Geordi blickte aus dem Fenster, als Riker näher trat und ihm gegenüber Platz nahm. »Stimmt was nicht?« fragte er.

LaForge wandte sich ihm zu. »Ich bin so deprimiert«, sagte er.

»Soll das ein Witz sein?«

»Sehe ich vielleicht so aus, als sei mir nach Witzen zumute?«

»Äh, nein«, gestand Riker. »Wollen Sie darüber reden?«

»Ich weiß nicht, ob das ...«

Der Insignienkommunikator des Ersten Offiziers piepte, und er aktivierte das kleine Gerät. »Hier Riker.«

»Bitte kommen Sie zur Brücke«, ertönte die Stimme des Captains.

»Sofort, Sir.«

»Bringen Sie Mr. LaForge mit.«

»Ja, Sir.« Riker fragte sich nicht, woher Picard wußte, daß er dem Chefingenieur Gesellschaft leistete. Er war der Captain, und das genügte als Erklärung. »Sie haben's gehört«, sagte Will und stand auf.

»Ja.« LaForge erhob sich ebenfalls.

»Erzählen Sie mir unterwegs davon«, schlug Riker vor. »Was auch immer Sie belastet: Es gelingt mir bestimmt, Sie wieder aufzumuntern.«

»Wie Sie meinen, Sir.«

Jean-Luc Picard drehte sich um, als Riker und LaForge die Brücke betraten. Mit einem knappen Nicken bedeutete er ihnen, das Konferenzzimmer aufzusuchen. Worf schritt bereits in die entsprechende Richtung, und Riker blieb neben der Tür stehen — das Protokoll verlangte von ihm, dem Captain den Vortritt zu lassen.

Picard sah seinen Stellvertreter an, musterte dann den Chefingenieur. Ein tief in ihm verwurzelter Instinkt, der die Stimmungen seiner Offiziere betraf, teilte ihm mit: *Hier geht etwas nicht mit rechten Dingen zu*. Geordi schien recht gut gelaunt zu sein — er lächelte sogar noch fröhlicher als sonst.

Riker hingegen ...

Picard bedeutete Geordi und Worf, vor ihm einzutreten, und sie kamen der stummen Aufforderung sofort nach. Der Captain schob sich noch etwas näher an den Ersten Offizier heran und fragte leise: »Alles in Ordnung, Nummer Eins?«

»Ja«, behauptete Riker, aber es klang nicht sehr überzeugend.

»Sie wirken sehr ... nachdenklich.«

»Ich bin nur ein bißchen deprimiert, Captain. Das geht vorbei.«

Deanna Troi kam herein. »Bitte entschuldigen Sie die Verspätung, Captain. Meine übrigen Pflichten ...«

»Es ist durchaus in Ordnung, daß Sie Beratungsgespräche nicht einfach unterbrechen, wenn es sich vermeiden läßt«, sagte Picard.

Die Betazoidin nickte dankbar. »Es freut mich, daß Sie meine Situation verstehen, Captain.«

»Der Körper des Schiffes braucht Herz und Verstand der Besatzung«, ließ sich Picard vernehmen.

»Wenn Sie mir diese Bemerkung gestatten, Sir: Sie erwecken heute einen sehr zufriedenen Eindruck«, entgegnete Troi. Man brauchte keine empathischen Fähigkeiten, um zu einem solchen Schluß zu gelangen — Picards Lächeln reichte fast vom einen Ohr bis zum anderen.

»Den Grund dafür werden Sie gleich erfahren, Counselor.«

Der Captain passierte die Tür des Konferenzzimmers, und Riker wollte ihm folgen, als er Deannas Hand an seinem Arm spürte.

25

»Ist alles in Ordnung?« fragte Troi.

»Ich möchte nicht darüber reden«, erwiderte er so scharf, daß die Frau unwillkürlich einen Schritt zurückwich.

»Du scheinst deprimiert zu sein«, sagte Deanna so leise, daß nur Will sie hörte.

»Ich bin *nicht* deprimiert«, entgegnete Riker kategorisch und stapfte in den Besprechungsraum.

Troi seufzte innerlich. Alles deutete darauf hin, daß ihr ein langer Tag bevorstand.

Geordi reichte Riker eine Tasse Kaffee, griff nach der eigenen und nahm einige Sessel vom Ersten Offizier entfernt Platz. Der durchdringende Blick des stellvertretenden Kommandanten vermittelte folgende Botschaft: *Es ging mir gut — bis ich mit Ihnen gesprochen habe.* Zumindest glaubte LaForge, einen solchen Vorwurf in Rikers Gesicht zu sehen. Vielleicht hätte er sich deshalb schuldig gefühlt — wenn er derzeit nicht so froh und glücklich gewesen wäre.

»Meine Damen und Herren ...«, sagte Picard, und sein Blick glitt über die Mienen der am Tisch sitzenden Offiziere: Dr. Crusher, Troi, Riker, LaForge, Data und Worf. »Wir veranstalten eine Hochzeit, und an den Feierlichkeiten nehmen sehr wichtige Personen teil.«

»Eine Hochzeit?« wiederholte Troi. »Das ist wundervoll!«

»Womit haben wir's zu tun?« fragte Worf. Seine Verdrießlichkeit bildete einen auffallenden Kontrast zum Entzücken der Counselor. Eine große Anzahl von Fremden an Bord der *Enterprise* brachte viele Sicherheitsprobleme mit sich. Wenn die Besucher auch noch aus aggressiveren Mitgliedsvölkern der Föderation stammten, so konnte sich daraus ein logistischer Alptraum ergeben.

»Es handelt sich um eine Tizarin-Heirat«, antwortete Picard. »Unter normalen Umständen wäre das kaum etwas Besonderes. Aber in diesem Fall sorgt die Ehe für eine Verbindung der beiden Häuser Nistral und Graziunas.«

»Würde mir bitte jemand erklären, von wem wir hier eigentlich reden?« warf Geordi ein. »Ich habe noch nie etwas von den Tizarin und ihren ›Häusern‹ gehört.«

Einige Sekunden lang herrschte Stille.

Picard richtete einen überraschten Blick auf Data. »Jetzt sind Sie dran.«

»Ich habe mir vorgenommen, bei der Präsentation von Informationen mehr Zurückhaltung zu üben«, sagte der Androide mit der blassen, goldgelben Haut. Seine Stimme klang fast monoton. »Inzwischen ist mir klar, daß eine lange und unerbetene Auflistung von Fakten in gewissen Situationen zermürbend wirken kann.«

»Ich beglückwünsche Sie zu dieser Erkenntnis«, meinte Geordi.

»In diesem Zusammenhang möchte ich eine inzwischen siebenunddreißig Jahre alte Doktorarbeit erwähnen, die sich auf ein interessantes Experiment bezieht: Eine aus Angehörigen von vier verschiedenen Völkern bestehende Testgruppe wurde sechsundzwanzig Stunden lang kontinuierlichem sensorischen Input ausgesetzt, der ...«

»Data ...«, sagte Picard ruhig. »Die Tizarin.«

»Oh. Ja.« Der Androide fuhr so fort, als sei er überhaupt nicht unterbrochen worden. »Die Tizarin sind raumfahrende Händler, vergleichbar mit den terranischen Zigeunern. Ihr Heimatplanet — falls einer existiert — ist unbekannt. Tizarin-Schiffe sind praktisch überall in der Galaxis unterwegs, und der Handelsaustausch betrifft alle der Föderation bekannten Völker. Es gibt nur eine Ausnahme: die Ferengi.«

»Wieso?« fragte Troi.

»Die Tizarin bieten ihre Waren zu geringeren Preisen an, und bei Verträgen denken sie nicht nur an den eigenen Vorteil«, erläuterte Data. »Nach Ansicht der Ferengi ist ein solches Gebaren ›schlecht fürs Geschäft‹.«

»Kann ich mir denken«, knurrte Worf und versuchte nicht, seinen Abscheu den Ferengi gegenüber zu verbergen.

»Für gewöhnlich sind die Tizarin in Gruppen unterwegs, die aus zwei oder mehr Häusern bestehen«, sagte der Androide: »Auf diese Weise können sie sich gegenseitig Schutz gewähren. Die beiden vom Captain erwähnten Familien — die Nistral und Graziunas — gehören zu den ältesten, reichsten und mächtigsten. Seit vielen Jahren prägt Rivalität die Beziehungen zwischen ihnen, aber die Geschäfte gingen gut, und Verantwortungsbewußtsein hat verhindert, daß aus der Rivalität Feindseligkeit wurde.«

Picard räusperte sich. »Und jetzt bahnt sich eine vielversprechende Entwicklung an. Der Sohn des Nistral-Oberhaupts hat sich in die Tochter des Graziunas-Oberhaupts verliebt und um ihre Hand angehalten.«

»Oh!« Beverly Crusher lächelte. »So wie bei *Romeo und Julia*.«

»Ich nehme an, Sie beziehen sich auf das bekannte Werk von William Shakespeare«, sagte Data. »Es geht dabei um Vernachlässigung durch die Eltern und jugendlichen Selbstmord.«

»Es steckt noch weitaus mehr dahinter.« Picard bemühte sich, seinen Ärger zu unterdrücken. Er war ein Bewunderer von Shakespeare, und es gefiel ihm nicht, daß jemand eins seiner Dramen auf so banale Weise beschrieb. »Das Werk enthält einige der berühmtesten romantischen Passagen in der ganzen Literaturgeschichte. In meiner Jugend habe ich mich einer Schauspielgruppe angeschlossen, die Stücke von Shakespeare inszenierte. Auch an der Aufführung von *Romeo und Julia* nahm ich teil.«

»Das wußte ich gar nicht, Captain«, staunte Crusher. »Sind Sie damals in die Rolle des Romeo geschlüpft?«

»Nein.« Picard schien nun zu bedauern, dieses Thema angeschnitten zu haben.

»Waren Sie vielleicht Mercutio?« spekulierte Geordi. »Oder einer der beiden Väter?«

»Nein.«

»Der Priester?« fragte Troi.

»Nein, Pater Lorenzo wurde von jemand anders gespielt. Nun, was die Tizarin betrifft ...«

»In welcher Rolle *sind* Sie damals aufgetreten?« erkundigte sich Riker.

Der Captain seufzte. »Ich habe die Amme gespielt.«

»Julias Amme?« vergewisserte sich Crusher ungläubig.

»Es war eine gute Rolle«, betonte Picard.

»Und bestimmt haben Sie sie ausgezeichnet gespielt, Captain«, erwiderte die Ärztin.

»Bei den ursprünglichen Aufführungen wurden Frauen immer von Männern dargestellt«, sagte Picard würdevoll. »Wenn Sie mir jetzt gestatten, auf die Tizarin zurückzukommen ... In diesem Fall sind die beiden Häuser nicht miteinander verfeindet. Trotz der Rivalität zwischen den Familien bietet die Liebe der jungen Leute keinen Anlaß für gegenseitige Anklagen, Verleumdungen oder gar gewaltsame Auseinandersetzungen. Alles geht sehr zivilisiert zu.

Bei den Tizarin muß eine spezielle Zeremonie beachtet werden, wenn das Mitglied eines Hauses jemanden aus einem anderen Haus heiraten möchte. Der junge Mann hat diesen Test bestanden. Woraus folgt, Mr. Data: Unser Szenario kommt im Gegensatz zu Shakespeares Tragödie ohne pflichtvergessene Eltern und den Selbstmord von Jugendlichen aus.«

Picard legte eine kurze Pause ein. »Was den für uns wichtigen Punkt betrifft: Da zwei Häuser miteinander verbunden werden, verlangte die Tradition, daß die Ehegelöbnisse vor einer dritten Partei abgelegt werden. Nun, die Tizarin sind ein wichtiges Mitglied der Föderation, und als zwischen den Sternen lebende Händler begegnen sie Raumschiffen mit mehr als nur dem üblichen Respekt. Deshalb haben sie darum gebeten, die Hochzeit an Bord des besten Starfleet-Schiffes stattfinden zu lassen. Starfleet Command hat sich für die *Enterprise* entschieden, und das bedeutet: Als Captain werde ich die Trauung vollziehen.«

»Herzlichen Glückwunsch.«

»Danke, Nummer Eins. Diese Sache gehört zu den angenehmeren Aufgaben des Captains — obgleich Raumschiff-Kommandanten nur selten Gelegenheit erhalten, derartige Pflichten wahrzunehmen. Unser Treffen mit den Häusern Nistral und Graziunas findet in zweiundsiebzig Stunden statt. Des weiteren erwarten wir Delegationen von Völkern, die zu den bedeutendsten Kunden der Tizarin zählen. Irgendwelche Vorschläge für den Ort der Zeremonie?«

»Das Holo-Deck wäre ideal«, sagte Riker. »Dort können wir die Umgebung ganz nach den Wünschen der Gäste gestalten.«

»Besser als der Hangar oder eine Frachtkammer«, fügte Geordi hinzu.

»In Ordnung.« Picard nickte. »Mr. Data, befassen Sie sich mit der Tizarin-Geschichte und bereiten Sie mehrere alternative Ambienten für unsere Gäste vor.«

»Ich benötige eine detaillierte Liste aller Besucher und außerdem Hinweise auf denkbare Sicherheitsrisiken«, knurrte Worf.

»Starfleet hat mir versprochen, daß wir eine solche Liste möglichst schnell bekommen«, erwiderte Picard.

»Betazed treibt viel Handel mit den Tizarin«, sagte Deanna. »Die einzelnen Häuser ziehen nichtaggressive Völker als Geschäftspartner vor, Worf — ich glaube, Sie brauchen sich keine Sorgen zu machen.«

»*Sie* können es sich leisten, unbesorgt zu sein, Counselor«, entgegnete der Klingone. »Weil ich mich um die Sicherheit an Bord dieses Schiffes kümmere.«

»Und dabei werden Sie jede erforderliche Hilfe bekommen«, versicherte ihm Picard. Er runzelte die Stirn. »Gibt es sonst noch etwas?«

Worf verzog andeutungsweise das Gesicht. »Ist es unbedingt notwendig, die *Enterprise* in eine Mischung aus Hotel und Restaurant zu verwandeln?«

»Bei unserer Mission geht es darum, die interstellare Harmonie zu fördern«, antwortete Picard. »Sie können ganz beruhigt sein, Mr. Worf: Die *Enterprise* ist in erster Linie ein Forschungsschiff. Gastronomischer Service gehört *nicht* zu unseren Aufgaben.«

Der Insignienkommunikator des Captains piepte, und er aktivierte das Gerät, indem er kurz darauf klopfte. »Hier Picard.«

»Hier Guinan. Ich habe inzwischen eine Liste von Vorspeisen zusammengestellt.«

Picard fühlte den finsteren Blick des klingonischen Sicherheitsoffiziers auf sich ruhen.

»Die kleinen Hot dogs sind besonders lecker«, sagte Crusher.

»Ja, sie haben mir immer gut geschmeckt«, meinte Deanna Troi.

Worf brummte.

»Später«, sagte Picard.

KAPITEL 3

Möchten Sie darüber sprechen, Nummer Eins?«

Riker neigte den Kopf zur Seite und sah den Captain fragend an. Jetzt wußte er, warum ihn Picard gebeten hatte, nach der Besprechung im Konferenzzimmer zu bleiben und nicht wie die anderen Offiziere zur Brücke zurückzukehren. »Was meinen Sie mit ›darüber‹, Sir?«

»Sie wirken weitaus in sich gekehrter als sonst«, sagte Jean-Luc und lehnte sich zurück.

Riker winkte. »Es ist nichts weiter, Sir.«

»Ich könnte Ihnen befehlen, sich an Counselor Troi zu wenden.« Picard dehnte die letzten Worte und beobachtete Rikers Reaktion — sie überraschte ihn nicht. »Ich schätze, zwischen Deanna und Ihrem Problem gibt es einen direkten Zusammenhang, oder?«

Der Erste Offizier seufzte. »Es liegt daran, daß ich versucht habe, Geordi aufzumuntern.«

»Mr. LaForge steckt in Schwierigkeiten?« Picard lächelte schief. »Nun, mit einer solchen Entwicklung hätte ich eigentlich rechnen sollen.«

»Tatsächlich, Sir?«

»Im All läuft man Gefahr, bestimmte Dinge aus den Augen zu verlieren, Commander«, sagte Picard nicht ohne eine gewisse Erheiterung. »Aber es gibt auch andere, die von Bestand bleiben, ganz gleich, wo wir sind. Wissen Sie, welche Jahreszeit in der nördlichen Hemisphäre eines Planeten namens Erde beginnt?«

Falten bildeten sich in Rikers Stirn. »Ich bin mir nicht sicher ...«

»Der Frühling, Nummer Eins.« Picard vollführte eine ausladende Geste, die einem imaginären Publikum zu gelten schien. Er sprach jetzt lauter, und seine Stimme hallte von den Wänden wider. »Der Frühling hat zur Folge, daß sich die Gedanken eines jungen Mannes der Liebe zuwenden, um Tennyson zu zitieren.«

»Ich weiß nicht, ob das der Grund ist, Sir.«

»Was kommt sonst in Frage? Sind Sie mit Ihrer derzeitigen Position in Starfleet unzufrieden?«

»Ganz und gar nicht, Sir«, erwiderte Riker mit absoluter Gewißheit. »Ich hätte kein besseres Schiff und keinen besseren Kommandanten finden können. Und ich habe mein Leben der Flotte gewidmet, ohne einen Hauch Reue.«

Irgend etwas schien in der Luft zu hängen und darauf zu warten, in Worte gefaßt zu werden. »Aber...?« fragte Picard.

Riker senkte den Kopf und schien plötzlich großes Interesse an seinen Stiefeln zu entwickeln. »Sie wissen sicher, daß es zwischen Counselor Troi und mir eine Beziehung gab, bevor wir uns an Bord der *Enterprise* wiedersahen.«

Ich hätte es selbst dann bemerkt, wenn ich taub, stumm und blind wäre, dachte der Captain. Laut sagte er schlicht: »Ja, ich weiß.«

»Als wir beschlossen, unsere Beziehung nicht in eine bestimmte Richtung fortzusetzen...« Riker zögerte kurz. »Dadurch kam es zu einem Wendepunkt in meinem Leben. Manchmal führt der Lebensweg zu einer Abzweigung, und dann muß man sich für einen Pfad entscheiden. Der andere...«

»Der nicht beschrittene Weg«, sagte Picard. »Für gewöhnlich läßt man ihn hinter sich zurück.«

»Sie verstehen das Problem«, stellte Riker fest.

»Natürlich. Deanna Troi erinnert Sie ständig an die damals getroffene Entscheidung, an jenen anderen Pfad, von dem Sie nicht wissen, wohin er führt. Die

33

Counselor ist eine Art wandelndes Fragezeichen für Sie. Empfinden Sie das als Belastung?«

»Nun, nicht unbedingt als Belastung. Deannas Spezialität besteht darin, andere Personen von Kummer und dergleichen zu befreien. Außerdem ist sie eine gute Freundin. Trotzdem fühle ich manchmal so etwas wie ...«

»Melancholie und Wehmut?« beendete Picard den Satz.

»Wenn es auf der Erde Frühling wird«, gestand Riker.

»Ihre Situation bietet eine einzigartige Gelegenheit«, meinte Picard. »Jeder von uns blickt einmal zurück und fragt sich: Was wäre geschehen, wenn ...? Aber Counselor Troi gehört zur Crew dieses Schiffes, Nummer Eins. Bei vielen anderen Personen besteht die eine oder andere verlorene Liebe nur noch in Form von Erinnerungen, doch bei Ihnen hat sie konkrete Substanz. Mit anderen Worten: Sie haben die Chance, zum unbeschrittenen Pfad zurückzukehren und seinem Verlauf zu folgen.«

Riker nickte langsam, und der Schatten in seinen Zügen verflüchtigte sich, wich dem üblichen Lächeln. »Dieser Blickwinkel ist mir neu. Natürlich liegt ihm die Annahme zugrunde, daß Deanna meine Empfindungen teilt, wenn ich bereit bin.«

»In dieser Hinsicht kann ich Ihnen nicht helfen, Nummer Eins. Bei der Liebe — wie auch bei allen anderen Dingen — kommt es vor allem darauf an, den richtigen Zeitpunkt zu finden. Nehmen Sie diesen Hinweis von jemandem entgegen, der in bezug auf das schöne Geschlecht viele Erfahrungen gesammelt hat.«

»Haben Sie in diesem Zusammenhang jemals etwas bereut, Captain?« erkundigte sich Riker.

In Picards Mundwinkeln zuckte es. »Ja — meine Entscheidung, die Rolle der verdammten Amme zu spielen.«

»Oh.«

»Die Impulsivität — und auch die Dummheit — der Jugend. Damals standen nicht genug männliche Schauspieler zur Verfügung, und deshalb mußte eine junge Frau den Part der Julia übernehmen. Ach, sie war wunderhübsch: groß, langes blondes Haar, wie Seide, blaue Augen, eine schmale Taille ... Ich hätte meinen rechten Arm gegeben, um in ihrer Nähe zu sein. Den Romeo spielte ein geradezu widerwärtig heldenhaft aussehender Bursche, und nur die Amme ermöglichte mir einige gemeinsame Auftritte mit der Angebeteten.«

»Was geschah?«

»Nun, Julia entschied sich für den Helden.« Picard schüttelte den Kopf. »Hatte keinen Funken Verstand im Kopf. Aber sie bot einen prächtigen Anblick, Nummer Eins. Ich werde sie nie vergessen.«

»Wie hieß sie?«

»Linda ...« Der Captain starrte ins Leere. »Oder vielleicht Lisa? Lisa ... Soundso. Himmel! Vier Wochen lang, bei den Vorführungen und Proben, schwitzte ich in einem Ammen-Kostüm, für ein Mädchen, an dessen Namen ich mich nicht mehr erinnere.«

»Ich fürchte, jetzt drohen *Ihnen* Depressionen.«

Picard schüttelte einmal mehr den Kopf und lächelte. »Nein, Nummer Eins. Ich habe schon vor langer Zeit Frieden mit den unbeschrittenen Wegen meines Lebens geschlossen. Was den Namen jener jungen Dame betrifft ... Zweifellos nehmen wichtigere Informationen seinen Platz in meinen grauen Zellen ein. Ob Frühling oder nicht, Will: Ich brauche keine Niedergeschlagenheit zu fürchten.«

Picards Insignienkommunikator summte, und er aktivierte ihn. »Ja?«

»Captain ...«, ertönte Worfs schallende Stimme. »Starfleet hat uns die erste Liste übermittelt. Sie betrifft die Gäste, die an den ... Feierlichkeiten teilnehmen.« Es klang fast so, als liefe der Klingone Gefahr, an den letzten Worten zu ersticken. »In einer Stunde lege ich sie

35

Ihnen zusammen mit meinen Empfehlungen und Sicherheitserwägungen vor, aber vielleicht möchten Sie sich schon jetzt mit den Daten befassen.«

»Ja, das möchte ich tatsächlich, Mr. Worf.«

Picard drehte den Sessel und sah zum Computerschirm. Die Namen von Botschaftern sowie Bilder und Infos über die jeweiligen Heimatplaneten wanderten durchs Projektionsfeld. Der Captain warf einen kurzen Blick darauf und nickte. »Ich habe ein gutes Gefühl bei dieser Angelegenheit, Nummer Eins. Eine solche Feier erinnert uns daran, daß positive Gefühle wie Liebe zu den Konstanten in der Galaxis gehören.«

Riker lächelte. »Eins steht fest, Sir: Ich habe Sie schon seit langer Zeit nicht mehr so zufrieden gesehen.«

»Die Besatzung hat eine Menge hinter sich, Commander. Wir können ein wenig Ablenkung gebrauchen.« Jean-Luc sah auch weiterhin zum Schirm, als er hinzufügte: »Ihre Stimmung scheint jetzt etwas besser zu sein als vorher.«

»Sie gäben einen guten Counselor ab, Captain. Mit Ihnen zu reden ...«

Er unterbrach sich, als er sah, wie Picard erbleichte. »Was ist los?«

»O nein«, stöhnte Jean-Luc.

»Captain ...?«

Riker konnte das Projektionsfeld nicht sehen, als Picard murmelte: »Tochter des fünften Hauses ...«

»Des fünften Hauses?« wiederholte der Erste Offizier verwirrt. Dann begann er zu verstehen. »Des fünften Hauses von ... Betazed?«

»Hüterin des Heiligen Kelchs von Riix«, fuhr Picard fort. Er erweckte den Anschein, vom Schirm zu lesen, aber in Wirklichkeit zitierte er aus dem Gedächtnis.

»Erbin der Heiligen Ringe von Betazed«, intonierte Riker. »Soll das heißen ...?«

»Offenbar hat die Mutter Ihres unbeschrittenen Wegs die Absicht, uns einen Besuch abzustatten«, seufzte Pi-

36

card. »Lwaxana Troi ist beauftragt, Betazed zu repräsentieren, wenn an Bord der *Enterprise* die beiden Tizarin-Familien Nistral und Graziunas durch eine Hochzeit miteinander verbunden werden.«

»Lassen die Betazoiden jemals eine Chance ungenutzt, Lwaxana ins All zu schicken?«

Picard sah ihn an. »Versetzen Sie sich in ihre Lage...«

»Ist alles in Ordnung mit Ihnen, Captain?«

»Ich habe Kopfschmerzen, Nummer Eins«, sagte Picard müde und rieb sich den Nasenrücken. »Gott steh uns bei, wenn Lwaxana Troi noch immer in Phase ist.«

»Ja, Sir. Kann ich Ihnen etwas besorgen?«

Picard wandte sich dem Synthetisierer zu. »Tee, Earl Grey. Heiß.« Wenige Sekunden später öffnete sich das Ausgabefach, und eine dampfende Tasse erschien darin. »Übernehmen Sie das Kommando, Nummer Eins. Ich bin einige Minuten lang indisponiert.«

»Ja, Sir.« Riker stand auf. Er fühlte wieder Zuversicht und innere Ruhe — im Gegensatz zum Captain. »Wenn Sie darüber sprechen möchten...«

Picard warf ihm einen kurzen und recht bedeutungsvollen Blick zu.

Der Erste Offizier drehte sich um und verließ den Bereitschaftsraum.

Als er die Brücke betrat, blickte Geordi von den Anzeigen der technischen Sektion auf — der Chefingenieur überprüfte die Systeme, und anschließend wollte er zum Maschinenraum zurückkehren. Riker wirkte jetzt entspannter und munterer als vorher. Hinter ihm schloß sich die Tür, ohne daß Picard in den Kontrollraum zurückkehrte.

LaForge runzelte die Stirn und näherte sich Riker, der im Kommandosessel Platz nahm. »Was ist mit dem Captain?«

»Er fühlt sich derzeit nicht ganz wohl«, entgegnete Riker in einem unverbindlichen Tonfall.

37

Argwohn erwachte in Geordi. »Leidet er zufälligerweise an einem plötzlichen Anfall von Niedergeschlagenheit?«

»In gewisser Weise«, räumte Riker ein.

Geordi musterte den Ersten Offizier. »Versuchen Sie
bloß nicht, mir das anzuhängen«, sagte er und machte
sich auf den Weg zum Maschinenraum.

Wesley hinkte in die Krankenstation, als seine Mutter
aus dem Büro kam. Sie sah ihrem Sohn mit einer Mischung aus Ärger und Sorge entgegen, versuchte dabei,
die strenge Würde des Ersten Medo-Offiziers zu wahren — ganz offensichtlich hatte sie es mit einem Besatzungsmitglied zu tun, das seine Verletzungen unnötigen Risiken verdankte. Gleichzeitig spürte sie, wie der
Mutterinstinkt in ihr erwachte, und sie mußte der Ver-
suchung widerstehen, Wes zu ... bemuttern.

Das Erscheinungsbild des Jungen ließ gewisse
Schlüsse zu. Er stützte sich an einem Bett ab und stand
in einer Ski-Kombination vor Beverly. Die Ski-Stöcke
fehlten jetzt, da sie vom Holo-Deck zur Verfügung gestellt wurden. Sie waren eine Simulation, im Gegensatz
zu ...

»Ich glaube, ich habe mir den Fuß verstaucht«, sagte
Wes kleinlaut. »Bin am Hang gestürzt.«

»Wesley ...« Beverly seufzte und holte die Instrumente, während ihr Sohn auf der Diagnoseliege Platz
nahm.

Er rollte mit den Augen — diesen Tonfall kannte er zu
gut. »Bitte, Mom. Verschone mich mit der Du-solltest-
vorsichtiger-sein-Predigt. Ich bin kein Kind mehr.«

»Dann hör auf, dich wie ein Kind zu verhalten.« Sie
klopfte ihm kurz auf die Schulter und hielt einen kleinen Scanner über den verletzten Fuß. »Warum die Ab-
fahrt am Hang?«

»Oh, einfach nur so.«

»Heraus damit.«

Diesmal seufzte der Junge. »Na schön. Ich habe ein wenig angegeben.«

»Und wen wolltest du beeindrucken?« Beverly hielt die Erheiterung aus ihrer Stimme fern.

»Du kennst sie nicht.«

»*Sollte* ich sie kennen?«

»Das ist wahrscheinlich nicht nötig.« Wesley seufzte erneut. »Ich bin kopfüber in eine Schneewehe gefallen. Arme und Beine ragten daraus vor — es muß schrecklich ausgesehen haben.«

»Kann ich mir vorstellen.« Die Ärztin griff nach einem anderen Gerät und schaltete es ein. Ein leises Summen erklang, und Wes spürte, wie eine entspannende Wirkung von den Ultraschallimpulsen ausging.

Er seufzte zum dritten Mal. »Bin ich häßlich, Mom?«

Sie musterte ihren Sohn überrascht. »Natürlich nicht. Du bist ein attraktiver junger Mann.«

»Was ist dann los mit mir? Warum fällt es mir so schwer, Beziehungen mit Mädchen zu knüpfen?« Er sah an sich herab. »Vielleicht liegt's an der grauen Uniform. Mit einer richtigen Starfleet-Uniform und den Rangabzeichen eines Fähnrichs hätte ich bestimmt weniger Probleme.«

»Nun, es heißt, Kleider machen Leute.« Beverly lächelte, »Aber an deiner Stelle würde ich mir keine Sorgen machen. Ob Grau, Rot oder Schwarz, ob Sackleinen oder was weiß ich — bestimmt findest du jemanden. In dieser Galaxis gibt es für jeden einen Partner und Lebensgefährten.«

»Glaubst du?«

»Ja.«

»Ich hoffe nur, daß sich mein ›Jemand‹ an Bord dieses Schiffes befindet. Ich meine, auf Rigel Sechs nützt sie mir nichts, oder?«

Die Ärztin lachte. »Fang nicht damit an, dort Schwierigkeiten zu sehen, wo überhaupt keine existieren. Vertrau dir selbst und dem Schicksal — dann kommt alles in Ordnung. Und nun ... Belaste den Fuß mit deinem Gewicht.«

Wes glitt von der Liege herunter, kam der Aufforderung vorsichtig nach und nickte. »Tut überhaupt nicht mehr weh. Danke, Mom.«

»Hübsche Mädchen sollten dir den Kopf verdrehen, nicht den Fuß«, erwiderte Beverly und legte die Instrumente an ihren Platz zurück. »Wie dem auch sei: Beim Skilaufen anzugeben, ist harmlos im Vergleich mit den Dingen, die jemand anders anstellte, um einer jungen Dame zu imponieren.«

»Was meinst du damit?«

»Komm, ich zeig's dir.«

Die Bordärztin der *Enterprise* bedeutete Wesley, ihr zum Büro zu folgen. Auf dem Weg dorthin bewunderte sie die langen, selbstbewußten Schritte ihres Sohns. Es schienen erst wenige Tage vergangen zu sein, seit jede seiner Bewegungen Unbeholfenheit zum Ausdruck brachte. *Es stimmt tatsächlich*, dachte Beverly. *Er ist kein Kind mehr.*

»Vorhin fand eine Besprechung statt — während du über die Skihänge des Holo-Decks gesaust bist.« Sie nahm an ihrem Schreibtisch Platz. »Der Captain hat dabei unsere neue Mission erläutert: Die *Enterprise* dient als Schauplatz für eine Tizarin-Hochzeit.«

»Tizarin ...«, murmelte Wesley. »Jene raumfahrenden Händler, die so etwas wie ehrliche Ferengi sind?«

»Ja.« Medo-Daten huschten über den Computerschirm. »Wenn Besucher aus verschiedenen Völkern an Bord kommen, gehe ich immer die entsprechenden medizinischen Info-Dateien durch. Um auf alles vorbereitet zu sein. Erinnerst du dich an den Repräsentanten von Chumbra III? Er schien plötzlich in ein tiefes Koma zu fallen. Wenn ich nicht rechtzeitig erkannt hätte, daß bei ihm eine Verpuppung begann, was eine Behandlung mit Eis erforderte ... Wer weiß, was sonst passiert wäre?«

»Ja, ich erinnere mich. Die Metamorphose verlieh ihm ein weibliches Geschlecht.«

»Genau. Nun, bei den Tizarin scheinen keine derart drastischen Besonderheiten zu existieren, aber ich habe mich trotzdem mit ihrer Kultur befaßt. Der Bräutigam namens Kerin mußte eine Art Fehdehandschuh hinwerfen, um der Tradition gerecht zu werden und seine ernsten Absichten zu beweisen: Mit seinem Shuttle flog er an mehreren Patrouillen vorbei, die aus gegnerischen Abfangjägern bestanden — und die Tizarin sind die besten Raumpiloten in der ganzen Galaxis. Anschließend verlangte der Brauch, daß er den Vater der Braut herausforderte.«

»Offenbar ist er sehr verliebt«, bemerkte Wes.

»Die junge Frau stammt aus einer rivalisierenden Familie«, fuhr Beverly fort. »Was beweist: Es gibt wirklich für jeden einen Partner, und man weiß nie, wo man ihn findet.«

»Wie alt ist Kerin?«

Wesleys Mutter warf einen Blick auf den Computerschirm. »Neunzehn, nach menschlichen Maßstäben.«

»Er ist *neunzehn* und *heiratet* bereits?« brachte Wes ungläubig hervor. »Ich suche noch immer nach einem Mädchen, das sich mir gegenüber nicht auf einen kurzen Blick beschränkt, und jener Bursche schlüpft um seiner zukünftigen Ehefrau willen in die Rolle des Kampfpiloten. Hat er's zu eilig, oder bin ich zu langsam?«

Beverly lachte und legte ihrem Sohn den Arm um die Schultern. Das männliche Ego zeichnete sich durch besondere Empfindlichkeit aus — ein falsches Wort genügte, um tiefe Wunden zu reißen. Der Grund dafür wurzelte vermutlich in der Pubertät: Dann mußten Jungen die Demütigung hinnehmen, daß Mädchen schneller und mit mehr Eleganz reiften, daß sie sich von nahen Objekten der Verachtung in nahezu unerreichbar ferne Objekte des Begehrens verwandelten. Dieser Vor-

41

gang erschütterte die ganze maskuline Welt, und Beverly Crusher nahm an, daß sich viele Männer nie von diesem Schock in ihren entscheidenden Jahren erholten.

»Alles geschieht zu seiner Zeit, Wes. Hab etwas Geduld.«

Wesley nickte, wandte sich zum Gehen und nickte anerkennend, als auch diesmal Schmerzen im vormals verstauchten Knöchel ausblieben. Nach einem Schritt zögerte er und drehte sich erneut zu seiner Mutter um. »War Vater der vom Schicksal auserwählte Partner für dich, Mom?«

Beverly schmunzelte. »Ich weiß nicht, ob ihn das Schicksal für mich ausgewählt hat, aber eins steht fest: Er stellte etwas Besonderes für mich dar. Und ein gewisser Teenager erinnert mich heute sehr an ihn.« Im Anschluß an diese Worte zerzauste sie das Haar ihres Sohns.

Aus einem Reflex heraus strich Wes es glatt — er war immer um ein makelloses Erscheinungsbild bemüht. »Aber wenn Vater der Richtige für dich war, Mom, so folgt daraus, daß du nach seinem Tod ...«

Er sprach nicht weiter.

»Du fragst dich, ob ich nun dazu verurteilt bin, allein zu sein.« Die Ärztin wölbte eine Braue. »Ich hoffe nicht. Solange ich dich habe, und solange ich hier mit Personen zusammenarbeite, die ich schätze, kann von Einsamkeit keine Rede sein.«

Wesley nickte und verließ die Krankenstation.

Beverly Crushers Lächeln verblaßte, und sie lehnte sich an eine Diagnoseliege.

»Himmel, bin ich deprimiert«, seufzte sie.

KAPITEL 4

Guinan blickte aus dem Panoramafenster des Gesellschaftsraums und lächelte. Einige hundert Kilometer entfernt schwebte das große Mutterschiff der Graziunas im All — man schien nur die Hand ausstrecken zu müssen, um es zu berühren. Die Wirtin wußte, daß auf der anderen Seite der *Enterprise* das Hausschiff der Nistral durch die Schwärze glitt. Beide Raumer waren schwerbewaffnet, denn das Leben im Weltraum brachte vielfältige Gefahren mit sich, aber in der Struktur jener Schiffe kamen auch Eleganz und Anmut zum Ausdruck.

Hier und dort sah Guinan die orangefarbenen und blauen Farben der Graziunas, im Gegensatz zum Silber und Schwarz der Nistral. Angesichts solcher Hautfarben fragte sie sich, wie die Kinder aussehen mochten, wenn ... Plötzlich kniff sie die Augen zusammen.

Irgend etwas stimmte nicht. Sie neigte den Kopf von einer Seite zur anderen, wie ein Hund, der den Klang einer Ultraschallpfeife hörte. Ihre Beine schienen sich kaum zu bewegen, als sie den Raum durchquerte. Sie ging langsam, wie jemand, der mit einer Wünschelrute nach Wasser suchte. Guinan kannte jeden einzelnen Quadratzentimeter dieses Raumes, doch jetzt blickte sie sich so um, als sähe sie alles zum erstenmal.

Irgendwo in ihrem Bewußtsein prickelte etwas. Sie konnte das seltsame Empfinden weder lokalisieren noch deuten, aber es existierte, schien sogar noch intensiver zu werden.

Was auch immer die Ursache sein mochte: Guinan

glaubte, nur noch einige Sekunden zu benötigen, um das Rätsel zu lösen ...

»Und das ist der Gesellschaftsraum«, erklang Picards Stimme.

Guinan wirbelte katzenartig herum und faßte sich innerhalb eines Sekundenbruchteils. Sie lächelte und verdrängte ihre Besorgnis, als der Captain in Begleitung von vier Personen hereinkam.

Die Besucher ließen sich leicht identifizieren. Einer der Männer war stämmig und kräftig gebaut, trug Kleidung, bei der orangefarbene und blaue Töne überwogen — was auch für das Gewand der einen Frau galt. Beim anderen Mann dominierten Silber und Schwarz, ebenso bei seiner Begleiterin. Es konnte kein Zweifel daran bestehen, wer zu welchem Haus gehörte.

»Guinan ...«, sagte Picard betont freundlich. »Ich möchte Ihnen Graziunas und seine Frau vorstellen ...« Er nickte dem silberschwarzen Mann zu. »Sowie Nistral und seine Gemahlin ... Meine Damen und Herren, das ist Guinan, Wirtin und Gastgeberin des Gesellschaftsraums im zehnten Vorderdeck. Er dient als Treffpunkt und ermöglicht es den Besatzungsmitgliedern, in einer entspannten Atmosphäre Umgang miteinander zu pflegen, abseits der von den Dienstpflichten geprägten Routine. Darüber hinaus läßt das hiesige kulinarische Angebot kaum Wünsche offen.« Er lächelte. »Habe ich alles berücksichtigt, Guinan?«

»Ich kann Ihren Beschreibungen nichts hinzufügen, Captain«, erwiderte sie und verbeugte sich andeutungsweise vor den Tizarin.

Der in orangefarbene und blaue Kleidung gehüllte Graziunas wirkte recht untersetzt, wenn man ihn mit dem silberschwarzen Nistral verglich. Letzterer war groß, hatte breite Schultern und eine schmale Taille. Hinzu kamen ein Bart, kurzes schwarzes Haar und eine silbergrau glänzende Haut. Wenn er lächelte, glänzten weiße Zähne, und in seinen großen dunklen Augen schien ein beständiges Feuer zu brennen. Im Gegensatz zum stämmigen Graziunas war er bei einem Kampf der Zuschlagen-und-wegrennen-Typ.

Seltsam, fuhr es Guinan durch den Sinn. *Warum denke ich in diesem Zusammenhang an einen Kampf?*

Nistrals Kleidung bestand aus einem komplexen Gewebe schwarzer und silberner Fäden: Sie formten Muster, die sich bei jeder Bewegung veränderten.

Die Frauen der beiden Familienoberhäupter wiesen eine fast schablonenartige Ähnlichkeit auf. Beide waren groß und von einer aristokratischen Aura umgeben. Die Nistral mochte etwas kleiner sein als die Graziunas, aber damit hatte es sich auch schon. Vermutlich ging dieser Eindruck auf die schlichten Gewänder zurück. Sie zeigten die jeweiligen Haus-Farben und wiesen eng anliegende Kapuzen auf, unter der das Haar — falls welches existierte — verborgen blieb. Die ganze Aufmachung signalisierte das Bestreben, weibliche Reize nicht zur Schau zu stellen.

»Vielleicht möchten Sie den Empfang in diesem Raum stattfinden lassen«, sagte Picard.

Nistral — auch bei ihm beschränkte sich der Name auf die Bezeichnung des Hauses — drehte sich langsam und ließ den Blick durch den Raum wandern. »Er bietet alle notwendigen Voraussetzungen.«

Auch die Gemahlin von Graziunas sah sich um. »Bei der Einrichtung ist man nicht sonderlich großzügig gewesen«, sagte sie, und in ihren Worten kam deutliche Abneigung zum Ausdruck.

Guinan teilte die Meinung der Tizarin nicht, aber ihre guten Manieren hinderten sie daran, eine passende Antwort zu geben.

Picard lächelte dünn. »Der Gesellschaftsraum hat uns immer gute Dienste geleistet. Außerdem vertritt man bei Starfleet die Ansicht, daß weniger mehr ist.«

Nistrals Frau nickte. »In dieser Hinsicht bietet dieser Salon regelrechten Überfluß.«

Der Captain atmete tief durch, beherrschte sich jedoch.

Das Oberhaupt des Hauses Nistral lachte laut. »Ich fürchte, wir sind versnobt, Dai«, sagte er und wies mit dem letzten Wort darauf hin, daß seine Frau einen Namen hatte. »Wir sind ständig bestrebt, alles auszuschmücken, und dadurch haben wir Bedeutung und Reiz schlichter Eleganz vergessen. Captain, Guinan ... Ich bitte in aller Form um Entschuldigung. Es wäre uns eine Ehre, wenn Sie den Gesellschaftsraum mit einer Gruppe undankbarer Tizarin teilen würden.«

Guinan nickte. »Mit Vergnügen.«

Graziunas stapfte mit langen Schritten umher. Mindestens ein Meter trennte seine Füße voneinander, selbst wenn er stand. Der lange Umhang wehte wie ein Banner ganz besonderer Art und hätte fast ein Glas umgestoßen — Guinan griff noch rechtzeitig danach.

»Ich weiß überhaupt nicht, wo sich hier ein Problem ergeben könnte!« donnerte er. »Mir hat dieser Raum sofort gefallen. Sie sind viel zu sehr von Prunk und Üppigkeit besessen, Nistral! Findest du nicht auch, Fenn?« fügte er an seine Frau gerichtet hinzu.

Nistral lächelte. »Das habe ich bereits zugegeben, Graziunas. Müssen wir bei unseren Gesprächen alles wiederholen?« Er sprach ruhig und leise, im Gegensatz zu Graziunas, der dauernd zu brüllen schien.

»Wie lange brauchen Sie den Gesellschaftsraum?« fragte Guinan, die vage Anspannung spürte. »Wie lange dauert das Fest?«

»Eine Woche«, sagte Nistral sofort.

»Eine *Woche*?« wiederholten Picard und Guinan wie aus einem Mund.

»Natürlich!« entfuhr es Graziunas. »Wenn das erstgeborene Kind eines Hausoberhaupts heiratet, so gebietet unser Brauch Feste, die mindestens sieben Tage und Nächte dauern! Oder glauben Sie vielleicht, daß unsere Kinder nicht würdig sind?«

»Oh, nein, nein«, entgegnete Picard. »Aber eine Woche ...«

»Die ·Feierlichkeiten müssen nicht nur hier stattfinden, Captain«, warf Graziunas' Gattin Fenn ein. »Wir können dabei auch alle anderen Sektionen des Schiffes benutzen ...«

»Nein!« erwiderte Picard etwas lauter und schärfer als beabsichtigt. Er besann sich auf seine diplomatischen Pflichten und fuhr ruhiger fort: »Wir stellen Ihnen einen Teil der *Enterprise* zur Verfügung ...«

»Einen großen Teil!« rief Graziunas.

»Einen *Teil*«, sagte Jean-Luc fest und ließ keinen Zweifel daran, daß er die Situation unter Kontrolle behalten wollte. »Ich verspreche Ihnen jede uns mögliche Kooperation, aber es muß alles im Rahmen bleiben, meine Damen und Herren. Als Oberhäupter zweier so großer und wichtiger Häuser sehen Sie das bestimmt ein.«

»Natürlich«, sagte Nistral in einem neutralen Tonfall.

Graziunas hob und senkte die muskulösen Schultern. »Es ist Ihr Schiff, Captain.«

»Ja«, bestätigte Picard. »Es ist tatsächlich mein Schiff. Disziplin und Ordnung an Bord müssen gewahrt bleiben. Ich begrüße die Vorstellung, ein Fest zu veranstalten — noch dazu aus Anlaß einer Hochzeit —, aber ich kann auf keinen Fall zulassen, daß Crew und Schiff darunter leiden. Sind wir uns in diesem Punkt einig?«

Mehrere Köpfe nickten zustimmend.

»Sie gefallen mir, Picard!« verkündete Graziunas. »Sie nehmen kein Blatt vor den Mund und beziehen klar Stellung. Ein solcher Mann verdient Respekt.«

»Danke.«

Der untersetzte Tizarin setzte sich und rammte den Ellenbogen auf den Tisch. »Wie wär's mit einer kleinen Kraftprobe?«

Fenn rettete den Captain aus einer peinlichen Situation, indem sie ihrem Gatten verärgert auf die Schulter klopfte. »Hör auf damit«, zischte sie. »Zu solchen Herausforderungen läßt du dich immer hinreißen, ganz gleich wie unpassend der Zeitpunkt — und es gibt kaum einen unpassenderen Zeitpunkt als *jetzt*.«

Graziunas zuckte mit den Achseln — *Frauen*, lautete seine stumme Botschaft — und ließ den Arm sinken. Dicke Muskelstränge zeichneten sich darin ab.

»Dürfen wir uns die Brücke ansehen?« fragte Nistral. »Als raumfahrendes Volk sind wir immer an Struktur und Konstruktionsmuster anderer Schiffe interessiert.«

»Selbstverständlich.« Picard deutete zur Tür und setzte sich in Bewegung.

Doch er blieb sofort stehen, als Guinan sagte: »Wenn ich Sie kurz sprechen könnte, Captain ...«

Jean-Luc entschuldigte sich mit einem Lächeln bei den Tizarin und trat zur Wirtin. »Ja?« fragte er so leise, daß ihn nur Guinan hörte.

»Irgend etwas geht nicht mit rechten Dingen zu.«

»Bitte?« Picard runzelte verwirrt die Stirn.

»Ich weiß nicht, um was es sich handelt. Und gerade das beunruhigt mich. Ich spüre, daß sich etwas anbahnt.«

»Nur ein vager Eindruck?« fragte Picard ernst. Er wußte, daß er Guinans Ahnungen vertrauen konnte.

»Ja.«

»Halten Sie es für besser, die Hochzeit nicht an Bord der *Enterprise* stattfinden zu lassen?«

Diese Worte bewiesen das Ausmaß von Jean-Lucs Vertrauen. Wenn Guinan jetzt mit einem uneingeschränkten ›Ja‹ antwortete, so würde er nicht zögern, die Tizarin zu ihren Schiffen zurückzuschicken. Er mußte natürlich damit rechnen, sich den Ärger von Starfleet Command zuzuziehen, aber mit solchen Konsequenzen hätte er sich bereitwillig abgefunden.

Guinan durfte dieses Vertrauen nicht mißbrauchen — zumal nach wie vor Ungewißheit in ihr weilte.

»Nein.« Und mit einer Zuversicht, die sich nicht in

diesem Ausmaß empfand, fuhr sie fort: »Bestimmt droht keine Gefahr. Ich bleibe wachsam und gebe Ihnen sofort Bescheid, wenn ich irgend etwas feststelle.«

Picard nickte knapp, zauberte sein bestes Diplomatenlächeln auf die Lippen und wandte sich wieder den Familienoberhäuptern sowie ihren Gemahlinnen zu.

»Wenn Sie mir nun gestatten, Sie zur Brücke zu führen ...«

Kerin und Sehra standen auf dem Aussichtsdeck des Nistral-Schiffes, sahen ins All und beobachteten den majestätischen Starfleet-Kreuzer. Der Nistral-Raumer war ein ganzes Stück größer, aber trotzdem wirkte die *Enterprise* überaus beeindruckend.

»Bist du nervös?« fragte Sehra und tastete nach der Hand des jungen Mannes.

»Ganz und gar nicht«, antwortete Kerin. Er schloß die Finger um Sehras Hand und drückte fest genug zu, um ein gewisses Maß an Unsicherheit zum Ausdruck zu bringen. »Und du?«

Sehra übte ebenfalls kurzen Druck aus. »Ich bin die Ruhe selbst.«

»Wann gehen wir an Bord?«

Die junge Graziunas zuckte mit den Schultern. »Morgen, glaube ich. Bis dahin sind die letzten Föderationsgäste eingetroffen. Anschließend kann das Fest beginnen.«

»Eine Woche«, murmelte Kerin. Es klang schwermütig. »Eine ganze Woche. Bei den Göttern ... Viele gemeinsame Jahre stehen uns bevor, aber derzeit erscheinen mir sieben Tage wie eine Ewigkeit. So lange zu warten ...«

»Auf die Trauung?« fragte Sehra.

»Auf ... alles«, erwiderte der junge Mann. Er lächelte schief. »Aber ich werde mich in Geduld fassen. So wie mein Vater. Und deiner. So wie ihre Väter vor ihnen ...«

»Ja, du hast recht. Ich meine, *alles* muß eine Woche warten.« Sehra zögerte. »Oder?«

49

Kerin starrte sie so an, als sähe er sie zum erstenmal. »Oder?«

»Nun ...« Die Graziunas legte eine nachdenkliche Pause ein. »Wir heiraten. Das steht fest. Nichts wird sich daran ändern.«

»Nichts«, pflichtete ihr Kerin sofort bei.

»Woraus folgt: Wenn es uns an der notwendigen Geduld mangelt, um eine Woche lang auf *alles* zu warten ... Vielleicht wäre es nicht so schlimm.«

Der junge Mann musterte seine zukünftige Frau. »Sprechen wir von der gleichen Angelegenheit?«

Einer von Sehras Fingern strich über die Innenfläche von Kerins Hand, und er erschauerte. Irgendwo in seinem Hinterkopf begann ein Pochen, das im ganzen Leib widerhallte.

»Ich glaube schon«, sagte die Graziunas.

»Aber es ist nicht richtig. Ich meine ... Es gehört sich nicht. Es widerspricht der Tradition. Was würden unsere Eltern dazu sagen?«

»Sie sind an Bord der *Enterprise.* Wer soll ihnen davon erzählen?«

»Ja, stimmt. Gehen wir.« Kerin stürmte so plötzlich los, daß er Sehra fast den Arm ausriß. Sie folgte ihm, als er zu seinem Zimmer eilte, hielt auch weiterhin seine Hand fest und lachte glockenhell.

Picard war immer stolz auf sein Schiff, und das anerkennende Nicken der Tizarin erfüllte ihn mit besonderer Genugtuung. Immerhin führte er Gäste herum, die sich mit Raumschiffen besser auskannten als sonst jemand — die Leere zwischen den Sternen war ihre Heimat. Graziunas und Nistral schritten umher, betrachteten Konsolen und Instrumententafeln. Ihre Frauen standen passiv in der Nähe, und Deanna Troi beobachtete sie interessiert.

»Eindrucksvoll«, sagte Nistral schließlich. »Sehr eindrucksvoll.«

Als er sich umdrehte, sah er Data, der gerade aus dem Turbolift trat. »Bei den Göttern!« entfuhr es ihm.

Data blieb stehen und neigte neugierig den Kopf. Graziunas erwartete Schwierigkeiten, drehte sich um und blinzelte. »Da soll mich doch der Schlag treffen«, brummte er. »Wenn ich es nicht besser wüßte ...«

»Irgendwelche Probleme, meine Herren?« fragte Picard.

»Ist dieser Mann ein Tizarin?« fragte Nistral. »Vielleicht aus dem Haus Shinbum?«

»Nein, Sir«, erwiderte Data höflich. »Ich bin ein Androide und gehöre zur Besatzung der *Enterprise*.«

»Eine erstaunliche Ähnlichkeit«, sagte Nistral. »Insbesondere die goldgelbe Haut — ein sicheres Zeichen.«

»Ich verdanke sie der Wahl meines Schöpfers«, erklärte Data.

Graziunas nickte. »Das gilt für uns alle.«

Die Tizarin sahen sich noch etwas länger um und stellten einige neugierige Fragen, bevor sie die Brücke verließen, um zu ihren Schiffen zurückzukehren. Als sich die Tür des Turbolifts hinter ihnen schloß, wandte sich Picard an Deanna Troi. »Welchen Eindruck haben Sie von ihnen gewonnen, Counselor?«

»Zwischen den Graziunas und Nistral gibt es eine unterschwellige Feindseligkeit. Die entsprechenden Empfindungen sind tief in den jeweiligen Selbstsphären verborgen und werden beherrscht von der Entschlossenheit, die Wünsche der Kinder zu respektieren und ihnen die Möglichkeit zu geben, glücklich zu werden. Alles deutet auf folgendes hin: Die Familienoberhäupter sind entschlossen, das positive Potential der gegenwärtigen Situation zu nutzen und die lange Rivalität zwischen den beiden Häusern zu überwinden.«

Picard nickte. »Gut. Mehr als das — ausgezeichnet. Sohn und Tochter kommen an erster Stelle. Ganz offensichtlich haben wir es nicht mit einem *Romeo und Julia*-Szenario zu tun, Mr. Data.«

»Zum Glück, Sir«, entgegnete der Androide. »Der Selbstmord von Braut und Bräutigam wäre einer festlichen Stimmung kaum förderlich.«

»Da stimme ich Ihnen zu.«

Worf hob ruckartig den Kopf. »Captain, wir empfangen Kom-Signale von einem anderen Hochzeitsgast.«

In Gedanken ging Picard die Liste von bereits eingetroffenen Repräsentanten durch. Er ahnte, wen er nun begrüßen mußte.

»Audio-Verbindung, Lieutenant«, wies er den Klingonen an.

Einige Sekunden später erklang das Summen eines Bereitschaftssignals. »Hier ist die *Enterprise*«, sagte Jean-Luc energisch, um mit kühlem Ernst sofort eine gewisse Distanz zu schaffen.

Die Stimme eines Mannes tönte aus dem Lautsprecher. »*Enterprise,* hier ist das Botschaftershuttle von Betazed. Bitte treffen Sie Vorbereitungen, um die betazoidische Delegierte an Bord zu beamen ...«

Der Pilot unterbrach sich, als im Hintergrund ein vertrautes Flüstern erklang. Kurz darauf seufzte der Mann — sicherer Hinweis darauf, daß er die nächsten Worte gegen seinen Willen wiederholte.

»Tochter des fünften Hauses ...«

»Wir holen sie an Bord«, sagte Picard rasch. »Brücke an Transporter.«

»Hüterin des Sakralen Kelchs von Riix«, fuhr der Pilot fort. Es hörte sich an, als hätte er das Shuttle am liebsten in die nächste Sonne gesteuert, um endlich Ruhe zu finden.

»O'Brien, richten Sie den Transferfokus auf die Repräsentantin von Betazed.« Picard erinnerte sich an den leichenblassen und immer stillen Mr. Homn, der Mrs. Troi auf Schritt und Tritt begleitete. »Und auch auf ihren Diener.«

»Erbin der Heiligen Ringe von Betazed ...« Der Pilot schien inzwischen der Verzweiflung nahe zu sein, und seine Stimme vibrierte, als er fragte: »Ich habe Ihnen die Koordinaten übermittelt, *Enterprise*. Worauf warten Sie noch?«

»Mr. O'Brien, beamen Sie die beiden eben genannten Personen an Bord. Wir kommen gleich zu Ihnen. Bitte richten Sie Mrs. Troi aus, daß ich die Verzögerung bedauere.«

»Ja, Sir«, sagte O'Brien, aber er schien alles andere als begeistert zu sein.

Einige Sekunden verstrichen, und dann meldete der Pilot mit grenzenloser Erleichterung: »Sie sind weg, *Enterprise*. Und es ist mir völlig gleich, ob der Retransfer bei Ihnen erfolgte oder nicht.«

Picard sah zu Deanna Troi, die mit nur mäßigem Erfolg versuchte, ihren Verdruß zu verbergen. »Gab es Probleme, Pilot von Betazed?«

»Zunächst einmal: Ich bin kein Betazoide, sondern Rigelianer«, lautete die Antwort. »Ich biete einen Shuttle-Service an und habe mich auf die Beförderung von Diplomaten spezialisiert. Aber jene Frau kommt mir nie wieder an Bord. Es tut mir leid, daß sie trauert, doch während des ganzen Flugs hat sie nicht einmal geschwiegen ...«

»Sie trauert?« platzte es aus Deanna heraus. Sie riß die Augen auf.

Picard wandte sich ihr zu. »Gibt es einen Todesfall in Ihrer Familie, Counselor?«

»Nicht daß ich wüßte, Captain.« Troi erhob sich jäh, und der grüne Rock bauschte sich um ihre langen Beine. Riker stand direkt hinter ihr.

Picards Blick wanderte durch den Kontrollraum. »Sie begleiten uns, Mr. Data.«

Der Androide erhob sich, und Jean-Luc fügte hinzu: »Shuttle-Pilot, darf ich fragen, um wen Mrs. Troi trauert?«

»Um ihre Tochter«, erwiderte der Rigelianer.

KAPITEL 5

Sohn?«

Kerin zuckte heftig zusammen, als er die Stimme seines Vaters hörte. Tief in Gedanken versunken, hatte er an Bord des Nistral-Schiffes an einer Korridorwand gelehnt. »Ja, Vater!« stieß er hastig hervor.

Nistral musterte seinen Sohn. »Alles in Ordnung?«

»Ja, Sir.«

»Wie geht es Sehra?«

Kerins Gesicht gewann einen verträumten Ausdruck. »Großartig.« Rasch wurde er wieder ernst und räusperte sich. »Es, äh, geht ihr gut, Vater. Vor einer Weile war sie hier, aber jetzt ist sie wieder fort und befindet sich an Bord des Graziunas-Schiffes.«

Das Oberhaupt des Hauses Nistral schritt durch den Korridor, und sein Sohn folgte ihm gehorsam, fühlte dabei den Blick des Vaters auf sich ruhen.

»Auf welche Weise habt ihr hier die gemeinsame Zeit verbracht?« fragte Nistral.

Der junge Mann wollte sein Glück in Worte fassen und von einem herrlichen Erlebnis berichten. Aber ...

»Oh, wir haben uns nur ... unterhalten«, sagte Kerin.

Nistral wölbte eine Braue. »Ach?«

»Ja, Vater. Wir haben miteinander gesprochen.«

»Deine Mutter und ich ... Wir haben ebenfalls miteinander gesprochen, kurz vor unserer Hochzeit.«

»Ja, Vater.«

»Wir führten damals einige sehr ... intime Gespräche«, fügte Nistral hinzu.

Er verlieh diesen Worten genug Bedeutung, um den

romantischen Dunst zu durchdringen, der das Gehirn seines Sohns umgab. Kerin hob den Blick und rückte das Familienoberhaupt erst jetzt in den Fokus seiner Aufmerksamkeit.

»Wie intim?« erkundigte er sich.

Nistral blieb vor dem Zugang zu seinen Gemächern stehen, und vor ihm öffnete sich das Schott mit einem leisen Zischen. »Woher kommst du wohl, Kerin?«

Der Mund des jungen Mannes bewegte sich lautlos.

»Ich hoffe, du bist vorsichtiger gewesen«, sagte sein Vater und trat durch die Tür.

Kerin lehnte sich an die Wand. »Das hoffe ich auch«, murmelte er.

Picard, Troi, Data und Riker eilten zum Transporterraum, in dem Lwaxana Troi mit ihrer ganzen Stattlichkeit wartete. Deannas Gesichtsausdruck wies deutlich darauf hin, daß ihre Überlegungen dem seltsamen Hinweis des rigelianischen Piloten galten.

In Jean-Luc regte sich Mitgefühl. Die Präsenz der eigenen Eltern — jener Personen, die einem nicht nur die Nase geputzt und einen durch alle Krankheiten begleitet hatten — sorgte dafür, daß auf einen Schlag alle Kindheitstraumen und Unsicherheiten zurückkehrten. Dabei spielten die inzwischen erzielten eigenen Leistungen keine Rolle. Wahrscheinlich lag es daran, daß die Eltern alle Schwächen ihrer Sprößlinge kannten und sich jederzeit darauf berufen konnten, wenn sie einen Dämpfer für notwendig hielten.

Vor Picards innerem Auge entstand ein sonderbares Bild: Lwaxana Troi, die dem Säugling namens Deanna die Windeln wechselte.

Er fragte die Counselor nicht noch einmal, um wen ihre Mutter trauerte — wenn sie Bescheid wußte, bekam er bestimmt entsprechende Informationen von ihr.

Riker übte keine solche Zurückhaltung. »Haben Sie eine Schwester, Deanna?« erkundigte er sich verwirrt.

55

Troi hatte den kürzesten Schritt von ihnen, doch diesmal mußten sich ihre Begleiter beeilen, um nicht den Anschluß zu verlieren.

»Mir ist keine bekannt«, erwiderte sie. »Ich verstehe das nicht. Meine Mutter trauert um ihre Tochter. Hält sie mich vielleicht für tot? Was mag passiert sein? Wieso ...«

Sie unterbrach sich und wurde langsamer. Picard, Riker und Data waren schon an ihr vorbei, bevor sie reagieren konnten, ebenfalls verharrten und verwunderte Blicke auf Deanna richteten.

»Counselor ...?« fragte der Captain.

»Ich glaube, ich kenne jetzt den Grund«, sagte Troi. »Ich erkläre Ihnen alles, aber ...«

»Aber was?« Sorge zeichnete sich in den Zügen des Ersten Offiziers ab.

Deanna sah ihn aus großen, glänzenden Augen an, und er dachte einmal mehr an den unbeschrittenen Weg.

»Sie müssen mir versprechen, nicht zu lachen«, sagte sie.

O'Briens Finger tasteten über die Transporter-Kontrollen, und mehrere Möglichkeiten kamen ihm in den Sinn. Ließ sich der Transferfokus so rejustieren, daß man auch eine Person beamen konnte, die nicht auf der Plattform stand, sondern zum Beispiel anderthalb Meter vor der Konsole? Ja, das mußte eigentlich möglich sein. *Und der Retransfer?* dachte O'Brien. *Irgendwo an Bord des Schiffes, möglichst weit vom Transporterraum entfernt.*

Der Grund für diese Überlegungen: Lwaxana Troi stand genau anderthalb Meter vor der Konsole und gab deutlich zu erkennen, wie sehr sie das Warten verabscheute.

Sie war ganz in Schwarz gekleidet. Zahllose Pailletten funkelten an dem langen Gewand — jede Bewegung löste ein schimmerndes Wogen aus. Die einzige Farbe stammte von einem roten Amulett direkt auf dem Herzen.

Die betazoidische Repräsentantin hatte mehrere Koffer mitgebracht, und O'Brien betrachtete sie nervös. Lwaxana Trois Gepäck genoß einen legendären Ruf. Es war nicht nur berühmt, sondern auch berüchtigt. Niemand wußte, was es beinhaltete, aber auf der Liste entsprechender Vermutungen standen Ambosse an erster Stelle.

Neben ihr ragte Mr. Homn auf. O'Brien konnte sich nicht daran erinnern, jemals ein Wort von ihm gehört zu haben. Vielleicht lag es daran, daß Lwaxana dauernd redete. Oder er schwieg, um möglichst unauffällig zu bleiben. Er war immer zugegen, stumm und geduldig.

»Ein wahres Ungemach«, sagte Lwaxana gerade. »Eine persönliche Tragödie muß ich hinnehmen, und gleichzeitig verlangen die Umstände von mir, mein Volk bei einem Fest zu repräsentieren. Aber ich drücke mich nicht vor meinen Pflichten, und es liegt mir fern, Verantwortung zu scheuen. Ich wuchs mit anderen Prinzipien auf und halte auch weiterhin an jenen Grundsätzen fest, die ich an meine Tochter weitergab — mögen die Götter ihrer Seele gnädig sein.«

O'Brien neigte den Kopf ein wenig zur Seite und ließ sich zu einer Frage hinreißen. »Ist mit Ihrer Tochter etwas nicht in Ordnung?«

Die Tür des Transporterraums öffnete sich, und O'Brien nahm das Zischen des aufgleitenden Schotts zum Anlaß, erleichtert zu seufzen. Deanna Troi kam herein und blieb dicht vor ihrer Mutter stehen. Sie stützte die Hände an die Hüften und musterte Mrs. Troi verärgert.

»Mutter ...«, sagte sie vorwurfsvoll.

Lwaxana ignorierte die Mißbilligung im Tonfall ihrer Tochter, streckte eine Hand aus und erwiderte kummervoll: »Oh, es tut mir so leid für dich, Kleine ...«

Deanna ergriff die dargebotene Hand. »Wir sprechen später darüber«, sagte sie fest.

»Wie du meinst. Jean-Luc!« rief sie, und es klang fröhlich. »So attraktiv wie eh und je.«

Picard wölbte eine Braue — Lwaxana schien in der Lage zu sein, ihre Trauer ein- und auszuschalten. Er wußte, daß sie sich immer völlig unter Kontrolle hatte. Dadurch wurde die Sache mit der Phase um so beunruhigender.

»Mrs. Troi ...« Er verneigte sich. »Ich spreche Ihnen hiermit mein herzliches Beileid aus.«

Deanna warf dem Captain einen erstaunten Blick zu, den er mit einem angedeuteten Schulterzucken zur Kenntnis nahm. Die Counselor hatte alles erklärt, doch das Protokoll verlangte Anteilnahme von Picard; es kam dabei nicht auf den emotionalen Zustand des ›Trauernden‹ an.

»Danke, Jean-Luc. Ich wußte, daß *Sie* mich verstehen würden.« Bei diesen Worten warf Lwaxana ihrer Tochter einen bedeutungsvollen Blick zu.

»Sie erinnern sich bestimmt an Commander Riker und Commander Data«, sagte Picard.

Dem Androiden schenkte Deannas Mutter kaum Beachtung, aber Riker musterte sie von Kopf bis Fuß. »Sie sehen gut aus, Commander.«

»Danke, Ma'am.«

»Oh, bitte nennen Sie mich nicht ›Ma'am‹«, entgegnete Lwaxana. »Dadurch fühle ich mich alt. Halten Sie mich vielleicht für alt?«

»Ja«, antwortete Data sofort.

Alle Blicke richteten sich auf den Androiden, der nicht wußte, daß manchmal Lügen angebracht waren, um Gefühle zu schonen. »Wenn man die durchschnittliche betazoidische Lebenserwartung als Maßstab anlegt, so sind Sie ...«

»Erschöpft!« warf Picard ein. »Sie und Mr. Homn ... Oh, guten Tag, Mr. Homn.« Er bemerkte den Diener erst jetzt. Homn war ziemlich groß, aber irgendwie gelang es ihm trotzdem, mit dem Hintergrund zu verschmelzen. »Sie sind sicher erschöpft. Von der Reise. Ich zeige Ihnen jetzt Ihr Quartier.«

»Ausgezeichnete Idee, Captain«, sagte Lwaxana Troi. In ihren Augen blitzte es, als sie sich noch einmal dem Androiden zuwandte. Doch ihr Ärger prallte wirkungslos an Data ab.

Mr. Homn bückte sich, um nach den Koffern zu greifen, aber Lwaxana winkte ab. »Nein, Mr. Homn. Wir sind Gäste an Bord dieses Schiffes, und ich weiß aus Erfahrung: Der Captain würde auf keinen Fall zulassen, daß Gäste ihr Gepäck selbst tragen.«

»Soll ich es ins Quartier beamen, Sir?« bot sich O'Brien an.

Picard sah zum Transporterchef, und irgend etwas in O'Briens Gesicht wies ihn auf folgendes hin: Ein ›unglücklicher Zufall‹ mochte dafür sorgen, daß die Koffer im Weltraum rematerialisierten.

»Das ist nicht nötig«, sagte Picard. Er blieb gelassen, und zwar aus gutem Grund. »Wenn Sie so freundlich wären, Mr. Data...«

»Selbstverständlich, Captain.«

Data hob die Koffer mühelos hoch. »Beschränkt sich das Gepäck auf diese Behälter?« fragte er höflich.

Lwaxana schüttelte erstaunt den Kopf. Sie wußte, daß Data ein Androide war, aber sein eher unscheinbares Äußeres täuschte über seine enorme Kraft hinweg.

Picard lächelte innerlich. Es gab nur eine andere Person an Bord, die imstande gewesen wäre, Lwaxanas Gepäck mit ähnlicher Mühelosigkeit zu tragen: Worf. Aber der Captain wagte es nicht, den Klingonen zu bitten, sich um Mrs. Trois Koffer zu kümmern. Einerseits zweifelte er nicht an Worfs Loyalität und Zuverlässigkeit, aber andererseits hielt er es für falsch, das Schicksal herauszufordern.

Bei der ersten Begegnung mit Lwaxana hatte sich Picard angeboten, ihr Gepäck zu tragen — und sich dadurch fast einen Bandscheibenschaden geholt. Beim zweiten Mal kam Riker an die Reihe — Jean-Luc erinnerte sich an das Ächzen und Schnaufen des Ersten Offiziers. Diesmal war er vorbereitet.

Wie immer, wenn Deannas Mutter an Bord kam, schien ein geistiges Kräftemessen zu beginnen. In einer gewissen Weise fand Picard sogar Gefallen daran. Er empfand es als sehr stimulierend zu versuchen, der formidablen Lwaxana Troi immer einen Schritt voraus zu sein.

Aber es handelte sich auch um ein Vergnügen, auf das er ebensogern verzichtet hätte. Der Captain hoffte, daß ihn nichts bei der angenehmen Aufgabe störte, ein Liebespaar im Bund der Ehe zu vereinen.

Deanna wartete, bis Riker, Picard und Data das Gästequartier verlassen hatten, bevor sie zu ihrer Mutter herumwirbelte. Zorn ließ sie erbeben.

Lwaxana achtete kaum auf sie, als Mr. Homn damit begann, die Koffer auszupacken. »Nun, was ziehe ich für den Empfang an?« überlegte sie laut. »Das schwarze Kleid mit den grünen Streifen oder das andere schwarze mit den roten Streifen?«

Deanna trat an ihrer Mutter vorbei und sah ihr ins Gesicht. »Ich finde dein Verhalten unerträglich.«

Lwaxana erwiderte den Blick. In den großen Augen, die so sehr denen ihrer Tochter ähnelten, zeigte sich eine Mischung aus Erheiterung und Tragik. *Es tut mir leid, daß du so aus der Fassung geraten bist, Kleine.*

»Hör auf, mich ›Kleine‹ zu nennen!« entfuhr es Deanna. »Du schuldest mir eine Erklärung!«

Ich habe dich nicht verstanden.

Die Counselor holte tief Luft und ließ den Atem zischend entweichen. Dann projizierte sie ihre Gedanken. *Du schuldest mir eine Erklärung.*

Lwaxana lächelte. »Du bist also noch zur mentalen

Kommunikation fähig. Ich wollte mich nur vergewissern.«

»Du wolltest mich beruhigen.«

»Wie auch immer, Kl ... Deanna. Versuch bitte, mich zu verstehen: Mir sind die Hände gebunden. Ich muß mich dem Gebot der Tradition fügen.«

Deanna nahm Platz und versuchte, den Ärger aus sich zu verbannen. »In diesem Fall handelt es sich um eine Tradition, die seit zweihundert Jahren ruht. Sie ist provinziell, sogar archaisch.«

»Die Bürde der Verantwortung lastet auf mir, Schatz«, erwiderte Lwaxana hochmütig. »Andere mögen imstande sein, das Ab'brax zu ignorieren, und der Himmel weiß: Ich wünsche mir ebenfalls eine solche Möglichkeit. Aber als Tochter des fünften Hauses muß man gewisse Pflichten wahrnehmen, und dazu gehört die Wahrung aller Traditionen von Betazed.«

»Und dabei spielt es überhaupt keine Rolle, wie absurd und lächerlich bestimmte Traditionen sind? Mutter, das Ab'brax ...«

Lwaxana zuckte mit den Achseln. »*Du* kannst die Sache sehen, wie du willst.«

»Was soll ich davon halten, wenn du fremden Leuten sagst, daß du um mich trauerst?« brachte die Counselor hervor.

»Ich erzähle auch deinen Freunden und Bekannten davon, wenn du möchtest.«

Deanna hob die Hände und preßte die Fingerspitzen aneinander. »Ich möchte, daß du endlich mit dem Unfug aufhörst. Ich bin nicht tot!«

»Nicht im physischen Sinne, Kleine«, entgegnete Lwaxana in einem tröstenden Tonfall. Sie streichelte die Wange ihrer Tochter. »Aber in bezug auf die Hoffnung, daß du zur Verbreitung unseres Volkes beiträgst. Und ebenso in bezug auf die Hoffnung, daß du einen Partner findest, einen Lebensgefährten.«

»Oh, und das ist alles?«

61

»Ja. Eine schlimme Sache, oder?«

Deanna seufzte und lehnte sich zurück, wodurch ihr Kopf mit einem leisen Pochen an die Wand stieß. »Ich fasse es nicht.«

»Es mangelte dir nicht an Gelegenheit«, fuhr Lwaxana fort. »Du hattest mehrere Chancen. Ich habe versucht, dir einen Ehepartner zu besorgen, aber leider hat's nicht geklappt ...«

»Gibst du mir die Schuld dafür?«

»Nein. So etwas geschieht eben. Nun, und dann wäre da der ebenso attraktive wie nette Commander Riker.« Lwaxanas Lippen zuckten, formten ein Lächeln. »Er begehrt dich nach wie vor. Gäbe sein linkes Auge, um dich zu bekommen. Sein emotionaler Kosmos ist wie ein offenes Buch für mich.«

Das von Deannas Kopf verursachte Pochen wiederholte sich mehrmals. »Du bist noch immer in Phase, nicht wahr?« Ihre Frage galt einer Besonderheit bei den betazoidischen Frauen: Manchmal verstärkte sich ihr Geschlechtstrieb und gewann eine drei- oder gar vierfache Intensität.

»Es wird besser«, erwiderte Mrs. Troi ungerührt. »Wie auch immer: An meiner Fähigkeit, Bewußtseinssphären zu sondieren, hat sich nichts geändert.«

»Dachte ich mir.« Deanna holte tief Luft. »Mutter, das Ab'brax stammt aus einer Zeit, als die allgemeine Lebenserwartung wesentlich kürzer war. Damals bestanden die Aufgaben einer Frau darin zu heiraten, Kinder zur Welt zu bringen und sich ums Haus zu kümmern. Wenn man bis zu einem gewissen Alter nicht geheiratet hatte, nahmen die Verwandten an, die Betreffende würde nie einen Lebensgefährten finden. Deshalb die Trauer.«

Lwaxana nickte. »Da hast du vollkommen recht.«

»Anders ausgedrückt: Die Familie veranstaltete einen großen Wirbel, um den Rest der Welt auf die Präsenz einer heiratsfähigen Person hinzuweisen. Dadurch sollte die Aufmerksamkeit eines Mannes geweckt werden, der eine Ehefrau auf die gleiche Weise brauchte wie eine Art Haustier — und er konnte sicher sein, daß in diesem Zusammenhang niemand Einwände erhob.«

Lwaxana zuckte mit den Achseln. »Das ist *eine* Interpretation jenes Brauchs.«

Deanna erhob sich und trat vor ihre Mutter, versuchte dabei, ruhig zu bleiben. Jener Ärger, der zu Anfang in ihr gebrannt hatte, verwandelte sich nun in Erheiterung. »Ich führe ein ausgefülltes, glückliches Leben, Mutter. Mir stehen Möglichkeiten offen, von denen Frauen vor einigen Jahrhunderten nicht einmal zu träumen wagten. Das gilt auch für dich. Warum der Unfug mit einem Trauerfall, der überhaupt nicht existiert? Es ist eine sinnlose Tradition.«

»Jeder kann Traditionen bewahren, die einen Sinn haben«, betonte Lwaxana. »Die Achtung von sinnlosen Bräuchen hingegen erfordert Stil.«

Deanna schüttelte den Kopf, und ihre Mutter klopfte ihr zärtlich auf die Schulter. »Ach, mein Schatz, ich ertrage die Vorstellung nicht, daß dein Leben leer bleibt.«

»Es ist alles andere als leer. Darauf habe ich gerade hingewiesen.«

»Und die Einsamkeit?« Lwaxana seufzte. »Niemand sollte sein Leben allein verbringen müssen, ohne eine geliebte Person, ohne jemanden, mit dem man sowohl Freude als auch Leid teilen kann. Hier bist du in einer sterilen Umgebung, allein, ohne einen Partner, zur Keuschheit verdammt ...«

Die Counselor hüstelte.

»Wenn ich daran denke«, fügte Lwaxana hinzu, »bin ich ebenso deprimiert wie damals, als ...«

Sie unterbrach sich. Deanna musterte ihre Mutter neugierig. »Damals *wann*, Mutter? Wovon sprichst du?«

»Es ist nicht weiter wichtig.«

Doch die Tochter empfing einige schlecht abgeschirmte emotionale Eindrücke. »Denkst du dabei an dich selbst?«

Lwaxana senkte kurz den Kopf, sah dann wieder auf. »Mit mir ist alles in bester Ordnung, Kleine. *Ich* habe meine guten Gelegenheiten genutzt, mit deinem Vater, und während der langen, einsamen Nächte leisten mir angenehme Erinnerungen Gesellschaft. Damit meine ich Nächte, die mich mit den Stimmen von Körper und Geist konfrontieren, mit einem Flüstern, das nach einem neuen Ehegefährten verlangt. Und ich ...«

Erneut verzichtete sie darauf, den Satz zu beenden, und diesmal schwieg sie einige Sekunden lang. Schließlich beugte sie sich vor. »Nun, welches hältst du für geeignet?« fragte Lwaxana und deutete auf die Kleider.

Deanna schob beide Gewänder beiseite und griff nach einem, das sich durch enorme Farbenpracht auszeichnete. »Wie wär's damit?«

Mrs. Troi schüttelte den Kopf. »Weiß gar nicht, wie es zu den übrigen Sachen gelangen konnte. Mr. Homn ...« Sie schnitt eine finstere Miene. »Welche Erklärungen haben wir dafür?«

Der Diener neigte stumm den Kopf.

»Oh, natürlich«, sagte Lwaxana. »Ich trage es am Tag der Hochzeit. Nur jemand mit ausgesprochen schlechtem Geschmack käme auf die Idee, beim Ritual der Eheschließung in Trauerkleidung zu erscheinen. So etwas erachtet man als schlechtes Omen und so. Tut mir leid, Tochter. Ich würde gern Rücksicht auf deine Gefühle nehmen, aber Tradition ist nun einmal Tradition. Das gilt auch für ...«

»Sinnlose Traditionen«, sagten Mutter und Tochter wie aus einem Mund. Deanna kicherte leise und tröstete sich mit dem Gedanken, daß sie ihren Ärger gut genug überwunden hatte, um zu lachen. »Na schön. Das schwarze mit den roten Streifen — es wirkt festlicher.« Sie stand auf. »Vor dem Empfang habe ich noch einige Dinge zu erledigen.«

»Dann laß dich von mir nicht aufhalten.«

Deanna schritt zur Tür und hatte sie fast erreicht, als

es hinter ihrer Stirn raunte: *Fürchtest du dich nicht davor, allein alt zu werden?*

Sie zögerte kurz, bevor sie folgende mentale Antwort formulierte: *Nein, denn ich habe immer mich selbst.*

Mrs. Troi seufzte. *Ich beneide dich.*

Deanna sah zu ihrer Mutter, aber Lwaxana beschäftigte sich wieder mit ihrem Gepäck und gab dadurch zu erkennen, daß sie die Unterredung für beendet hielt.

Als die Counselor das Gästequartier verließ, ging ihr folgendes durch den Kopf: Ganz gleich, welche Differenzen es zwischen Eltern und Kindern gab — wenn die Söhne und Töchter erwachsen wurden, teilten sie plötzlich den elterlichen Blickwinkel. Deanna glaubte ihr Leben ausgefüllt, aber was mochte die Zukunft bringen? Einsamkeit? Depressionen? Begann sie irgendwann damit, getroffene Entscheidungen zu bereuen und tatsächlich zu fürchten, allein alt zu werden?

Andere Fragen kamen hinzu: Blieb sie für immer — für den Rest ihres Lebens — bei Starfleet? Konnte sie ... sie selbst bleiben? Jetzt war sie jung, attraktiv und dynamisch. Sie hatte die Möglichkeit, zwischen Männern zu wählen, wenn sie wollte. Doch früher oder später verblaßte ihre Schönheit, verwelkte wie eine Blume. Auch die Dynamik würde nach und nach aus ihr verschwinden. Sie stellte sich grauweißes Haar vor, in den Gliedern das Blei des Alters. Sie stellte sich vor, wie ihre großen dunklen Augen den vitalen Glanz verloren ...

Mit den Fingerkuppen strich sie sich über die Wangen und glaubte, Falten zu spüren.

»Deanna?« Sie zuckte zusammen und drehte sich um. Riker stand hinter ihr.

Er lächelte das selbstbewußte, zuversichtliche Lächeln der Jugend. »Stimmt was nicht?«

Deanna trat auf ihn zu und umarmte ihn so fest wie nie zuvor.

»Donnerwetter!« entfuhr es ihm. »Womit habe ich das verdient?«

65

KAPITEL 6

Eine große Menge hatte sich im Gesellschaftsraum eingefunden. Es waren Repräsentanten von vielen verschiedenen Völkern zugegen, und die von ihnen dargebotene Farbenpracht ließ sich mit der bunten Vielfalt eines Weihnachtsbaums vergleichen.

Picard bahnte sich vorsichtig einen Weg durch die Menge und nickte immer wieder, als Tizarin oder andere Gäste das Fest lobten beziehungsweise ihre Bewunderung in Hinsicht auf die *Enterprise* zum Ausdruck brachten. Einmal glaubte er, Riker auf der anderen Seite des Raums gesehen zu haben, aber der Erste Offizier verschwand sofort wieder im allgemeinen Durcheinander.

Musik ertönte, vermischte sich mit zahllosen Stimmen. Die Klänge stammten von einigen Junior-Offizieren, die vor mehreren Monaten ihr Faible für Saxophone und Trompeten entdeckt hatten, woraufhin sie beschlossen, eine Band zu gründen. Derzeit spielten sie eine recht flotte Melodie, die Picard als Swing erkannte. Eigentlich gefiel ihm klassische Musik besser, aber manche Leute — unter ihnen auch Commander Riker — vertraten die Ansicht, daß Swing bereits ebenso klassisch war wie Mozart.

Er stieß gegen Graziunas. Besser gesagt: Graziunas stieß gegen ihn, und nur mit Mühe gelang es dem Captain, nichts von seinem Drink zu verschütten.

»Entschuldigen Sie, Picard!« donnerte Graziunas. Ihm fiel es nicht schwer, den Lärm zu übertönen. Wenn andere Männer die für ihn normale Lautstärke beim Sprechen erreichen wollten, mußten sie aus vollem Halse schreien. »Ziemlich voll hier!«

»Ja«, erwiderte Jean-Luc.

»Was?«

»*Ja!*« Picard rief, um sich verständlich zu machen. »Vielleicht hätten wir den Empfang in einem größeren Raum stattfinden lassen sollen.«

»O nein!« widersprach Graziunas. »Dieser ist perfekt und ideal!« Er lachte und streckte die Hand aus. »Sehen Sie nur!«

Picard blickte in die entsprechende Richtung. Kerin und Sehra saßen an einem Tisch, hielten sich an den Händen und wirkten verträumt.

»Erstaunlich«, kommentierte Graziunas. »Sie achten überhaupt nicht darauf, was um sie herum geschieht. Wahrscheinlich würden sie überhaupt nichts merken, wenn plötzlich alle Personen aus diesem Raum verschwänden. Die glückliche Blindheit der Jugend, nicht wahr, Picard? Erinnern Sie sich daran?«

»Ich war nie jung«, behauptete Jean-Luc, und der Hauch eines Lächelns umspielte seine Lippen. »Ich bin immer so gewesen wie jetzt.«

Graziunas lachte schallend und klopfte Picard auf den Rücken. Der Captain taumelte und hoffte, daß ihm der stämmige Patriarch nicht den Arm ausgekugelt hatte.

»Haben Sie den Vater der Braut mit Beschlag belegt? So etwas gehört sich nicht, Jean-Luc.«

Picard drehte den Kopf und sah Lwaxana Troi. Sie stand in unangenehmer Nähe, und diesmal hatte sie auch allen Grund, ihm noch näher zu kommen als sonst: Musik und Stimmengewirr waren laut genug, um Gespräche zu verhindern, wenn der Abstand zwischen den betreffenden Personen mehr als dreißig Zentimeter betrug. Aber bei Mrs. Troi mochten sich auch noch andere Motive damit verbinden — was den Captain mit profundem Unbehagen erfüllte. »Ich bitte um Verzeihung«, sagte er rasch und wandte sich an das Familienoberhaupt. »Wenn ich vorstellen darf ...«

Graziunas griff nach Lwaxanas Händen und lächelte strahlend. »Das ist nicht nötig. Wie könnte ich die Hüterin des Sakralen Kelchs von Betazed vergessen! Lwaxana — wie geht es Ihnen, Teuerste?« Er hob eine der beiden Hände, so daß ihn die Fingerknöchel an der Stirn berührten. »Sie haben immer einen Platz in meinen Gedanken.«

»Sie sind nach wie vor ein Charmeur«, erwiderte Lwaxana. »Passen Sie auf — sonst wird Jean-Luc eifersüchtig.«

Graziunas' Blick huschte zwischen ihnen hin und her. »Captain! Sie und die reizende Lwaxana ...«

»Oh, wir sind Freunde«, entgegnete Picard hastig. »Nur Freunde.«

»*Gute* Freunde«, betonte Mrs. Troi. »Die sich bestens *verstehen.* Das stimmt doch, oder?«

Picard suchte nach einer Möglichkeit, sich aus der Affäre zu ziehen, und plötzlich kam ihm der Zufall zu Hilfe. Das Licht im Gesellschaftsraum flackerte, und begleitet wurde dieser Vorgang von einem seltsamen Geräusch. Alle Anwesenden blickten sich verwundert um, aber niemand schien sonderlich beunruhigt zu sein — sie alle kannten sich gut mit Raumschiffen aus und wußten daher, daß sich gelegentliche Schwankungen des energetischen Niveaus nie ganz verhindern ließen. Die Musiker legten keine Pause ein, bliesen auch weiterhin in ihre Instrumente.

»Was war das?« fragte Lwaxana Troi, und in diesen drei schlichten Worten sah Picard die ersehnte Chance.

»Ich werde der Sache auf den Grund gehen«, versprach er, obgleich sich das Flackern nicht wiederholte. »Ich spreche sofort mit dem Chefingenieur. Ja, eine genaue Überprüfung des Vorfalls ist erforderlich. Bitte entschuldigen Sie — die Pflicht ruft.«

»Aber, Captain ...«, begann Mrs. Troi.

Er hob die Hand. »Tut mir leid. Ich kann mich hier nicht vergnügen, wenn es einen Hinweis auf Probleme gibt.« Jean-Luc drehte sich um und eilte zu LaForge, der an einem Panoramafenster Zuflucht gesucht hatte.

»Offenbar nimmt der Captain dieses Schiffes seine Verantwortung sehr ernst«, sagte Graziunas anerkennend.

Lwaxana runzelte die Stirn. »Ja«, bestätigte sie, und ein gewisser Mißmut vibrierte dabei in ihrer Stimme. »Seine Verantwortung *dem Schiff gegenüber* nimmt er tatsächlich sehr ernst.«

Guinan stand hinter dem Tresen und riß plötzlich die Augen auf. Das Licht flackerte nur eine halbe Sekunde lang, und normalerweise hätte sie kaum einen Gedanken daran verschwendet, aber in diesem besonderen Fall ... Von einem Augenblick zum anderen wußte sie Bescheid.

Sie sah sich um, hielt nach *ihm* in der Menge Ausschau. Verdammt! Wo steckte *er*? Vielleicht war *er* gar nicht im Gesellschaftsraum materialisiert, sondern im Korridor. Vielleicht näherte *er* sich dem Eingang ...

Ruckartig drehte Guinan den Kopf und beobachtete, wie sich das Schott schloß. Jemand hatte das Zimmer gerade betreten, doch die Identität des Neuankömmlings ließ sich nicht feststellen.

»Captain!« rief sie, aber ihre Stimme verlor sich im Lärm. Die Wirtin trug keinen Insignienkommunikator — auf diese Weise konnte sie Picard also nicht erreichen. Natürlich hätte sie schreien können, aber sie wollte vermeiden, zuviel Aufsehen zu erregen oder gar eine Panik auszulösen, die angesichts der vielen anwesenden Personen zu einer Katastrophe führen mochte.

Sie reckte den Hals und entdeckte Picard auf der anderen Seite des Raums. Die Entfernung zu ihm wuchs, denn ganz offensichtlich versuchte der Captain, den am

Panoramafenster in der gegenüberliegenden Wand sitzenden Geordi LaForge zu erreichen.

Guinan holte tief Luft und begann damit, sich einen Weg durch die Menge zu bahnen. Immer wieder drehte sie den Kopf und sah sich um, hielt nach einem ganz bestimmten Wesen Ausschau.

Geordi hob den Kopf, als Picard auf ihn zutrat. »Wenn viele Leute in der Nähe sind, fühle ich mich nicht sehr wohl, Captain«, sagte der Chefingenieur. »Die vielen verschiedenen Emissionseindrücke ... Es fällt mir schwer, sie alle auseinanderzuhalten, und ich bekomme schon nach kurzer Zeit Kopfschmerzen.«

»Schon gut, Mr. LaForge. Um ganz ehrlich zu sein: Sie boten mir einen dringend herbeigesehnten Vorwand. Als das Licht flackerte ...«

Geordi zeigte auf seinen Kommunikator. »Ich habe mich sofort mit dem Maschinenraum in Verbindung gesetzt. Dort wird gerade eine Überprüfung aller primären und sekundären Systeme vorgenommen.«

»Irgendeine Ahnung, was dahintersteckt?«

»Nun, es gibt mindestens ein Dutzend Dinge, die so geringfügige energetische Schwankungen hervorrufen können, und sie alle sind reine Routine. Wie dem auch sei: Mit Hilfe unserer Diagnose-Programme sollten wir eigentlich imstande sein, so etwas zu verhindern. Meine Leute kümmern sich darum.«

»Gut.« Picard lächelte. »Wenigstens ist es genau zum richtigen Zeitpunkt passiert. Ich saß in der Klemme, und zwar wegen ...«

»Mrs. Troi!« sagte Geordi laut und deutlich. Es klang nicht nach dem Ende des vom Captain begonnenen Satzes, sondern nach einem Gruß.

Picard verstand die Warnung und wandte sich um. »Lwaxana«, sagte er, als Deannas Mutter heranrauschte.

»Graziunas hat einen anderen Gesprächspartner ge-

funden«, sagte Mrs. Troi. »Zwar kenne ich die meisten
der hier anwesenden Personen recht gut, aber ich
möchte lieber mit Ihnen reden, Jean-Luc. Wir haben uns
soviel zu erzählen.« Sie tauchte den kleinen Finger in
ihr Glas und rührte in der schimmernden Flüssigkeit.
»Ja, es gibt viel zu erzählen. Bei unserer letzten Begegnung gelang es uns leider nicht, gewisse … Barrieren zu
überwinden.«

LaForge konzentrierte sich auf seine VISOR-Wahr-
nehmung und betrachtete sich rasch verändernde Muster aus infraroten Emissionen. Allem Anschein nach
rang der Captain um seine Fassung. Faszinierend. Geordi versuchte sich daran zu erinnern, wann Picard zum
letztenmal einen solchen Anblick geboten hatte. Ja, genau: beim letzten Besuch von Lwaxana Troi.

Mrs. Troi schien irgendwelche Wellen auszusenden,
die Picard galten, und der Captain gab sich alle Mühe,
sie zu ignorieren.

Jean-Luc hörte ein Lachen, das die Stimmen der anderen Gäste und selbst die Musik übertönte. Graziunas.
Und das Oberhaupt des Hauses Nistral ließ sich ebenfalls vernehmen. Beide Männer lachten so, als hätten sie
gerade den besten Witz ihres Lebens gehört.

»Die Väter von Braut und Bräutigam scheinen sich
prächtig zu vergnügen«, sagte Geordi.

»Counselor Troi wies mich auf eine unterschwellige
Feindseligkeit zwischen ihnen hin — vielleicht bemühen sie sich, diese Empfindungen zu sublimieren.« Picard blickte über die Menge hinweg. An einer Stelle fielen ihm Anzeichen von Ärger und Unruhe auf — jemand schien einige andere Leute beiseite zu drängeln.
Jean-Luc hoffte, daß der Betreffende nicht aus seiner
Crew stammte; von den Besatzungsmitgliedern erwartete er besseres Verhalten.

»Wenn es Ihnen tatsächlich ums Sublimieren geht, so
deutet alles darauf hin, daß sie großen Erfolg haben«,
meinte Geordi.

Das schallende Gelächter wiederholte sich. »Was auch immer für so gute Stimmung sorgt ...«, sagte Picard. »Ich hoffe, es wirkt auch weiterhin. Die Feste an Bord dauern eine Woche, und ich möchte unbedingt vermeiden, daß sich die Väter an ihre Rivalität erinnern.«

Er beobachtete, wie weitere Gäste von jemandem zur Seite gestoßen wurden. »Was geht da vor?«

Und dann stellte er verblüfft fest, daß sich Guinan nicht besonders taktvoll einen Weg durch die Menge bahnte. Einige gemurmelte Flüche begleiteten sie, als sie sich Picard näherte.

Unter normalen Umständen gab es an Guinans Gebaren nie etwas auszusetzen. Woraus folgte: Wenn sie es an Takt mangeln ließ, so hatte sie einen guten Grund dafür.

»Was ist los?« fragte Jean-Luc.

Sie verlor keine Zeit mit unnötigen Worten. »*Er* befindet sich hier«, erwiderte sie bedeutungsvoll.

Picard runzelte verwirrt die Stirn — und dann verstand er plötzlich. Von einem Augenblick zum anderen wußte er ganz genau, wen Guinan meinte. Ihre Reaktion bot einen guten Anhaltspunkt: Es gab nur ein Wesen in der ganzen Galaxis, auf das sie so reagierte.

Sie war ... angespannt.

Und nur die Präsenz eines ganz bestimmten Geschöpfes bewirkte Anspannung in Guinan.

»*Merde*«, sagte Picard. Und noch einmal: »*Merde.*«

»Stimmt was nicht?« erkundigte sich Geordi. Den vom Captain ausgehenden Emissionsmustern konnte er nur entnehmen, daß es um etwas Ernstes ging.

»Sie sind nervös, Jean-Luc«, verkündete Mrs. Troi. Sie brachte nicht etwa Sorge zum Ausdruck, schien eher das Ergebnis einer Diagnose zu nennen.

»Es ist alles in Ordnung, Lwaxana«, entgegnete Picard geistesabwesend und wandte sich an Guinan. »Wo ...?«

»Sie lassen sich von einem Buchstaben des Alphabets beunruhigen?« fragte Mrs. Troi.

Der Captain zuckte so heftig zusammen, als hätte ihn jemand geschlagen — eine solche Bemerkung konnte nur von Lwaxana stammen.

Er drehte sich um und sah Deannas Mutter an. »Dies ist nicht der geeignete Zeitpunkt, um die Gedanken anderer Leute zu lesen«, sagte er in einem so festen Tonfall, wie er ihn Lwaxana gegenüber noch nie benutzt hatte.

»Ihnen gehen sehr intensive Gedanken durch den Kopf«, erwiderte Lwaxana amüsiert. »Wenn Sie im Sturm das Gleichgewicht verlieren und fallen — geben Sie dann dem Wind die Schuld oder sich selbst?«

Picard drückte die Betazoidin mit sanftem Nachdruck in einen nahen Sessel. »Bleiben Sie hier.« Leise und eindringlich fügte er hinzu: »Wir alle sind in schrecklicher Gefahr. Wenn Sie mein Bewußtsein sondieren, so dürfte Ihnen auch klar sein, daß ich allen Ernstes um Ihre Sicherheit und die des Schiffes besorgt bin. Und deshalb ... *bleiben Sie hier.*«

Lwaxana nickte ungerührt und ließ den Captain nicht aus den Augen. »Ja, Sir.«

Picards Aufmerksamkeit kehrte zu Guinan zurück. »Wo ist er?«

»Ich weiß es nicht.«

In der Mitte des großen Zimmers ertönte erneut das grölende Lachen der beiden Väter.

»Eine Zigarre in seinem Mund«, entfuhr es Nistral. »Oh, das muß köstlich gewesen sein!«

»Und ob«, bestätigte eine andere Stimme. Sie war schrecklich vertraut — und sie klang so angenehm und beruhigend wie Nägel an einer Schiefertafel.

Picard setzte sich wortlos in Bewegung und trat durch die Menge, gefolgt von Guinan und einem noch immer verwunderten Geordi. Jean-Luc hörte, wie drei Männer — besser gesagt: zwei Männer und ein Wesen

— laut lachten, und kurz darauf sah er Graziunas, Nistral und ... *ihn.*

»Oh, Captain!« Graziunas gestikulierte. »Der Admiral hat uns von einigen Ihrer Abenteuer erzählt. Gewisse Einzelheiten hätten Sie vermutlich lieber für sich behalten.«

»Da Sie mich auf meine Wünsche ansprechen ...«, erwiderte Picard. »In Hinsicht auf jene *Person* dort würde ich Schweigen vorziehen.«

»Ich bitte Sie, Jean-Luc.« Q hob tadelnd den Zeigefinger. »Beherrschen Sie sich. Auch wenn Ihnen das Individuum nicht gefällt ...« Er lächelte schmeichlerisch. »Die Uniform müssen Sie respektieren.«

KAPITEL 7

Deanna Troi und Worf befanden sich auf der Brücke. Bisher blieb alles ruhig. Zwar hielt sich auch weiterhin eine Sicherheitsgruppe in Bereitschaft, aber Picard hatte sich gegen ihre Präsenz im Gesellschaftsraum entschieden. Ihm ging es in erster Linie darum, beim ersten Empfang der Tizarin eine entspannte Atmosphäre zu gewährleisten, um eine feste Basis für Kooperation und guten Willen zu schaffen. Worf pflichtete dem Captain bei, wenn auch widerstrebend. Der Klingone vertrat den Standpunkt, daß man nicht vorsichtig genug sein konnte.

Er saß nicht im Kommandosessel, sondern verharrte unweit der Sicherheitsstation und nahm dort Kom-Meldungen von Starfleet entgegen, die Ereignisse im gegenwärtigen Quadranten der *Enterprise* betrafen. In dieser Beziehung verhält sich Worf ebenso wie ein Autofahrer des späten zwanzigsten Jahrhunderts, der sich per Radio über Verkehrsstaus informierte. Sein Motto lautete: Gefahr erkannt, Gefahr gebannt. Wenn sich Unruhestifter näherten oder jemand glaubte, irgendeinen Planeten angreifen zu müssen, so wollte der klingonische Sicherheitsoffizier vorbereitet sein.

Deanna Troi hatte in ihrem Sessel Platz genommen. Für ihre Anwesenheit im Kontrollraum gab es zwei Gründe. Erstens: Sie wußte, daß Lwaxana im Gesellschaftsraum weilte, und derzeit ging es ihr darum, Distanz zu wahren — die Ab'brax-Angelegenheit belastete sie nach wie vor. Zweitens: Sie hielt sich nicht gern in der Nähe vieler Personen auf, weil sie viel geistige

Kraft dafür verwenden mußte, ihre mentalen Schilde angesichts einer empathischen Flut stabil zu halten.

Ihre Mutter verfügte über weitaus bessere telepathische Fähigkeiten, und sie konnte praktisch mühelos Abschirmungen schaffen, die sie vor den Emotionen und Gedanken anderer Personen schützten. Als volle Betazoidin war sie imstande, gezielt zu sondieren und psychische Signale zu selektieren. In Deannas Adern hingegen floß nicht nur betazoidisches Blut, sondern auch terranisches. Sie besaß ein gewisses empathisches Potential und konnte auch Gedanken empfangen, wenn sie von einem starken Telepathen wie Lwaxana gesendet wurden. Aber manchmal fragte sich Deanna, wieviel mehr sie als Counselor leisten könnte, wenn sie ...

Kleine, flüsterte es zwischen ihren Schläfen.

Sie blinzelte überrascht. Normalerweise empfing sie nur dann mentale Botschaften von ihrer Mutter, wenn sie sich gegenüberstanden. War etwas passiert? Deanna besann sich auf ihre selten benutzten Projektionstalente. *Was ist los, Mutter?* fragte sie und beschloß, die ärgerliche Anrede mit ›Kleine‹ zu ignorieren.

Ich bin neugierig, Schatz. Hat der Buchstabe Q irgendeine Bedeutung für dich?

Deanna riß die Augen auf. »Q!«

Worf drehte ruckartig den Kopf. »Q?« wiederholte er dumpf. »Was meinen Sie damit, Counselor?«

Warum stellst du mir eine solche Frage, Mutter? erkundigte sich Deanna.

Ich bin hier einem recht seltsamen Individuum begegnet, und Jean-Luc bringt den bereits genannten Buchstaben damit in Verbindung ...

Deanna sprang auf. »Ich bin unterwegs«, sagte sie. Und: »Bitte kommen Sie mit, Worf.« Sie fügte keine Erklärung hinzu, hastete zum Turbolift. Worf wußte nicht, was die Counselor zu solcher Eile veranlaßte, aber er folgte ihr sofort. Die übrigen Brückenoffiziere wechselten verwirrte Blicke.

»Gesellschaftsraum«, sagte Deanna, und die Transportkapsel setzte sich in Bewegung. »Ich glaube, Q ist beim Empfang zugegen.«

»Dann hat er sich die falsche Party ausgesucht«, knurrte der Klingone und berührte seinen Insignienkommunikator. »Worf an Sicherheitsabteilung. Eine Einsatzgruppe zum Gesellschaftsraum. Q befindet sich dort.«

»Warum hat der Captain Sie nicht verständigt?« fragte Deanna.

»Vielleicht blockiert Q die Kom-Signale. Wenn das der Fall ist, möchte ich vermeiden, ihn auf uns hinzuweisen. Wir brauchen das Überraschungsmoment.«

»Ich fürchte, das hat Q für sich gepachtet«, entgegnete Deanna.

Worf überprüfte die Justierung seines Phasers. »Diesmal leihe ich es mir aus.«

»Was machen Sie hier, Q?« fragte Picard.

Der scharfe Tonfall schien den ›Admiral‹ zu verletzen. Er schnitt eine Grimasse. »Ich genieße Ihre Gastfreundschaft«, erwiderte er. »Steht mir das nicht zu?«

»Nein«, sagte der Captain ohne zu zögern.

Graziunas' Blick wechselte zwischen Picard und Q hin und her. »Gibt es irgendein Problem?« erkundigte er sich.

Auch Nistral wirkte verwirrt. »Wir haben ein sehr interessantes Gespräch mit dem Admiral geführt. Wenn Sie uns bitte erklären würden, warum ...«

»Er ist kein Admiral!« warf Picard ein. »Er ist ...«

Was nun? überlegte er. *Soll ich den Tizarin mitteilen, daß Q ein Superwesen ist und allein mit Willenskraft alles zu bewerkstelligen vermag? Soll ich ihnen sagen, daß uns dieses Geschöpf von einer Sekunde zur anderen in das Raumgebiet der Borg transferieren oder einfach so eine Panik auslösen kann?*

Er begriff plötzlich, daß er Lwaxana Troi gerade auf

77

die wahre Beschaffenheit ihrer Situation hingewiesen hatte — falls sie in den mentalen Äther lauschte. *Hoffentlich verzichtet sie derzeit darauf, meine Gedanken zu lesen.*

Er zögerte kaum merklich, bevor er hinzufügte: »Er ist an Bord dieses Schiffes nicht willkommen.«

Bei den meisten Anwesenden handelte es sich um Tizarin, aber es waren auch viele Besatzungsmitglieder der *Enterprise* zugegen, die Q erkannten und zurückwichen. Sie wußten: Was auch immer sich anbahnte — es bezog sich in erster Linie auf den Captain. Commander Riker schob sich durch die Menge und trat zu Picard. Die Musiker spürten den allgemeinen Stimmungswandel und ließen ihre Instrumente sinken.

»Ich erlaube mir, anderer Meinung zu sein, Captain«, sagte Graziunas.

»Ja, Picard, er erlaubt sich, anderer Meinung zu sein«, betont Q. Jean-Luc bedachte ihn mit einem durchdringenden Blick, aber Q verharrte in Gelassenheit, setzte das Glas an die Lippen und trank einen Schluck Synthehol. Er runzelte die Stirn und betrachtete den Inhalt des Glases, der sich daraufhin in etwas Rotes verwandelte. Der Mann in der Uniform eines Starfleet-Admirals trank erneut und nickte anerkennend.

»Dies ist eine Tizarin-Feier«, fuhr Graziunas fort. Er schien nichts bemerkt zu haben. »Und die Tradition der Tizarin verlangt, jeden willkommen zu heißen, der in Frieden an einem Hochzeitsfest teilnehmen möchte.«

»Das stimmt«, bestätigte Nistral. Er taumelte ein wenig — offenbar hatte er schon einiges intus.

Picard holte tief Luft. »Wie dem auch sei: An Bord der *Enterprise* ist dieses Individuum aber *nicht* willkommen.«

»Wir können ihn auf keinen Fall bitten, das Schiff zu verlassen«, erwiderte Graziunas schockiert. »Das wäre ein sehr schlechtes Omen. In einem solchen Fall hätte die Ehe kaum eine Chance, Erfüllung und Glück zu schenken; wir müßten darauf verzichten, die Trauung stattfinden zu lassen.«

Picard musterte die beiden Familienoberhäupter. »Ist das Ihr Ernst?«

»Ja, Captain«, sagte Nistral.

»Finden Sie sich damit ab, Picard.« Q lächelte. »Ich bin zurück.«

Jean-Luc wandte sich ihm zu. »Was wollen Sie?« fragte er geradeheraus.

»Wieso glauben Sie, daß ich irgend etwas will?«

Q trat jäh einen Schritt zurück, als sich ihm Guinan näherte. Sie hob die Hände und überkreuzte sie, schien damit etwas abwehren zu wollen. Q wirkte plötzlich sehr angespannt. »So begrüßt man keinen Gast, Picard.«

»Ich halte Sie auch gar nicht für einen Gast«, brummte der Captain.

»Im Gegensatz zu mir«, ließ sich Graziunas vernehmen.

Picard drehte sich zu ihm um, und in seinen Augen brannte ein solcher Zorn, daß der Patriarch unwillkürlich zurückwich — obgleich er fast einen halben Meter größer und weitaus kräftiger gebaut war.

»Dies ist mein Schiff«, sagte Jean-Luc, und es fiel ihm sehr schwer, nicht die Beherrschung zu verlieren. Er sprach ein ganzes Stück lauter als sonst, was die Gäste in der Nähe veranlaßte, den Abstand zum Captain zu vergrößern. »Ich bestimme, wer sich an Bord aufhalten darf und wer nicht.«

Graziunas straffte die Schultern. »*Starfleet* entscheidet darüber. Die Flotte hat uns dieses Schiff — beziehungsweise einen Teil davon — zur Verfügung gestellt, und deshalb beanspruche ich das Recht, unsere Gäste auszuwählen.«

»Picard ...« Q wandte den Blick nicht von Guinan ab. »Wir können diese Sache gütlich regeln.«

»Tatsächlich?«

»Ja. Wenn Sie so sicher sind, daß Sie das Kommando über die *Enterprise* haben ... Versuchen Sie, mich von Bord zu schicken.«

Qs Lippen teilten sich und formten das für ihn so typische provozierende Lächeln.

Eine Sekunde später kam Worf herein, begleitet von vier Sicherheitswächtern. Die Menge schuf ihm sofort Platz.

»Worf!« rief Q fröhlich. »Sind Sie noch immer bemüht, die Evolutionsleiter zu erklettern?«

Der Sicherheitsoffizier blieb vor ihnen stehen und knurrte.

Die verbale Auseinandersetzung zwischen Picard und Q weckte das Interesse der Gäste, doch der Anblick eines zornigen Klingonen genügte, um einigen Leuten einen gehörigen Schrecken einzujagen.

Nur Lwaxana Troi ließ sich nicht beeindrucken. Sie beobachtete die Konfrontation, und ihre besondere Aufmerksamkeit galt dabei Q. Deanna näherte sich und griff nach dem Arm ihrer Mutter.

»Komm, schnell«, drängte sie. Eigentlich wußte sie gar nicht, wohin sie sich wenden sollte. Qs Macht kannte keine Grenzen, und das bedeutete: Nirgends im Schiff gab es Sicherheit. Trotzdem fühlte sich Deanna verpflichtet, *irgend etwas* zu unternehmen, um ihre Mutter zu schützen — obgleich ein solches Bemühen in diesem Fall sinnlos bleiben mußte.

Lwaxana rührte sich nicht von der Stelle, und ihr Blick galt weiterhin Q. »Schon gut, Kleine. Laß nur.«

»Du hast keine Ahnung vom Ausmaß der drohenden Gefahr, Mutter ...«

Mrs. Troi winkte ab. »Ich bin nie vor irgend etwas weggelaufen. Und ich lasse mich nicht von Gefahren einschüchtern.«

»Mutter ...«

»Pscht«, sagte Lwaxana streng.

Unterdessen trachtete Picard danach, die Situation

unter Kontrolle zu halten. Er wußte nicht, wie Worf von Qs Präsenz erfahren hatte, aber eins stand fest: Durch die Anwesenheit des Klingonen wurde alles noch komplizierter.

»Bitte um Erlaubnis, den unerwünschten Gast rausschmeißen zu dürfen, Captain«, grollte Worf. In seinen großen Händen zuckte es — offenbar sehnten sie sich danach, Q an der Kehle zu packen.

Der in eine Admiralsuniform gekleidete Humanoide musterte Worf verächtlich. »Bitte entschuldigen Sie das Verhalten des Klingonen«, sagte er, und seine Worte galten den übrigen Anwesenden. »Er hat gerade gelernt, aufrecht zu gehen, und dadurch neigt er jetzt zu übertriebenem Selbstbewußtsein.«

Der Sicherheitsoffizier trat einen Schritt auf ihn zu.

»Worf!« rief Picard.

»Bei Fuß«, höhnte Q. Er hob die Hand, und Jean-Luc sah eine imaginäre Szene. Er stellte sich vor, wie Worf zu Boden geschleudert und dazu gezwungen wurde, sich wie ein gehorsamer Hund zu verhalten. Von einer solchen Demütigung mochte sich der Klingone nie wieder erholen.

Guinan trat mit blitzenden Augen vor, und Q fletschte die Zähne. Graziunas und Nistral sprachen gleichzeitig, protestierten gegen die schlechte Behandlung eines Gastes. Alles geschah viel zu schnell, und Picard spürte, wie ihm die Fäden immer mehr aus der Hand glitten.

»*Schluß damit!*« donnerte er und übertönte das Stimmengewirr.

Von einer Sekunde zur anderen herrschte völlige Stille, und erwartungsvolle Blicke richteten sich auf ihn. Riker stand nun neben Worf, und Picard stellte dankbar fest, daß er dem Klingonen eine beruhigende Hand auf die Schulter legte.

»In diesem Zusammenhang läßt die Tradition der Tizarin keine Kompromisse zu«, sagte Graziunas.

»Wir können Ihre Tradition später erörtern«, erwiderte Picard. »Q ... Sprechen wir draußen darüber.«

Der Besucher zuckte mit den Schultern. »Wie Sie wünschen, Picard.«

Jean-Luc und Q gingen zur Tür. Vor ihnen bildete sich eine stumme Gasse in der Menge — nur wenige Personen verstanden die jüngsten Ereignisse, aber alle Anwesenden hielten es für besser, sich mit einer passiven Rolle zu begnügen.

Die Offiziere wollten Picard folgen, doch er winkte ab. »Bleiben Sie hier und kümmern Sie sich um die Gäste. Nummer Eins, bitte erklären Sie Graziunas und Nistral die Hintergründe. Was die anderen betrifft ...« Picard versuchte zu lächeln, doch es gelang ihm nicht ganz. »Vergnügen Sie sich. Dies ist eine Party. Mir geht es nur darum, ein kleines Mißverständnis auszuräumen, und das dauert bestimmt nicht lange.« Es klang nicht besonders überzeugend, und das wußte er auch. Andererseits: Die Umstände verlangten, daß er *irgend etwas* sagte.

Die Tür öffnete sich mit einem leisen Zischen, und Q vollführte eine einladende Geste. »Nach Ihnen, Picard«, sagte er übertrieben freundlich.

Aus den Augenwinkeln sah Jean-Luc den Androiden, der gerade den Gesellschaftsraum betreten wollte. »Captain ...«, begann Data.

»Später«, kam ihm Picard zuvor. Dann trat er mit Q nach draußen — und zwar im wahrsten Sinne des Wortes.

KAPITEL 8

Während des Brükkendienstes hatte Wesley Crusher noch nie geschrien.

Auch jetzt schrie er nicht wirklich. Aber er konnte nicht verhindern, daß ihm ein Laut der Verblüffung über die Lippen kam.

Er befand sich erst seit wenigen Minuten im Kontrollraum. Eigentlich begann sein Dienst erst später, aber ihm stand nicht der Sinn danach, die Party zu besuchen. Er hatte vergeblich versucht, sich mit einem Mädchen für den Empfang zu verabreden, und er wollte dort nicht allein erscheinen. Aus diesem Grund beschloß er, die Brücke aufzusuchen, um ein wenig mit Worf und Counselor Troi zu plaudern. Aber sie glänzten beide durch Abwesenheit, und das fand Wesley erstaunlich: Weder der Klingone noch die Betazoidin hielten viel von Partys.

Er zuckte mit den Achseln, nahm an seiner Station Platz und führte einen Routinetest der Systeme durch. Als ihm die Anzeigen Normwerte präsentierten, nickte er zufrieden und hob den Blick zum Wandschirm.

Picard schwebte im Projektionsfeld.

Der junge Fähnrich sprang mit einem jähen Satz auf. Die übrigen Brückenoffiziere sahen sich erstaunt zu ihm um, setzten zu Fragen wie ›Was ist los?‹ und ›Stimmt was nicht?‹ an.

Dann bemerkten auch sie die Gestalt auf dem Wandschirm.

»O mein Gott«, hauchte Lieutenant Clapp. Lieute-

83

nant Burnside klappte den Mund auf, brachte jedoch keinen Ton hervor.

Picard schwebte vor der *Enterprise.* Und er schwebte nicht bewegungslos, sonst wäre er innerhalb eines Sekundenbruchteils weit hinter dem Schiff zurückgeblieben. Der große Starfleet-Kreuzer flog mit halber Lichtgeschwindigkeit. Ein eher gemütliches Tempo — für ein Raumschiff. Bei einem Menschen, der über keinerlei technische Hilfsmittel verfügte, sah die Sache ganz anders aus. Hinzu kam, daß der Captain ohne Schutzanzug im Vakuum des Weltraums überlebte — ein solches Kunststück hatte wirklich noch niemand vor ihm vollbracht.

»Zum Teufel auch ...!« schnaufte Fähnrich Chafin an der taktischen Station. »Leide ich an Halluzinationen, oder sehen Sie das ebenfalls?«

Tausend Fragen kamen Wesley in den Sinn, gefolgt von einer Antwort.

»Q«, murmelte er.

Er bewies Geistesgegenwart, als er seinen Insignienkommunikator berührte und sagte: »Brücke an Transporter.«

»Transporter«, erklang O'Briens ruhige Stimme.

»Bitte stellen Sie keine Fragen«, sagte Wesley rasch. »Ich weiß, daß es verrückt klingt, aber der Captain fliegt direkt vor uns durchs All. Koordinaten ...« Er warf einen Blick auf die Displays. »Eins null eins Komma eins.«

»Der *Captain* fliegt vor uns durchs All?« wiederholte O'Brien ungläubig.

»Richten Sie den Transferfokus aus und holen Sie ihn an Bord.«

Einige Sekunden lang herrschte Stille.

»O'Brien?«

»Hier geht irgend etwas nicht mit rechten Dingen zu.« Es klang besorgt. »Es ist mir ein Rätsel. Die angezeigten Werte sind normal, und kein Diagnosepro-

84

gramm meldet einen Fehler. Trotzdem funktioniert der Transporter nicht. Man könnte meinen, irgendwo sei die Energieversorgung unterbrochen.«

»Das habe ich befürchtet«, erwiderte Wesley. »Versuchen Sie, die Anlage wieder einsatzbereit zu machen.« Der Junge begriff plötzlich, daß er einem Vorgesetzten Befehle erteilte, aber er sprach mit solcher Autorität, daß der Transporterchef schlicht antwortete: »Ich gebe Ihnen Bescheid, Mr. Crusher. O'Brien Ende.«

»Brücke an Commander Riker«, sagte Wesley sofort.

»Hier Riker.« Der Erste Offizier schien abgelenkt zu sein, und Wes glaubte, den Grund dafür zu erkennen: Im Hintergrund murmelten zahlreiche Stimmen. Offenbar weilte Riker im Gesellschaftsraum. »Wenn es nicht sehr wichtig ist, Brücke ...«

»Es geht um den Captain.«

Sofort veränderte sich Rikers Tonfall und wies auf volle Aufmerksamkeit hin. »Wo ist er?«

»Direkt vor dem Schiff.«

»*Was?*«

»Er schwebt vor der *Enterprise* im All und hält unsere Sublicht-Geschwindigkeit, Commander. Könnte es sein, daß Q dahintersteckt?«

»Gut geraten, Mr. Crusher. Riker an Trans ...«

»Das habe ich bereits versucht«, sagte Wesley. »Der Transporter funktioniert nicht.«

»Großartig. Riker an Hangar. Treffen Sie Vorbereitungen für den Start eines Shuttles. Ich bin auf dem Weg zu Ihnen. Brücke, halten Sie mich auf dem laufenden. Riker Ende.«

Die Offiziere im Kontrollraum starrten fassungslos zum Wandschirm. Der Captain vollführte einige vage Gesten und erweckte den Anschein, seine Position verändern zu wollen. Er hatte die Situation ganz offensichtlich nicht unter Kontrolle.

Einmal mehr aktivierte Wesley seinen Insignienkommunikator. »Brücke an Picard«, sagte er versuchsweise.

85

Er bekam keine Antwort, hatte auch gar nicht damit gerechnet.

Burnside beugte sich vor, und ihr langes, rötliches Haar strich dem jungen Fähnrich über die Wange. »Was stellt der Captain dort draußen an?« fragte sie entgeistert.

Die Transportkapsel des Turbolifts trug Riker, Worf und Data zum Hangar. »Was haben Sie gesehen?« wandte sich der Erste Offizier an den Androiden.

»Es ging alles sehr schnell. Ich wollte den Gesellschaftsraum betreten, als der Captain durch die Tür kam, begleitet von einem Humanoiden, bei dem es sich um Q zu handeln schien. Die Tatsache, daß der Captain von einem Augenblick zum anderen entmaterialisierte, ebenso wie der Fremde, scheint diese Annahme zu bestätigen.«

»Wir brauchen einige Minuten, um Picard zu erreichen. Normalerweise kann er nicht so lange überleben.«

»Wenn er stirbt, so begleitet ihn Q ins Jenseits«, knurrte Worf mit mehr Entschlossenheit als Verstand.

»Vermutlich besteht keine derartige Gefahr«, sagte Data. »Unsere bisherigen Erfahrungen mit Q lassen den Schluß zu, daß er großen Gefallen daran findet, den Captain mit schwierigen Situationen zu konfrontieren. An seinem Tod scheint ihm nichts gelegen zu sein. Ich nehme an, daß er sein Opfer auch diesmal vor fatalen Konsequenzen für Leib und Seele bewahrt.«

Die Tür des Turbolifts öffnete sich, als Riker erwiderte: »Wieso tröstet mich dieser Hinweis nicht?«

Sie verließen die Transportkapsel und eilten zum Hangar.

»Erzähl mir von ihm.«

Deanna blickte ihrer Mutter in die Augen. Um sie herum begann nun wieder ein Stimmengewirr, das allerdings nicht so laut war wie vorher. Die Tizarin und ihre Gäste fragten nach Grund und Bedeutung der jüngsten Ereignisse; nur die wenigen anwesenden Besatzungsmitglieder wußten über Q Bescheid, und sie versuchten, möglichst unverbindlich Antwort zu geben. Glücklicherweise hatte sich das Schott geschlossen, bevor der Captain und Q verschwanden.

»Wen meinst du?«

»Den faszinierenden Herrn, der bei Jean-Luc solche Nervosität bewirkte.«

Deanna sah Lwaxana an.

»Das kann doch nicht dein Ernst sein!« entfuhr es ihr.

Mrs. Troi lachte leise. »Darf ich nicht einmal eine harmlose Frage stellen?«

»Es gibt keine harmlosen Fragen, wenn sie sich auf ... jene Person beziehen, Mutter«, erwiderte Deanna mit Nachdruck. »Schlag es dir aus dem Kopf. Nicht einmal im *Traum* darfst du so etwas auch nur in *Erwägung* ziehen.«

Lwaxana tätschelte die Wange ihrer Tochter. »Sei unbesorgt, Kleine«, sagte sie von oben herab. »Ich werde schon damit fertig. Mister LaForge!« rief sie und näherte sich dem Chefingenieur, um ihm Informationen zu entlocken.

Die Counselor blieb zurück und kochte innerlich.

Guinan trat auf sie zu. »Deanna ...«

»Ich kann es nicht ausstehen, mit ›Kleine‹ angesprochen zu werden!« explodierte Troi und stürmte fort.

Guinans Gedanken galten in erster Linie Q, und sie zuckte nur mit den Schultern. »Na schön. Sie mögen es nicht, ›Kleine‹ genannt zu werden. Alles klar.«

Picards Blicke strichen über die *Enterprise*.

Auf einer rein rationalen Ebene wußte er natürlich, wie groß sie war, und außerdem hatte er mehrmals Gelegenheit bekommen, sie von Bord eines Shuttles aus zu sehen. Aber jetzt schwebte er frei im Weltraum, und dadurch gewann er einen ganz anderen Eindruck.

Eine Zeitlang bewunderte er die majestätische Schönheit seines Schiffes. Auch etwas anderes beeindruckte ihn: Das kalte Vakuum des Alls hätte ihn innerhalb weniger Sekunden umbringen müssen; statt dessen spürte er angenehme Wärme und atmete mühelos.

Er lebte noch — ein Umstand, der darauf hinzudeuten schien, daß zumindest keine *unmittelbare* Gefahr drohte. Andererseits: Völlige Stille umgab ihn, was er immer mehr als Belastung empfand, und hinzu kam das schreckliche Gefühl absoluter Hilflosigkeit.

»Na schön, Picard«, ertönte es. »Wie wär's mit einer Plauderei?«

Jean-Luc versuchte sich umzudrehen, doch es war alles andere als einfach, sich in Schwerelosigkeit zu bewegen. Natürlich gehörte so etwas zur Ausbildung an der Starfleet-Akademie, aber schon damals hatte es Picard dabei mit erheblichen Problemen zu tun bekommen. Die vielen verstrichenen Jahre machten sein Unterfangen keineswegs leichter. »Q!« rief er — und fragte sich, wie seine Stimme im Vakuum erklingen konnte. *Möglicherweise ist alles Imagination.* »Zeigen Sie sich, Q!«

Eine Gestalt manifestierte sich vor ihm, mit verschränkten Armen und einem selbstbewußten Lächeln. »Sie wollten ›draußen‹ mit mir reden, und diesen Wunsch habe ich Ihnen erfüllt. Das gehört zu meiner neuen Taktik.«

Picard trachtete danach, das tief in ihm erwachende Entsetzen im Zaum zu halten. In seiner gegenwärtigen Lage war er ganz und gar Qs Gnade ausgeliefert. Was ihn eigentlich kaum überraschte: Diese Art von Ohnmacht spürte er häufig in der Präsenz von Q. Wie dem auch sei ... Bisher hatte Jean-Luc der fast allmächtigen Entität gegenüber nie klein beigegeben, und damit wollte er auch jetzt nicht anfangen.

»Was für eine neue Taktik meinen Sie?« fragte er und ließ sich seine Verärgerung deutlich anmerken. Mit vagem Interesse nahm er zur Kenntnis, daß winzige Meteoriten an einer unsichtbaren Barriere abprallten, die offenbar einen ähnlichen Zweck erfüllte wie die Navigationsschilde der *Enterprise.*

»Ich versuche, Ihnen ähnlich zu sein«, erwiderte Q nonchalant.

»Unsinn. Sie haben nie einen Zweifel daran gelassen, daß Sie alles Menschliche verachten.«

»Räumen Sie mir nicht das Recht ein, meine Meinung zu ändern?«

»Ihr bisheriges Verhalten bietet nicht den geringsten Hinweis darauf, daß Sie dazu auch nur *fähig* sind«, sagte Picard. »Von einer entsprechenden *Bereitschaft* ganz zu schweigen.«

»Sie scheinen ziemlich gereizt zu sein, Jean-Luc.«

»Ich schwebe ohne Schutzanzug außerhalb der *Enterprise* im Weltraum.«

»Ich ebenfalls«, betonte Q. »Aber beklage ich mich darüber?«

Er glitt näher, und in seinen Zügen zeigte sich eine Gelassenheit, die darauf hindeutete, daß er alles unter Kontrolle hatte — ein Eindruck, der sicher nicht täuschte. Darüber hinaus war er in eine Aura der Aufrichtigkeit gehüllt, die Picard schon einmal wahrgenommen hatte, damals, als Q nackt und seiner Macht beraubt im Kontrollraum der *Enterprise* erschien. Jean-Luc erinnerte sich deutlich an seine anfängliche Skepsis. Später stellte sich Q tatsächlich als hilflos heraus, und er bewies sogar die Fähigkeit zur Selbstaufopferung.

Andererseits: Bei Q mußte man immer mit Überraschungen rechnen ...

»Ich möchte Ihnen etwas erklären, Picard. Hören Sie mir zu?«

»Sie haben meine volle, uneingeschränkte Aufmerksamkeit«, sagte Jean-Luc. Er gab sich lässig und verdrängte alle Gedanken an das tödliche Vakuum in unmittelbarer Nähe — sein Leben hing ganz von Qs Launen ab.

»Sie wissen sicher, daß ich inzwischen wieder über meine frühere Macht verfüge. Aber in gewisser Weise stehe ich unter Bewährung.« Mehr als nur ein Hauch Ärger vibrierte in der Stimme des Wesens, als es hinzufügte: »Die anderen Q sind der Ansicht, daß ich bei meinem Streben nach Erkenntnissen Schwächere zu sehr unter Druck gesetzt habe.«

»Ach!« kommentierte Picard mit unverschleiertem Sarkasmus.

Q ging nicht darauf ein. »Um ganz ehrlich zu sein: Ich halte diese Einschätzung für unfair. Die Menschen haben in ihren Laboratorien lange Zeit mit Versuchstieren experimentiert, ohne daß es ihnen dabei um so hehre Dinge wie kosmisches Wissen ging. Und deshalb hat niemand Kritik an ihnen geübt.«

»Da irren Sie sich«, widersprach Picard. »Es wurde sogar eine ganze Menge Kritik laut. Und zu Beginn des einundzwanzigsten Jahrhunderts stellte man jene Experimente ein. Wir Menschen sind imstande, unsere Fehler zu erkennen und aus ihnen zu lernen.«

»Im Gegensatz mir, meinen Sie?« fragte Q.

»Ich schwebe im Weltraum, und zwar gegen meinen Willen. Außerdem wächst mein Ärger von Sekunde zu Sekunde. Welche Schlüsse ziehen Sie daraus?«

Q überlegte. »Daß Sie keinen Sinn für Humor haben.«

»Die Vorwürfe der übrigen Q sind voll und ganz gerechtfertigt!« erwiderte Picard scharf. »Sie setzen andere Leute unter Druck, wann und wo es Ihnen paßt. Sie agieren ganz nach Belieben, ohne Rücksicht auf jemanden zu nehmen. Und die ganze Zeit über behaupten Sie, es ginge Ihnen darum, uns besser zu verstehen. Stellen Sie sich endlich folgender Erkenntnis: Es gefällt uns nicht, auf eine solche Weise behandelt zu werden!«

»Was soll ich dazu sagen, Jean-Luc?« Q seufzte. »Ihnen gelingt es irgendwie, das Schlimmste in mir zum Vorschein zu bringen.«

»*Ich* bringe es zum Vorschein!«

»Ja«, beharrte Q. »Als ich an Bord der *Enterprise* erschien ... Habe ich Ihr Schiff einfach angehalten? Nein. Habe ich Einfluß auf die Brücke genommen? Nein. Habe ich Sie irgendwie belästigt? Nein. Ich besuche einfach nur eine Party, mische mich dort unter die anderen Gäste, erzähle unterhaltsame Anekdoten und gebe durch nichts zu erkennen, daß ich den übrigen Lebensformen in Ihrem langweiligen Gesellschaftsraum unendlich weit überlegen bin. Und woraus besteht der Lohn für meine Zurückhaltung? Sie fordern mich heraus; Sie schelten mich. Sie verlangen von mir, das Schiff zu verlassen. Ich frage Sie, Jean-Luc: Ist das fair? Ist das gerecht? Kommen darin Aufgeschlossenheit und Objektivität des Kommandanten zum Ausdruck?«

»So verhält sich ein Kommandant, der mehrmals überaus schlechte Erfahrungen mit einem völlig unberechenbaren Individuum gesammelt hat.« Und doch ... Picard mußte sich eingestehen, daß Q trotz seiner unerträglichen Arroganz nicht ganz unrecht hatte. *Sein Gebaren entsprach tatsächlich dem der anderen Gäste beim Empfang. Es genügt kaum als Rechtfertigung für meine Reaktionen.*

Aber ... Verdammt, dies ist Q!

Q — der als Verbündeter die einzige Hoffnung der Föderation sein mochte, wenn die Borg angriffen.

Der als Feind den ganzen interstellaren Völkerbund mit einem einzigen Gedanken auslöschen konnte.

Er stand unter Bewährung.

Er ...

»Wir bekommen Besuch.«

Zuerst wußte Picard nicht, was Q damit meinte. Dann beobachtete er, wie sich ein Shuttle von der wesentlich größeren Masse des Raumschiffs löste und näher glitt.

Q wandte sich dem Captain zu und sprach nun im Tonfall der Vernunft. »Jean-Luc ... Sie geben dem Geringsten der Geringen eine Chance zu beweisen, daß er zu Einsicht und Besserung fähig ist, daß er sich anpassen kann. Aber mir gegenüber, dem Höchsten der Hohen ...«

»Da haben wir's schon wieder! Es verärgert Menschen, wenn Sie dauernd auf Ihre Überlegenheit hinweisen! Wenn Sie wirklich so sein möchten wie wir, wenn Sie uns verstehen wollen ... Dann verzichten Sie endlich auf Ihre Überheblichkeit.«

Q zuckte mit den Schultern. »Es ist wie ein Reflex, Picard. Seit Jahrhunderten bin ich wie ein Gott. Sie können nicht von mir erwarten, praktisch über Nacht von Allmacht zur Inkompetenz zu wechseln. Wenn ein Mensch versucht, jene Angewohnheiten zu ändern, die er sich im Lauf seines Lebens angeeignet hat ... Dann rechnet niemand mit einem sofortigen Erfolg. Ich bin tausendmal älter als der älteste Mensch — wieso sollte *mir* so etwas leichter fallen? Ich kann Wunder bewirken, was jedoch nicht bedeutet, daß ich zu *allem* fähig bin.«

Picard seufzte.

»Es ist eine Party, Jean-Luc. Ein Fest. Sie haben die Väter gehört. Wenn Sie mich fortschicken, so hält man das für ein schlechtes Omen. Dann verlieren die Feierlichkeiten einen großen Teil ihres Reizes — wofür *Sie* verantwortlich sind, Picard, nicht ich. Diesmal dürften Sie kaum in der Lage sein, mir die Schuld zu geben.«

Der Captain blinzelte.

Und befand sich im Shuttle.

»Er ist weg!« hörte er Worfs Stimme und begriff, daß er direkt hinter ihm und den anderen Offizieren stand. Sie sahen auf die Bildschirme.

»Mr. Data ...« Riker wollte offenbar einige Anweisungen erteilen.

»Schon gut, Nummer Eins«, sagte Picard.

Riker und Worf wirbelten herum. Der Klingone riß erst die Augen auf, kniff sie dann zusammen und knurrte: »Er spielt mit uns.«

»Alles in Ordnung, Captain?« fragte Riker.

Picard setzte sich. »Ich denke, ja, Nummer Eins.«

»Vielleicht ist es ein Trick«, argwöhnte Worf. »Vielleicht wartet Q nur darauf, daß wir zum Schiff zurückkehren — um den Captain dann erneut zu entführen.«

»Ich bezweifle, ob für Q eine Notwendigkeit besteht, zu solchen Taktiken zu greifen«, warf Data ein.

»Der Meinung bin ich auch.« Picard fügte hinzu: »Ich habe ihn tatsächlich aufgefordert, unser Gespräch *draußen* fortzusetzen. Auf seine eigene sonderbare Weise wollte Q Kooperationsbereitschaft signalisieren.«

»Das Wort ›sonderbar‹ genügt nicht, um sein Verhalten zu beschreiben«, brummte Worf.

Riker teilte der *Enterprise* mit, daß der Captain an Bord des Shuttles weilte, und Data steuerte die Raumfähre zum Schiff zurück. Unterwegs sahen sich Riker und Worf immer wieder mißtrauisch um — die ganze Zeit über befürchteten sie, daß der Captain erneut verschwand.

Picard hingegen war ziemlich sicher, daß ihm kein neuerlicher Transfer bevorstand. Er behielt recht. Das Shuttle hatte den Hangar fast erreicht, als Qs Stimme ertönte.

»Nun, Jean-Luc? Ich bin mit guten Absichten gekommen. Ich wende mich nun an den Mann, der neue Welten erforscht, der fremden Lebensformen mit vorurteilsfreier Neugier begegnet: Wie reagieren Sie auf meinen Friedenswillen?«

»Ich traue ihm nicht«, grollte Worf.

»Warum so nachtragend?« erwiderte die körperlose Stimme. »Wie wär's statt dessen mit einem Bruderkuß?«

Diesmal schien Worfs Knurren aus seinen Stiefeln zu kommen.

»Auch mir fällt es schwer, ihm zu vertrauen«, sagte Picard. »Aber vielleicht meint er es tatsächlich ernst.

Denken Sie daran, welche Bedeutung er als Verbündeter hätte.«

»Ich stelle ihn mir lieber als Leiche vor«, entgegnete Worf.

Der Captain überhörte diese Bemerkung.

»Ich ziehe mich zurück, wenn Sie es verlangen, Jean-Luc. Oder ich bleibe, wenn Sie möchten. Die Entscheidung liegt bei Ihnen, *mon capitaine.*«

Picard seufzte.

»Die Tizarin wünschen Ihre Teilnahme an den Feierlichkeiten, und Sie bitten darum, daß man Ihnen die gleichen Rechte gewährt wie den Gesandten der anderen Völker. Darauf beziehe ich mich, indem ich Sie hiermit zur Hochzeit an Bord der *Enterprise* einlade.«

»Captain!« entfuhr es Worf so schockiert, als hätte Picard gerade bekanntgegeben, daß der neue Erste Offizier Romulaner war.

Jean-Luc verstand die Empörung des Klingonen. Aber letztendlich lief alles auf folgendes hinaus: Niemand konnte Q zu etwas zwingen, und vermutlich blieb er in jedem Fall — selbst wenn man ihn aufforderte, den Zeremonien fernzubleiben. Mit der Einladung wahrte Picard zumindest das Gesicht.

Stille herrschte.

»Q?« fragte der Captain.

»Sie haben das magische Wort vergessen.« Diesmal erklang leiser Tadel in der Stimme.

Riker bedachte Picard mit einem amüsierten Blick, was Jean-Luc ein wenig erstaunte — der Erste Offizier schien sein Unbehagen mit einer besonderen Art von Schadenfreude zu genießen. Gefiel es ihm, daß der Captain einen Dämpfer bekommen hatte?

Unsinn! fuhr es dem Captain durch den Sinn. *Will hat weitaus mehr Klasse. Oder?*

»Das magische Wort?« wiederholte Data nachdenklich. »Abrakadabra? Hokuspokus?«

»Nein.« Picard schüttelte den Kopf. »In diesem Fall

94

lautet das magische Wort ›bitte‹, und ich bin gern bereit,
es Q zu präsentieren, zum Beispiel in einem Satz wie
›Bitte verschonen Sie uns in Zukunft mit Ihren Besuchen‹. Aus irgendeinem Grund glaube ich jedoch, daß
solche Wünsche unerfüllt bleiben. Nicht wahr, Q?«

Keine Antwort.

Q schwieg noch immer, als das Shuttle den Hangar
der *Enterprise* erreichte. Eine Zeitlang gaben sich Picard
und seine Offiziere der Hoffnung hin, daß Q tatsächlich
verschwunden war.

Die Realität holte sie im Gesellschaftsraum ein, wo Q
von peinlichen Ereignissen in Picards Leben erzählte.
Derzeit schilderte er gerade, wie der Captain versucht
hatte, würdevoll zu bleiben, obgleich ihm Kakao über
die Uniform floß.

Die Entität drehte sich um und winkte. »Jean-Luc!«
rief er. »Kommen Sie zu uns! Oh, Worf ... Ich habe ein
Geschenk für Sie, das den Frieden zwischen uns besie-
geln soll.«

Der Sicherheitsoffizier kniff die Augen zusammen.
»Ich will nichts von Ihnen.«

»An diesem Etwas dürften Sie großen Gefallen finden.«

Q streckte die Hand aus und zeigte ein Geschöpf, das
aussah wie ein runder Wattebausch und leise
schnurrte ...

Aus dem Schnurren wurde schrilles Kreischen, als
das Geschöpf den Klingonen sah.

Worf trat zwei Schritte zurück und schnitt eine Grimasse. »Weg mit dem abscheulichen Biest!«

»Picard!« donnerte Graziunas. »Hat der Leiter Ihrer
Sicherheitsabteilung Angst vor einem Tribble?«

Das Wesen zitterte auf Qs Hand, und Worf schluckte
mehrmals, kämpfte gegen die in ihm emporsteigende
Übelkeit an.

Picard griff nach dem Tribble. »Verstehen Sie das unter einem Friedensangebot?«

95

»Was gibt es an einem Geschenk auszusetzen?« Q hob und senkte die Schultern. »Nun, wenn es ihm nicht gefällt ...« Er winkte, und der Tribble verschwand.

Einige Gäste klatschten und hielten den Vorgang offenbar für einen geschickten Trick. *Sie wissen noch immer nicht, was es mit Q auf sich hat,* dachte Picard. *Sie haben keine Ahnung vom Ausmaß seiner Macht.*

»Genug damit«, sagte er. »Ist das klar, Q?«

»Oh, sicher.« Und die Entität zeigte wieder ihr strahlendes Lächeln.

Lwaxana Troi stand einige Meter entfernt und beobachtete Q. Picard bemerkte ihren Blick nicht. Andernfalls hätte er kaum gezögert, das Fest abzusagen — obgleich Starfleet großen Wert darauf legte, die Tizarin zufriedenzustellen.

Aber dem Captain fiel nichts auf. Und in dieser Hinsicht versagte auch seine Phantasie: Manche Dinge waren einfach zu entsetzlich, um sie in Erwägung zu ziehen.

KAPITEL 9

O'Brien seufzte erleichtert, als der Transporter wieder normal funktionierte.

Wesley Crusher und die Brückenoffiziere seufzten erleichtert, als der Captain sicher in die Geborgenheit der *Enterprise* zurückgekehrt war.

Geordi LaForge seufzte erleichtert, als Lwaxana Troi ihm für die wenigen Informationen dankte, die er ihr in bezug auf die rätselhafte Entität namens Q geben konnte.

Deanna Troi, die normalerweise Ruhe und Seelenfrieden schenkte, litt an einem akuten Syndrom von Anspannung.

Sie stand im überfüllten Gesellschaftsraum, und die empathischen Emissionen der vielen Bewußtseinssphären verursachten stechende Kopfschmerzen. »Mutter!« sagte sie scharf. »Ich verbiete dir, mit ihm zu reden!«

Lwaxana drehte sich um und musterte ihre Tochter erstaunt. »Wie du meinst, Kleine. Ich verbiete dir, weiterhin ledig zu sein. Heirate Commander Riker.«

»Ich würde mich auf der Stelle ausziehen und das betazoidische Trauungsritual vollziehen, wenn ich sicher sein könnte, dich damit vor einem schrecklichen Fehler zu bewahren.«

Lwaxana wölbte nachdenklich die Brauen. »Das wäre zweifellos der Höhepunkt dieser Party.«

»Aber ich weiß, daß du dich von nichts beeindrucken läßt, wenn du dir erst einmal etwas in den Kopf gesetzt hast. Deshalb begnüge ich mich damit, an deine Vernunft zu appellieren. An was auch immer du jetzt

97

denkst: Ich rate dir dringend, deine Absichten *nicht* zu verwirklichen.«

»Ich denke daran, meine Pflichten als Gesandte von Betazed und Tochter des Fünften Hauses zu erfüllen«, erwiderte Mrs. Troi fest. »Das ist alles.« Sie drehte den Kopf und sah zu Q, dem nach wie vor die wachsamen Blicke von Picard, Worf und Riker galten. Die Entität ignorierte den Captain und seine Begleiter, führte ein munteres Gespräch mit den Vätern von Braut und Bräutigam. »Obgleich ich ihn sehr interessant finde. Seine Gedanken bleiben mir verborgen.«

»Mir ebenfalls«, gestand Deanna. »Ich bin nicht in der Lage, ein so mächtiges und ungewöhnliches Wesen zu sondieren.«

»Ja, aber mein telepathisches Potential ist viel größer als deins«, sagte Lwaxana. Das stimmte natürlich, doch es paßte Deanna nicht, so direkt darauf hingewiesen zu werden. »Und trotzdem kann ich seinen Bewußtseinsinhalt nicht erfassen.« Sie runzelte die Stirn. »Handelt es sich hier vielleicht um eine holographische Projektion?«

»Nein.« Deanna lächelte trotz der alles andere als angenehmen Situation. Sie erinnerte sich an einen recht lustigen Zwischenfall: Beim ersten Besuch hatte ihre Mutter versucht, mit einem holographischen Barkeeper anzubändeln. Die entsprechenden Reminiszenzen nahmen in Deannas Gedächtnis einen ganz besonderen Platz ein. »Ich wünschte, es wäre so einfach.«

»Die kompliziertesten Dinge im Leben sind gleichzeitig die einfachsten«, behauptete Lwaxana. Auch das gehörte zu ihr: Gelegentlich machte sie pauschale Bemerkungen, die überhaupt keinen Sinn ergaben, wenn man sie einer Analyse unterzog. »Wenn du mich jetzt entschuldigen würdest ...«

Sie wartete keine Antwort ihrer Tochter ab und steuerte geradewegs auf ihr Ziel zu.

Q schien etwas zu spüren, denn er drehte sich um.

Amüsiert hob er eine Braue und beobachtete Mrs. Troi, bis sie kaum einen Meter vor ihm verharrte.

Picard dachte noch immer daran, was Q im Schilde führen mochte, und deshalb begriff er nicht sofort, was sich anbahnte. Erst später fiel ihm ein, daß Lwaxana noch immer in Phase war und einen Partner suchte.

»Jean-Luc ...«, sagte sie. »Bitte stellen Sie mich diesem reizenden Herrn vor.«

Auf einmal erinnerte sich Picard.

»Ich fürchte, dies ist nicht der geeignete Zeitpunkt, Mrs. Troi«, erwiderte er rasch, und in Gedanken fügte er hinzu: *In diesem Fall gibt es überhaupt keinen geeigneten Zeitpunkt.*

Die Entität trat einen Schritt vor. »Ich bin Q«, sagte sie.

»Interessant. Existieren in Ihrer Heimat noch mehr Buchstaben wie Sie?« Lwaxana lachte fröhlich.

Q schmunzelte.

Riker stöhnte innerlich.

Worf knurrte leise, und die rechte Hand tastete von ganz alleine nach dem Phaser.

Picard begann zu schwitzen.

»Sie sind sehr charmant«, meinte Q. »Aus irgendeinem Grund erscheinen Sie mir vertraut, obwohl wir uns jetzt zum erstenmal begegnen.«

»Vermutlich kennen Sie Deanna Troi ...«

»Natürlich!« bestätigte Q. »Ihre Schwester, nehme ich an.«

Riker sah sich nach einem stumpfen Gegenstand um.

»Oh, ich bitte Sie!« Lwaxana klopfte ihrem Gegenüber kokett auf die Schulter.

Q riß die Augen auf. Picard ahnte eine unmittelbar bevorstehende Katastrophe, und er wußte nicht, wie er sie verhindern sollte.

Und dann lachte Q.

Es klang nicht sehr angenehm, eher unheilverkündend. Aber Mrs. Troi lächelte. »Sie schmeicheln mir, und zwar mit voller Absicht. Ich bin Deannas Mutter, Lwaxana.«

»Ihre Mutter!« staunte Q. »Ich gebe zu, daß ich den Vorgang des Alterns bei Menschen nicht ganz verstehe, aber ich spreche sicher für alle Anwesenden, wenn ich sage: Es ist kaum zu glauben, daß Deanna Troi Ihre *Tochter* sein soll!« Er wandte sich an die *Enterprise*-Offiziere. »Ich *spreche* doch für alle Anwesenden, nicht wahr, meine Herren ... und Worf?«

Der Klingone ballte die Fäuste, und Picard sagte hastig: »Ich stimme Ihnen zu. Das heißt ... *Wir* stimmen Ihnen zu. Wie wär's, wenn wir uns ein bißchen die Beine vertreten, Mrs. Troi?«

Er war sicher, daß es ihm auf diese Weise gelang, Distanz zwischen ihr und Q zu schaffen. Bei ihrem früheren Aufenthalt an Bord hatte ihr Interesse allein ihm gegolten, und darauf bezog er sich nun. Er sah Deanna, bemerkte ihren flehentlichen Blick. Die Counselor fürchtete fatale Konsequenzen, wenn sich ihre Mutter von der Phase in diese besondere Richtung treiben ließ.

Wozu bist du bereit, um Lwaxana von Q fernzuhalten, Jean-Luc? überlegte der Captain. Er dachte nicht gern darüber nach.

Unglücklicherweise — oder zum Glück — handelte es sich nicht um eine Frage, die er beantworten mußte.

»Vielleicht später, Jean-Luc«, entgegnete Lwaxana. »Sehen Sie denn nicht, daß ich mit jemandem spreche? Wo bleiben Ihre Manieren? Sie sollten sich ein Beispiel an Admiral Q nehmen.«

»Ja«, pflichtete ihr die Entität bei. »Sie sollten sich ein Beispiel an mir nehmen.«

»Er ist kein Admiral«, sagte der Captain fest.

»Also wirklich, Picard ...«, erwiderte Q in einem tadelnden Tonfall. »Ich empfehle Ihnen, Ihren Neid besser unter Kontrolle zu halten. Vielleicht werden Sie eines Tages befördert, wenn ich ein gutes Wort für Sie einlege.«

Es reicht jetzt, Mutter.

Lwaxana drehte sich nicht um. *Hast du den Eindruck, daß ich nicht allein zurechtkomme?*

Ich habe den Eindruck, daß du nicht klar bei Verstand bist. Andernfalls wüßtest du, welche Gefahren du heraufbeschwörst.

Gefahr ist das Salz in der Suppe des Lebens ...

Lwaxana unterbrach den mentalen Kontakt mit ihrer Tochter und sah Q an. »Mir scheint, hier ist es plötzlich recht stickig geworden.«

»Und langweilig«, betonte Q. »Kein Wunder — immerhin ist Picard in der Nähe.«

Einige in Hörweite befindliche Gäste lachten. Picard fühlte, wie ihm das Blut ins Gesicht schoß — und er spürte, daß der hinter ihm stehende Worf am liebsten vorgesprungen wäre. Riker trat nach rechts und versperrte dem Klingonen damit den direkten Weg zu Q. Dafür war Jean-Luc dem Ersten Offizier sehr dankbar. Er wollte nicht einmal daran *denken,* was die Entität im Falle eines Angriffs mit dem wütenden Klingonen anstellen konnte.

»Nun, Mrs. Troi ...«, sagte Q gerade. »Was halten Sie davon, wenn wir nach *draußen* gehen?«

»*Nein!*« entfuhr es Picard.

»Ich bitte Sie, Jean-Luc.« Verlegenheit zeichnete sich in Lwaxanas Gesicht ab. »Versuchen Sie, nicht so eifersüchtig zu sein. Sie hatten Ihre Chance.«

»Ja, Sie hatten Ihre Chance, Picard.« Q lächelte. »Keine Sorge: Wir beschränken uns auf die Korridore der *Enterprise*.« Er wandte sich wieder an Lwaxana. »Der Captain fürchtet, daß ich Sie nach draußen *ins All* führe.«

Mrs. Troi lachte. »Ein solcher Sinn für Humor ist einzigartig!«

»In der Tat«, stimmte ihr Q zu. »Was Einzigartiges betrifft ... Daran mangelte es mir nicht.«

»Das kann man wohl sagen«, brummte Picard.

Q winkte den Arm an. »Wenn Sie mich begleiten möchten, Teuerste ...«

»Sehr gern.« Lwaxana hakte sich bei ihm ein.

Deanna, Picard, Riker und Worf setzten sich gleichzeitig in Bewegung, um zu verhindern, daß Q den Gesellschaftsraum mit Lwaxana verließ.

Sie alle kamen nur einen Schritt weit, bevor sie erstarrten. Plötzlich lächelten sie, sogar Worf, der dadurch grotesk wirkte.

Mutter! rief Deannas Selbst.

Jetzt nicht, Kleine, antwortete Mrs. Troi, ohne den Blick von Q abzuwenden. Einige Sekunden später schritt das Paar durch die Tür.

Unmittelbar darauf fiel die Starre von den Offizieren ab. Graziunas verstand nicht, was gerade geschehen war, und er schüttelte den Kopf. »Ein beeindruckender Bursche, dieser Q. Schnappt sich die attraktivste Frau an Bord des Schiffes und verschwindet mit ihr. Sie ist ... interessant, nicht wahr, Picard?«

»Interessant, ja«, murmelte der Captain geistesabwesend, als die Offiziere zu ihm traten.

»Befehle, Sir?« fragte Worf.

»Schicken Sie mehrere Sicherheitsgruppen in den Einsatz«, sagte Picard leise. »Ihre Leute sollen Q und Mrs. Troi im Auge behalten. Ich erwarte in regelmäßigen Abständen Situationsberichte.«

»Und sonst, Captain?« warf Deanna ein.

»Das wär's zunächst einmal.«

»Aber meine Mutter ...«, protestierte die Counselor.

Picard unterbrach sie sofort. »Ihre Mutter ist eine erwachsene Frau.« Seine Stimme klang schärfer als beabsichtigt. »Und Q ist ein erwachsener ... was auch immer. Glauben Sie, daß er Lwaxana irgendwie beeinflußt?«

»Das braucht er gar nicht«, räumte Deanna ein.

Der Captain nickte. »Da haben Sie völlig recht — er braucht es gar nicht. Es läuft alles auf folgendes hinaus:

Q hat versprochen, Zurückhaltung zu üben. Und Ihre Mutter hat das Recht, sich so verhalten, wie es ihr gefällt — natürlich innerhalb gewisser Grenzen.«

»Und wer entscheidet, wann jene ›Grenzen‹ erreicht sind?« erkundigte sich Deanna.

»Ich«, sagte Picard.

KAPITEL 10

Lwaxana ging neben Q und musterte ihn sowohl nachdenklich als auch bewundernd. Mehrere Besatzungsmitglieder sahen, wer durch diesen Korridor der *Enterprise* wanderte, und daraufhin machten sie einen weiten Bogen um das Paar.

»Erzählen Sie mir von sich«, sagte Mrs. Troi.

»Glauben Sie, daß Sie mit der Wahrheit fertig werden können?« fragte Q.

»Ich werde mit allem fertig«, erwiderte Lwaxana. Ihr Tonfall schloß jeden Zweifel aus.

»Na schön. Picard hatte recht, als er meinte, ich sei kein Admiral. Eigentlich bin ich ein Gott.«

»Ach, tatsächlich?« Lwaxana lächelte amüsiert.

»Ja. Ich gehöre zu einer Entität, die unter der Bezeichnung ›Q-Kontinuum‹ bekannt ist. Ich bin im wahrsten Sinne des Wortes zu allem fähig.«

»Zu allem?«

»Ja.«

Mrs. Troi schürzte die Lippen und überlegte. »Können Sie die Knie nach hinten biegen?«

»Wie bitte?«

»Sind Sie in der Lage, die Knie nach hinten zu biegen? So wie ein terranischer Vogel namens Flamingo.«

Q krümmte die Beine und stellte fest, daß sie sich nur nach vorn neigen ließen. »Nein, mit diesem Körper bin ich dazu nicht imstande. Ich müßte die Gestalt wechseln.«

»Also sind Sie nicht zu *allem* fähig.«

104

Q seufzte. »Ich *bin* zu allem fähig — nur nicht dazu, die Knie wie ein Flamingo nach hinten zu biegen.«

»Können Sie den ganzen Körper nach hinten krümmen?« Lwaxana deutete ein entsprechendes Bewegungsmuster an. »So daß der Kopf die Fersen berührt?«

Q starrte sie groß an. »Warum sollte mir etwas daran gelegen sein?«

»Angeblich sind Sie zu allem fähig.«

»Ich bin ein Gott, kein Schlangenmensch!« stieß Q fast verzweifelt hervor.

»Ist ein Gott nicht ein moralischer und ethischer Schlangenmensch?« fragte Mrs. Troi. »Wie anders läßt sich die Behauptung erklären, Durcheinander und Chaos im Universum gingen auf einen göttlichen Plan zurück?«

»Solche Behauptungen stammen nicht von Göttern, sondern von Philosophen, die versuchen, göttliche Pläne als solche zu erkennen und sie zu verstehen.«

»Wissen *Sie* Bescheid?« erkundigte sich Lwaxana. »Kennen Sie das Geheimnis des Universums?«

»Natürlich.«

»Und worin besteht es?«

Q musterte die Betazoidin. »Möchten Sie das wirklich in Erfahrung bringen?«

»Ja.«

Er sah nach rechts und links, schien sich vergewissern zu wollen, daß niemand lauschte oder zusah. Dann trat er ganz nahe an Mrs. Troi heran und flüsterte: »Das hier ist die Antwort.«

Es blitzte, und ein Objekt erschien in Qs Hand.

Lwaxana ergriff den Gegenstand vorsichtig und betrachtete ihn. Behutsam drehte sie das Etwas hin und her.

»Eine Nektarine?«

Q nickte. »Sprechen Sie mit niemandem darüber. Erst recht nicht mit Jean-Luc. Er und seinesgleichen würden für ein solches Wissen töten.«

105

»Aber ... es ist eine Nektarine.«

»Ja.«

»Das Geheimnis des Universums besteht aus einer Nektarine?«

»Erstaunlich, nicht wahr? Nun, jemandem wie Ihnen muß es sehr schwerfallen, so etwas zu verstehen.«

Lwaxanas Lippen formten einen dünnen Strich. »Jemandem wie mir?« fragte sie scharf.

»Damit meine ich jemanden, der kein Gott ist«, antwortete Q hochmütig.

Mrs. Troi straffte die Gestalt. »Ich darf Ihnen versichern, daß Sie an Bord dieses Schiffes — vermutlich sogar in der ganzen Galaxis — keine Person finden, die gottähnlicher ist als ich.«

»Im Ernst?«

»Ja.« Lwaxana schob den vermeintlichen Mann beiseite. »Bitte entschuldigen Sie mich.«

»Es ist schon wieder passiert!« entfuhr es Q schokkiert. »Erst klopfen Sie mir auf die Schulter, und jetzt ... Normalerweise wagt es ja niemand, mich zu berühren!«

Mrs. Troi drehte sich um, trat näher und musterte Q von Kopf bis Fuß. »Ich bin Lwaxana Troi, Tochter des fünften Hauses. Ich bin alles andere als ... niemand.«

Sie warf die Nektarine. Q fing sie mühelos und sah der Betazoidin nach, als sie hoch erhobenen Hauptes fortging.

Er lächelte.

Grimmig.

Und dann piepte sein Insignienkommunikator.

Überrascht blickte er darauf hinab. Er hatte das kleine Gerät so gestaltet, daß es in allen Einzelheiten den Kom-Instrumenten entsprach, die von der *Enterprise*-Crew verwendet wurden, aber bisher war niemand so kühn gewesen, ihn auf diese Weise zu kontaktieren.

Er zögerte kurz und klopfte auf das Gerät. »Hallo?« fragte er neugierig.

»Mr. Q zum Konferenzzimmer«, tönte Picards Stimme aus dem winzigen Lautsprecher. »Sofort.«

»Soll das ein Scherz sein?«

»Ganz und gar nicht.«

Q zuckte mit den Schultern und entmaterialisierte.

»Du mußt mich anhören, Mutter.«

Lwaxana Troi befand sich in ihrem Quartier, hatte sich in ihrem Sessel zurückgelehnt und aß Weintrauben. Deanna saß vor ihr und versuchte, Lwaxana zur Vernunft zu bringen. Bei diesem Bemühen wurde sie dauernd gestört: Immer dann, wenn sich ihre Mutter eine Weintraube in den Mund schob, ließ der hinter ihr stehende Mr. Homn einen betazoidischen Gong erklingen. Die Counselor stellte sich vor, das gleiche Verhaltensmuster zu offenbaren, hier an Bord der *Enterprise* — was mochten ihre Kollegen davon halten?

»Du machst dir zu viele Sorgen, Tochter.«

»Ganz im Gegensatz zu dir, Mutter. Deine Aufmerksamkeit gilt den falschen Dingen.«

»Wie meinst du das, Schatz?«

»Du beachtest alle betazoidischen Bräuche, vom Ab'brax bis hin zum Dankesgong beim Essen. Doch mich — deine lebende, atmende Tochter — ignorierst du. Ich habe dich mehrmals darauf hingewiesen, daß Q eine enorme Gefahr darstellt. Du hast keine Ahnung, wozu er imstande ist. Du weißt nicht, was es mit ihm auf sich hat.«

»Oh, ich kenne seine Identität. Er gehört zum sogenannten Q-Kontinuum.«

Deanna nickte. »Und ist dir auch klar, was das bedeutet?«

Lwaxana winkte ab. »Es spielt keine Rolle. Männer haben immer ihre Klubs und so. Dein Vater hatte eine eigene Organisation, deren Mitglieder sich einmal in der Woche trafen. Sie gaben sich einen komischen Namen, und alles war nur ein Vorwand dafür, einmal wöchentlich Karten zu spielen.« Sie lächelte liebevoll. »Er hat nie erfahren, daß ich ihn von Anfang an durchschaute.«

»Das Q-Kontinuum ist mehr als nur eine Gruppe von Kartenspielern«, sagte Deanna. »Q verfügt über immense Macht ...«

»Ja, das habe ich gespürt«, murmelte Lwaxana nachdenklich. Eine weitere Weintraube verschwand in ihrem Mund, und wieder erklang der Gong. Deanna schloß die Augen und verdrängte ein Vorstellungsbild, das ihr zeigte, wie sie den verdammten Gong packte und an die Wand schmetterte — ihre Mutter hätte sie sicher für solche Gedanken getadelt. »Ja, ich habe es gespürt«, wiederholte Lwaxana. »Sein Bewußtseinsinhalt blieb mir verborgen, aber eine seltsame Aura umgibt ihn — eine Aura der Macht, die man fast berühren kann.«

»Du hast sie doch nicht berührt, oder?« fragte Deanna.

»Schatz!« Lwaxana gab sich schockiert. »Für wie dumm hältst du mich?«

»Wir wissen, was Sie sind«, grollte Worf.

Q lag völlig entspannt auf dem Tisch im Konferenzzimmer. Picard hatte beschlossen, keine Zeit und Energie zu vergeuden, indem er die Entität aufforderte, in einem Sessel Platz zu nehmen. Insgeheim erstaunte es ihn, daß Q überhaupt gekommen war.

Doch Qs lässiges, provozierendes Gebaren ging Worf gegen den Strich, und Riker schien sich ebenfalls darüber zu ärgern. Nur Datas Gesichtsausdruck blieb neutral, während er die Gestalt nachdenklich beobachtete.

»Ach, tatsächlich?« Q betrachtete seine Fingernägel. »Und wer hat es Ihnen erklärt, Worf? Wer fand genug Worte, die nur aus einer Silbe bestehen?«

»Geht es schon wieder los?« warf Riker ein. »Sie entlarven sich selbst, Q. Es gefällt Ihnen, als Wohltäter der Menschheit aufzutreten, aber früher oder später offenbaren sich Ihre wahren Motive. Lassen Sie den Unsinn und sagen Sie uns, worum es Ihnen geht.«

»Ich versuche nur, die Wunder des Menschlichen zu enträtseln und Ihr Verhalten zu lernen«, jammerte Q. »Sie weisen so gern auf die Errungenschaften Ihres Volkes hin, aber wenn ich sie mir aus der Nähe ansehen möchte, nehmen Sie eine defensive Haltung an. Sie senden widersprüchliche Signale, Jean-Luc. Und Ihre Feindseligkeit mir gegenüber beweist, daß Ihnen eigentlich gar nichts an Brüderlichkeit und friedlicher Koexistenz liegt.«

»Sie vergessen unsere Fähigkeit, aus der Vergangenheit zu lernen«, erwiderte Picard. »Sie haben uns mehrmals mit enormen Problem konfrontiert.«

»Captain ...«, sagte Data langsam. »Es besteht die Möglichkeit, daß Q die Wahrheit sagt.« Worf schnaufte abfällig — eine Reaktion, die Data mit Interesse zur Kenntnis nahm. Er zeichnete das von dem Klingonen verursachte Geräusch auf, um es bei passender Gelegenheit zu reproduzieren. »Die von mir in menschlicher Gesellschaft verbrachte Zeit blieb nicht ohne Einfluß auf mich. Vielleicht gilt das auch für Q.«

»Ich bezweifle es«, knurrte Worf.

»Es gibt einen Unterschied zwischen ›möglich‹ und ›wahrscheinlich‹, Data«, entgegnete Riker. »Sie kamen ohne irgendwelche Vorurteile zu uns, mit der Bereitschaft zu lernen. Q hatte bereits eine feste Meinung, noch bevor er uns zum erstenmal begegnete. Und seitdem sucht er nach Dingen, die seine Ansicht stützen.«

»Ich brauche nicht lange nach solchen Dingen zu suchen«, sagte Q. »Allein Ihre Aggressivität genügt als Beweis. Nun, wie dem auch sei: Ich wußte, daß zumindest Data auf meiner Seite ist.«

»Ich bin nicht auf ›Ihrer Seite‹, Sir«, widersprach der Androide. »Ich ziehe nur in Erwägung, daß Sie sich diesmal vielleicht dazu entschlossen haben, aufrichtig

109

zu sein. Der Grund dafür: Ich neige dazu, andere Personen beim Wort zu nehmen.«

»Sie sind ein hoffnungsloser Optimist, Data«, kommentierte Q.

»Wenn Sie mit ›hoffnungslos‹ meinen, daß in dieser Hinsicht die Wahrscheinlichkeit für einen Charakterwandel sehr gering ist, so stimme ich Ihnen zu.«

»Nun, meine Herren, *ich* bin sehr wohl imstande, mich zu ändern.« Q setzte sich auf. »Sie sollten sich schämen — Data ist der einzige von Ihnen, der Anteilnahme zeigt. Ich habe mein Mitgefühl mehrmals unter Beweis gestellt.«

»Sie belieben zu scherzen«, grollte Worf.

»Nein. Erinnern Sie sich nicht mehr daran, daß Sie einige Male nur durch mein Eingreifen mit dem Leben davonkamen?«

»Ja, Sie retteten uns — nachdem Sie uns in Gefahr brachten«, stellte Worf fest.

Q zuckte mit den Achseln. »Und wenn schon. Captain, ich verstehe nicht, warum Sie mich wieder aufs Korn nehmen. Immerhin haben Sie mich ganz offiziell zum Fest an Bord Ihres Schiffes eingeladen.«

»Aber ich habe Ihnen nicht erlaubt, die anderen Gäste zu belästigen«, sagte Picard.

Q kniff die Augen zusammen. »Oh, das steckt also dahinter. Es geht Ihnen um Lwaxana Troi.«

»Nicht um sie im besonderen …«

»Sie sind kein guter Lügner, Jean-Luc«, sagte die Entität. »Was eine Stärke oder eine Schwäche sein kann — es hängt von Ihrem Blickwinkel ab.« Die Lippen verzogen sich zu einem spöttischen Lächeln. »Sie sind besorgt, weil ich Lwaxana Troi faszinierend finde.«

»Faszinierend?« brachte Picard ungläubig hervor.

»Sogar bezaubernd — obgleich sie aus einer humanoiden Spezies stammt.«

»Jetzt bin ich ganz sicher, daß etwas Schreckliches bevorsteht«, ächzte der Erste Offizier.

110

»Wirklich?« Q schmunzelte amüsiert. »Ich schlage Ihnen etwas vor, Riker. Wenn Sie genug Mut aufbringen, um zu Lwaxana Troi zu gehen und ihr zu sagen, daß Sie sie nicht faszinierend und bezaubernd finden ... Dann führe ich keine weiteren Gespräche mit ihr. Nun?« Er deutete zur Tür. »Übermitteln Sie ihr eine solche Botschaft. Wir warten hier auf die Mitteilung der Krankenstation — dort wird man das zusammenflicken, was Mrs. Troi von Ihnen übrigläßt.«

»Ich finde das gar nicht lustig«, sagte Riker.

»Fügen wir es der langen Liste von Dingen hinzu, die Sie nicht lustig finden«, meinte Q. »Es mangelt Ihnen an Perspektive, Riker — das ist Ihr Problem. Viele Menschen teilen es. Nur Ihren größten Denkern und Philosophen gelingt es, die Banalität Ihrer lächerlichen Spezies zu erkennen. Und doch sind Sie stolz auf Ihren angeblich so hohen Entwicklungsstand. Nun, stellen wir die berühmte Menschlichkeit auf die Probe. Nehmen wir als Maßstab das Konzept der Nächstenliebe, das Gebot, den Mitmenschen zu achten und zu respektieren.«

»Sie sind kein Mitmensch«, sagte Worf.

»Ebensowenig wie Sie«, erwiderte Q. »Und ich habe es satt, dauernd auf der Anklagebank zu sitzen. Bei unseren bisherigen Diskussionen bin ich offen und direkt gewesen — obgleich mich nichts dazu verpflichtet. Ich hätte eine ganz andere Taktik anwenden können, zum Beispiel ...«

Etwas wallte auf dem Tisch, und Q verschwand. Seinen Platz nahm eine hinreißend schöne Blondine ein. Riker hob verblüfft die Brauen, und selbst Data schien beeindruckt zu sein. Die Frau trug ein Kleid, das sowohl oben als auch unten recht knapp geschnitten war, und als sie sprach, schien es im Zimmer zehn Grad wärmer zu werden.

»Wie gefalle ich Ihnen?« fragte sie mit samtiger Stimme.

Ihre Schönheit ging über alles Irdische hinaus und verschlug dem Captain die Sprache.

Die Blondine glitt vom Tisch, wobei ihr Gewand einen sonnengebräunten Oberschenkel enthüllte. Sie schob sich an Picard heran, bis der Abstand zwischen ihnen nur noch wenige Millimeter betrug. »Ich hätte in dieser Gestalt an Bord kommen können, Jean-Luc — immerhin bin ich nicht an einen bestimmten Körper gebunden. Ich wäre mühelos in der Lage gewesen, Sie zu verführen. Stellen Sie sich vor, nach einer von Leidenschaft geprägten Nacht zu erwachen, sich auf die andere Seite zu rollen und dort *mich* zu sehen.« Es gleißte, und ein vertrauter Q zeigte sich. »Für mich bleibt so etwas völlig bedeutungslos — ich stehe weit über Ihrer lächerlichen Sexualität. Aber wie hätten Sie auf eine derartige Erfahrung reagiert?«

Picard erbleichte, doch es gelang ihm, die Fassung zu wahren. »Sollen wir Ihnen etwa dankbar sein, weil Sie entschieden haben, uns nicht zu täuschen?«

»Ja.«

»Der Verzicht auf Täuschung gehört zum Gebot allgemeiner Höflichkeit. Dafür kann man wohl kaum Anerkennung erwarten.«

Q hob und senkte die Schultern. »Manchmal finde ich sogar an den Dingen Gefallen, die Sie für selbstverständlich halten. Gibt es sonst noch etwas?«

»Warum ausgerechnet Mrs. Troi?« fragte Riker. »Wenn Sie die bei uns gebräuchliche Sexualität für lächerlich halten und ›weit über ihr stehen‹, wie Sie sich ausdrückten ... Warum dann das Interesse an Deannas Mutter?«

»Ich finde sie außerordentlich interessant«, antwortete Q. »Und ich verrate Ihnen noch etwas, meine Herren. Normalerweise hätte ich ihr nach unserer ersten Begegnung keine Beachtung mehr geschenkt. Aber da Sie soviel Aufhebens darum machen, muß sie sich wirklich durch einige besondere Aspekte auszeichnen. Mit anderen Worten: Sie haben meine Neugier geweckt und dafür gesorgt, daß ich mich eingehender mit der Dame befassen werde. Danke dafür, daß Sie so sehr bemüht gewesen sind, Lwaxana Troi in den Fokus meiner Aufmerksamkeit zu rücken, Jean-Luc.« Er nickte kurz und löste sich in Luft auf.

Die am Tisch sitzenden Offiziere sahen sich an.

»Großartig«, sagte Riker.

»Ich weiß deine Besorgnis zu schätzen, Kleine ...«

»Nein, Mutter«, erwiderte Deanna. »Ich glaube nicht, daß du meine Besorgnis zu schätzen weißt. Weil du dich hartnäckig weigerst, den Grund dafür zu verstehen. Dein Urteilsvermögen ist getrübt ...«

»Oh, an meinem Urteilsvermögen gibt es überhaupt nichts auszusetzen«, unterbrach Lwaxana ihre Tochter. »Und um ganz ehrlich zu sein, Schatz: Ich habe es allmählich satt, daß du mir Predigten hältst.«

»*Du* hast es satt!« entfuhr es Deanna fassungslos. »Mein ganzes Leben lang mußte ich mir deine Predigten anhören, und dir wird es schon nach fünf Minuten zuviel? Es können höchstens dreihundert Sekunden vergangen sein, seit wir mit der Erörterung eines Themas begonnen haben, von dem ich garantiert mehr weiß als du — Q.«

»Ach, glaubst du?« entgegnete Lwaxana eisig.

»Ich *glaube* es nicht nur, ich bin *sicher*. Um es noch einmal zu wiederholen, Mutter: Du hast keine Ahnung, auf was du dich einläßt. Weißt du, was Q folgt?«

»R?«

»Mutter!«

»Entschuldige. Vielleicht hätte ich ›U‹ sagen sollen. Oder ›J‹. Immerhin spricht man's ›Kju‹ aus ...«

»Probleme folgen ihm. Sie begleiten ihn auf Schritt und Tritt. Er hat uns einigen der größten Gefahren ausgesetzt, mit denen wir es je zu tun bekamen.«

»Es kann nicht sehr schlimm gewesen sein, denn

schließlich bist du nach wie vor hier. Ganz offensichtlich ist es euch gelungen, die angeblich so großen Gefahren mit heiler Haut zu überstehen.«

»Nun ...« Deanna zögerte kurz. »Q hat uns immer rechtzeitig gerettet.«

»Welch ein Frevel!«

»So einfach ist das nicht.«

»Nichts Einfaches ist einfach«, proklamierte Lwaxana. »Wenn ich dir ›Predigten‹ halte, Deanna, so aus gutem Grund — ich weiß es besser.«

»Nicht bei Q.«

»Höre ich da eine gewisse Voreingenommenheit?« fragte Mrs. Troi. »Wenn ich ganz offen sein darf: Offenbar versuchst du, deinen Mangel an Erfahrung mit Vorurteilen auszugleichen.«

»Q ist nicht der richtige Mann für dich!«

»Worauf gründet sich diese Behauptung? Auf dein erfolgreiches Liebesleben?«

»Jetzt wirst du gemein, Mutter.«

»Die Wahrheit schmerzt, Kleine.«

»Deshalb verschließt du die Augen vor ihr.«

»Nun gut.« Lwaxana erhob sich, trat auf ihre Tochter zu und strahlte Autorität aus. »Ich sage dir, was ich sehe. Ich sehe eine Person, die sich in mein Liebesleben einmischt, obwohl ihr eigenes sehr zu wünschen übrigläßt. Eine Person, die auf keine einzige dauerhafte Beziehung zurückblicken kann. Du solltest in deinem eigenen Haus Ordnung schaffen, bevor du damit beginnst, bei mir die Möbel umzustellen, Kleine.« Sie wandte sich von ihrer Tochter ab. »Vielleicht interessiert es dich, daß Q und ich eine ... kleine Auseinandersetzung hatten. Er war mir ein bißchen zu hochnäsig. Doch sein Verhalten ist nichts im Vergleich mit dem Gebaren, das *du* hier an den Tag legst.«

Lwaxana blickte auf die Obstschale hinab und wölbte überrascht die Brauen: Das Gefäß beinhaltete eine Nektarine, die bis eben nicht dort gelegen hatte. Mrs. Troi

114

griff nach der Frucht und betrachtete sie. »Er ist überaus faszinierend. Ich spüre eine Tiefe in ihm, die es zu erforschen gilt. Wenn du ihn richtig beschrieben hast ... Dann erweise ich der Föderation einen wichtigen Dienst, indem ich Beziehungen zu ihm knüpfe.«

»Emotionale Interaktionen, wie du sie im Sinn hast, sind ihm völlig fremd!« betonte Deanna. »Er ist kein Mensch, nicht einmal ein Humanoide.«

»Ach? Dann wäre ich also die erste für ihn. So etwas erlebt man in meinem Alter nur sehr selten.«

Deanna stöhnte und sank in den Sessel zurück.

Lwaxana drehte sich um und zeigte ein wenig Mitgefühl. »Kleine ...« Sie seufzte und strich ihrer Tochter übers Haar. »Ich weiß, was dich belastet. Aber ich versichere dir, daß ich auf mich achtgeben kann.«

»Mutter ...« Deanna sah auf und unternahm einen letzten Versuch, Lwaxana zur Vernunft zu bringen. »Für Q sind wir nicht mehr als Insekten.«

»Das bezweifle ich«, erwiderte Mrs. Troi. »Aber selbst wenn es stimmt ... Nun, dann werde ich ihm zeigen, was eine Bienenkönigin ist.«

KAPITEL 11

Kerin und Sehra starrten zum großen Regenwald, der sich vor ihnen erstreckte. Das scheinbar endlose Grün reichte auch an steilen Hängen empor, wo dunkle Flecken auf die Zugänge von Höhlen und Grotten hinwiesen. Tief unten schlängelte sich ein Fluß durch den Urwald. Hier und dort kondensierte ein Teil der hohen Luftfeuchtigkeit zu Dunstwolken.

Wesley Crusher stand mit verschränkten Armen neben den beiden jungen Tizarin und belächelte ihr Staunen. Viele Wunder an Bord der *Enterprise* nahm er als selbstverständlich hin; er begegnete ihnen erst dann wieder mit Anerkennung und Respekt, wenn er beobachtete, wie sich Besucher davon beeindrucken ließen.

»Es sieht aus wie eine ... unberührte Welt«, hauchte Sehra.

Wesley nickte. »Das Programm simuliert einen Planeten, der tatsächlich existiert beziehungsweise existierte. Man nannte ihn Genesis.«

»Und jetzt gibt es jene Welt nicht mehr?« fragte Kerin. Er glaubte, im Dickicht eine Bewegung bemerkt zu haben. »Warum?«

»Es ist eine lange und recht komplizierte Geschichte«, erwiderte Wes. »Ich erzähle Sie Ihnen später. Nun, möchten Sie Ihre Hochzeit an einem solchen Ort stattfinden lassen?«

»Es ist wundervoll«, sagte Sehra. »Aber ...«

Beide jungen Männer wandten sich ihr zu. »Aber was?« fragte Kerin.

»Meine Mutter hält es hier bestimmt für zu feucht.«

Kerin vollführte eine ungeduldige Geste. »Sehra, dies ist das fünfte Ambiente, an dem du etwas auszusetzen hast, und zwar jedesmal mit einem Hinweis auf deine Mutter. Verfügst du auch über eine eigene Meinung?«

Sie sah ihn verblüfft an. »Natürlich habe ich eine eigene Meinung, Kerin. Aber ich möchte, daß alle zufrieden sind.«

»Denk in erster Linie an dein eigenes Glück. Darauf kommt es hier an. Was gefällt *dir*?«

»Mir würde gefallen, daß alle zufrieden sind.«

»*Sehra!*«

»Schrei mich nicht an«, erwiderte die junge Dame scharf. »So etwas brauche ich mir nicht bieten lassen.«

»Ich kann Ihnen noch viele andere Szenarien zeigen, wenn Sie möchten«, warf Wesley rasch ein. »Im Computer des Holo-Decks sind mehr Daten gespeichert als Sie sich ...«

»Dieses Ambiente ist in Ordnung«, sagte Kerin.

»Das ist es *nicht*«, widersprach Sehra.

Die beiden Tizarin standen sich wütend gegenüber, und Wesley fühlte sich von Nervosität erfaßt. Der Captain hatte ihm einen schlichten Auftrag erteilt: Er sollte Braut und Bräutigam zum Holo-Deck bringen, damit sie dort die Trauungsumgebung wählen konnten. Wenn daraus ein Streit erwuchs ... *Wie stehe ich dann vor dem Captain da?* dachte Beverly Crushers Sohn.

»Hören Sie ...«, begann er, und es erschien ihm noch immer seltsam, Kerin und Sehra zu siezen. Aber immerhin handelte es sich um Personen mit besonderem Status. »Ich bin ebenso alt — oder jung — wie Sie, und um ganz ehrlich zu sein: Wenn mir eine so wichtige Sache bevorstünde wie Ihnen, und damit meine ich die Eheschließung ... Himmel, ich wüßte wahrscheinlich gar nicht mehr, wo mir der Kopf steht. Vielleicht würde ich mich mit meiner Verlobten über völlig unwichtige Dinge streiten, zum Beispiel über eine geeignete Trauungsszenerie auf holographischer Basis, und dadurch liefe ich Gefahr, die eigentlich wichtigen Dinge aus dem Auge zu verlieren. Nämlich die Tatsache, daß bald ein ganz neues Leben für mich beginnt, und zwar an der Seite einer geliebten Ehefrau.«

Die Tizarin musterten ihn verdutzt.

»Äh«, fügte Wesley seinem Vortrag hinzu.

Die jungen Leute sahen sich an, und nach einigen Sekunden seufzte Sehra. »Es tut mir leid, Kerin.«

»Mir ebenfalls«, sagte der junge Nistral rasch. »Du versuchst, Rücksicht zu nehmen, und ich schaffe zusätzliche Schwierigkeiten.«

»Du hattest vorhin recht. Ich sollte an uns denken, nicht an die eventuellen Wünsche meiner Mutter.«

»Wie du willst.«

»Nein, wie *du* willst.«

Auf diese Weise ging es etwa eine Minute lang weiter, und Wesley wartete geduldig. Schließlich drehte sich Sehra um und sah erneut zum tropischen Regenwald von Genesis. »Es ist wirklich wundervoll«, sagte sie. »Wenn nur die Luftfeuchtigkeit ...«

Kerin seufzte laut.

»Kein Problem«, meinte Wesley. »Ich kann das Klima Ihren Wünschen gemäß verändern.«

»Warum haben Sie das nicht gleich gesagt?« entfuhr es Sehra.

»Ich wußte nicht, daß es Ihnen ums Klima geht«, erwiderte Wesley. »Ich dachte, Sie litten an Lampenfieber vor der Hochzeit.«

Kerin bedachte Wes Crusher mit einem nachdenklichen Blick. »Sind Sie jemals verheiratet gewesen?«

»Wie bitte? Oh, nein.« Wesley lachte laut, aber es klang recht unsicher.

»Haben Sie einen festen Partner?«

»Nein«, antwortete Wes.

Kerin neigte den Kopf ein wenig zur Seite. »Hatten Sie Gelegenheit, sexuelle Erfahrungen zu sammeln?«

Wesley räusperte sich. »Wenn Sie sich jetzt einig sind ... Ich muß zur Brücke zurück.«

»Und ich muß nach Hause«, sagte Sehra. »Mutter veranstaltet schon wieder eine Anprobe für mein Kleid. Ach, die vielen Vorbereitungen ...«

Kerin griff nach ihrer Hand und lächelte. »Ich weiß, wie das ist. Ich schätze, deine Mutter kann recht anstrengend sein. Wesley ... Haben Sie etwas dagegen, wenn ich noch eine Zeitlang bleibe?«

Wes verlagerte das Gewicht vom einen Bein aufs andere. »Oh, ich weiß nicht ...«

»Der Captain meinte, wir sollten uns wie zu Hause fühlen«, fuhr Kerin fort. »Ich bin zum erstenmal in einer solchen Holo-Kammer und möchte dieses Erlebnis noch etwas länger genießen.«

Wesley beobachtete die Szene und lächelte innerlich. Er erinnerte sich daran, wie aufregend es für ihn gewesen war, zum erstenmal die Möglichkeiten des Holo-Decks zu erforschen. »Nun, warum nicht? Denken Sie dabei an folgendes: Wenn Sie irgendwelche Probleme bekommen, so wenden Sie sich an den Computer. Sagen Sie zum Beispiel ...« Wesley sprach nun lauter. »Computer — Ausgang!«

Drei Meter weiter rechts teilte sich ein Wasserfall, und ein Schott kam zum Vorschein. Sehra und Kerin schnappten erstaunt nach Luft. Die Holo-Kammer schuf so perfekte Illusionen, daß die Realität manchmal einem Schock gleichkam.

»Sie können den Computer auch auffordern, das Programm zu beenden«, fügte Wes hinzu, um sowohl Kerin als auch sich selbst zu beruhigen.

Zusammen mit Sehra ging der junge Fähnrich zur Tür, die sich vor ihnen öffnete und dann wieder schloß. Eine Sekunde später verschwand sie. Kerin schüttelte den Kopf. Zwar wußte er genau, wo sich das Schott befand, aber seine Wahrnehmung erlag trotzdem der Pseudo-Wirklichkeit einer holographischen Projektion.

119

Langsam kletterte er über eine hohe, steile Felswand. Der Tizarin ließ dabei große Vorsicht walten, obgleich zumindest ein Teil von ihm wußte, daß es sich nur um eine Illusion handelte. Doch der subjektive Eindruck eines tiefen Abgrunds war einfach überwältigend.

Er atmete die frische Luft tief ein und spürte ein angenehmes Prickeln. An Bord des Nistral-Schiffes gab es nichts Vergleichbares. In der Ferne sah er Geschöpfe, die hoch am Himmel segelten, ohne dabei irgendwelche Hilfsmittel zu benötigen. Er erinnerte sich, von ihnen gelesen zu haben: Jene Wesen nannte man ›Vögel‹. Ihnen genügten Flügel, um die Gravitation zu besiegen. Weiße Wolken bildeten Tupfer am Firmament, das in einem herrlichen Blau glänzte. Blau, eine der beiden Farben des Hauses Nistral ...

Er dachte an Sehra und lächelte. Ja, er liebte sie, zweifellos. *Ich klettere hier über eine hohe Felswand, bin umgeben von einem Wunderland, aber meine Gedanken kehren trotzdem immer wieder zu Sehra zurück.* Eine andere Art von Prickeln erfaßte ihn, als sich sein Körper an besondere Empfindungen entsann, an Haut, die Haut berührte ...

Unter seiner Hand löste sich ein Stein, und Kerin verlor jäh den Halt. Er stieß einen Schrei aus, als er fiel ...

Es blieb bei dem einen Schrei. Er war ein Nistral, und ein Nistral nahm das eigene Ende mit Tapferkeit und Würde hin. Die Felswand huschte schemenhaft an ihm vorbei, und irgendwo krächzten Vögel.

Plötzlich verharrte Kerin.

Arme und Beine bewegten sich aus einem Reflex heraus, ohne dabei an etwas Festes zu stoßen. Er schwebte mitten in der Luft und fragte sich, ob er diesen Umstand einem automatischen Sicherheitssystem verdankte.

»Sie scheinen in Schwierigkeiten zu sein.«

Kerin drehte den Kopf.

Ein Mann stand an der Felswand, und zwar in einem sehr ungewöhnlichen Winkel von neunzig Grad, paral-

120

lel zum Boden tief unten. Er wirkte wie ein lebendiger Auswuchs der Klippe, hatte die Arme verschränkt und lächelte ... schief.

»Brauchen Sie Hilfe?« fragte Q.

Als sich Wesley und Sehra dem Transporterraum näherten, wandte sich die junge Frau ihrem Begleiter zu und lächelte. »Sie sind sehr hilfreich gewesen, Mr. Crusher. Dafür möchte ich Ihnen danken.«

»Schon gut.« Wes erwiderte das Lächeln. »Ich habe gern geholfen.«

»Wie dem auch sei: Ich möchte Ihnen etwas schenken, als Zeichen meiner Dankbarkeit. Wir Graziunas legen großen Wert auf solche Dinge.«

»Es ist nicht nötig, daß Sie mir etwas geben.«

»Es wäre eine schwere Beleidigung, ein solches Geschenk abzulehnen«, sagte Sehra ernst. »Sie wollen uns doch nicht beleidigen, oder?«

»Nein, natürlich nicht«, versicherte Wesley hastig. »Andererseits: Es ist ungebührlich, wenn sich Starfleet-Offiziere für die Ausübung ihrer Pflicht mit Geschenken belohnen lassen.«

»Es war Ihre Pflicht, uns das Holo-Deck zu zeigen«, meinte Sehra. »Aber Kerin und mich zu beruhigen und daran zu erinnern, daß wir uns lieben ... So verhält sich ein Freund. Und den Freund möchte ich belohnen, nicht den Starfleet-Offizier.«

Wesley zuckte mit den Achseln. »Wie Sie wünschen«, sagte er diplomatisch.

Sehra deutete eine Verbeugung an. »Ich werde etwas Geeignetes finden«, versprach sie und betrat den Transporterraum.

»Nettes Mädchen«, murmelte Wes und fragte sich, ob für die blauen Gesichter der Graziunas eine Art Make-up verwendet wurde, um die Hauszugehörigkeit zu zeigen. Oder handelte es sich um etwas Genetisches, was bedeutete, daß jene Tizarin *überall* blau waren? Nach ei-

121

nigen Sekunden hob Wesley kurz die Schultern, dachte nicht mehr daran und begab sich zur Brücke.

»Passen Sie hier auf.«

Kerin trat an einem Loch vorbei, das offenbar den Eingang eines Baus darstellte, der von einem Tier angelegt worden war. »Dank, Q«, sagte er. »Und danke dafür, daß Sie mir vorhin aus meinem Dilemma geholfen haben. Sie verfügen über erstaunliche Fähigkeiten.«

Q winkte ab. »Gern geschehen.«

Sie erreichten das Ufer eines kleinen Flusses, in dem es von Leben wimmelte. Kerin beobachtete die vielen Fische hingerissen. »So etwas habe ich noch nie zuvor gesehen«, hauchte er.

»Fließendes Wasser?« erwiderte Q neugierig. »Etwas so Banales sehen Sie jetzt zum erstenmal?«

»Wenn man sein ganzes Leben im Weltraum verbracht hat, so kann nichts banal sein, was mit der Natur in Zusammenhang steht.«

Q nickte anerkennend. »Sie gefallen mir, junger Mann. Das Leben bedeutet Ihnen etwas. Vermutlich mehr als Ihren Gastgebern.«

Kerin musterte ihn verwirrt. »Was veranlaßt Sie zu einer solchen Bemerkung?«

Q schnaufte verächtlich. »Die Menschen sind eingebildet. Weisen dauernd auf ihre angebliche so hohe Moral hin, auf ihre Anteilnahme, auf Großzügigkeit und Mitgefühl. Aber das sind alles Lügen.«

»Lügen?« Kerin konnte es kaum glauben. »Mir erscheinen sie recht freundlich ...«

»O ja, sie *scheinen* freundlich zu sein«, pflichtete Q dem Nistral bei. »Doch es sind Heuchler, sie alle. Angeblich glauben sie an hohe Ideale, aber die Wirklichkeit sieht ganz anders aus. Nehmen wir die Anführer ihrer Gemeinschaft. Gehen sie mit gutem Beispiel voran? Wohl kaum.« Q senkte die Stimme und fuhr in einem vertraulichen Tonfall fort: »Dieses Schiff soll ein Paradies für Familien und Paare sein. Was halten die Anführer davon? Offenbar nur wenig.«

»Wie meinen Sie das?«

»Wenn jene Leute, die hier alle wichtigen Entscheidungen treffen, Liebe und Heirat als erstrebenswert erachteten, so hätten sie einen solchen Weg beschritten, oder?« fragte Q. »Ist das der Fall? Was die Senior-Offiziere betrifft...« Die Entität zählte an den Fingern ab. »Ist Picard verheiratet oder Vater? Nein. Riker? Nein. LaForge? Nein. Troi? Sie kommt nicht einmal mit der eigenen Mutter zurecht. Data?« Q seufzte. »Schade. Data hat Glück, denn er ist kein Mensch. Doch das, was er sich am meisten wünscht, würde ihn zerstören. Man stelle sich eine Motte vor, die vom Licht angelockt wird — und Gefahr läuft, in der Flamme zu verbrennen. Und Worf...« Wieder ein kurzes Zögern. »Nun, er hat einen Sohn, weiß jedoch noch nichts davon. Er wird es bald herausfinden.«

»Worf hat einen Sohn?« wiederholte Kerin. »Woher wissen Sie das?«

»Ich bin Q«, lautete die schlichte Antwort. »Wenn es Dinge gäbe, über die ich nicht Bescheid weiß, so wäre ich kaum ich selbst. Nun, sprechen Sie mit niemandem darüber.«

»Meine Lippen sind versiegelt«, sagte Kerin.

Q schüttelte den Kopf. »Seltsam, nicht wahr? Worf ist der einzige von ihnen, der Nachwuchs gezeugt hat. Manchmal funktioniert der Kosmos auf eine ausgesprochen dumme Art. Aber Sie, junger Freund... Sie sind außerordentlich beeindruckend.«

»Ich?«

»Ja«, bestätigte Q. »Die anderen legen nur Lippenbekenntnisse ab, wenn es um die Konzepte Liebe, Ehe und Elternschaft geht. Sie hingegen haben beschlossen, sich ganz jenen Dingen zu widmen.«

Kerin fühlte sich geschmeichelt. »Danke.«

»Allerdings...«

Q schwieg, und der Nistral runzelte verwirrt die Stirn. »Allerdings was?«

»Oh, nichts weiter.« Er nahm auf einem schwarzen, behälterartigen Etwas Platz, das groß genug war, um einen Mann aufzunehmen. »Es ist nichts.«

»Ich bitte Sie.« Kerin lächelte. »Wenn Sie mich auf etwas hinweisen möchten ...«

»Nun, wie soll ich mich ausdrücken?« begann Q. »Ich meine, ich werde noch leben, nachdem Sie längst zu Staub zerfallen sind und sich Ihre Nachkommen überhaupt nicht mehr an Sie erinnern. Ihnen steht nur eine gewisse Zeit in dieser Galaxis zur Verfügung, und ich finde es erstaunlich, daß Sie bereit sind, sich für die wenigen Jahre, aus denen der Rest Ihres Lebens besteht, an eine einzige Person zu binden.«

Kerin begriff nicht sofort, worauf Q hinauswollte. Als er schließlich verstand, deuteten seine Lippen ein Lächeln an. »Oh, Sehra ist etwas Besonderes.«

»Da bin ich sicher. Nun, viele Personen in Ihrem Alter heiraten nur, um die körperlichen Aspekte einer solchen Beziehung kennenzulernen. Ich nehme an, Sie haben andere Motive.«

»Ja.« Kerins Lächeln wuchs in die Breite. »Um ganz ehrlich zu sein: Wir haben bereits Erfahrungen in Hinsicht auf die körperlichen Aspekte gesammelt. Bitte behalten Sie dieses Wissen für sich.«

»Natürlich.« Q klopfte geistesabwesend auf das kantige schwarze Objekt. »Es beruhigt mich zu hören, daß die physischen Faktoren für Sie nur eine untergeordnete Rolle spielen. Immerhin ...«

Kerin wartete. »Immerhin?« drängte er behutsam.

»Nun ... Sehra bleibt nicht für immer und ewig jung, oder? Die Körper von Menschen und Humanoiden sind wie Zeitbomben. Die Jahre verstreichen, und früher oder später — meistens früher — erfolgt die metaphorische Explosion. Ich zeige es Ihnen, wenn Sie möchten.«

Kerin nickte voller Unbehagen.

Q winkte, und Graziunas' Tochter erschien vor ihnen, gekleidet in ein durchscheinendes weißes Gewand.

Der junge Nistral blinzelte. »Sehra ...?«

Sie lächelte glückselig, und Q sagte: »Es ist nicht die wahre Sehra, sondern eine Simulation, die zur Erläuterung meiner Ausführungen dient. Um es noch einmal zu betonen: Ich bin nur bestrebt, Ihnen meinen Respekt zu beweisen.«

»Natürlich«, erwiderte Kerin und wünschte sich plötzlich, daß Q jemand anders respektierte.

»Es kann ganz langsam gehen — oder auch schnell«, erklärte Q. »Zuerst das Haar ...«

Sehra rührte sich nicht von der Stelle, und auch ihr Lächeln blieb unverändert. Doch das lange rote Haar verlor den Glanz, wich hier und dort mattem Grauweiß.

»Bestimmt nimmt sie jene ersten Strähnen zum Anlaß, großes Theater zu machen, aber es werden immer mehr. Es folgen Falten in dem einst so anmutigen, glatten Gesicht. Krähenfüße gesellen sich den Augen hinzu, von denen noch vor kurzer Zeit großer Reiz ausging. Und der Blick ... Er bringt keine Liebe mehr zum Ausdruck, sondern Argwohn.«

Sehras Abbild demonstrierte die von Q geschilderten Veränderungen, und Kerin schauderte, als er beobachtete, wie ihn die junge Graziunas mißtrauisch musterte. Auf die gleiche Weise sah ihn ihre Mutter an! Viele Jahre, von Sorgen angefüllt, hatten tiefe Furchen in einem einst makellosen Antlitz hinterlassen.

»Die Brüste hängen schlaff herunter«, sagte Q erbarmungslos. »Die weiche Haut wird schrumpelig und hart. Runzeln entstehen am Hals, und die Züge bekommen etwas Strenges. Das Liebliche verblaßt, wird ebenso zu einer Erinnerung wie Geschmeidigkeit und Elastizität. So wird sich Ihnen die Frau präsentieren, die Sie in Ihrer Jugend als Lebensgefährtin gewählt haben — nur Zeit trennt Sie davon.«

Die alte, greisenhafte Sehra wankte näher, und ihre

Haut war so dünn, daß Kerin die Knochen darunter sah. Langsam hob sie den Arm, und er bemerkte Dutzende von Altersflecken auf der schlaffen Haut. Ein zitternder, krummer Zeigefinger deutete wie anklagend in seine Richtung.

Kerin schrie und wich zurück, stolperte über einen Stein und fiel mit dem Hosenboden voran in den Fluß. Das Wasser war nicht besonders tief, aber recht kalt, und es spritzte ihm bis zum Gesicht empor. Aus einem Reflex heraus schloß er die Augen. Als er sie wieder öffnete, hatte sich die alte Sehra in Luft aufgelöst.

»Was ich Ihnen gezeigt habe, betrifft natürlich den schlimmsten Fall«, sagte Q.

Kerin stand auf. »Warum mußten Sie mich mit einem so gräßlichen Anblick konfrontieren?« entfuhr es ihm.

Q wirkte verblüfft. »Um Ihnen meinen Respekt zu beweisen.«

»Wenn Sie mich tatsächlich respektieren ...« Der Nistral atmete tief durch. »Dann verstehen Sie sicher meinen Hinweis darauf, daß ich etwas so Scheußliches nicht noch einmal sehen möchte. Zeigen Sie mir es nie wieder.«

Q nickte. »Ich bedaure sehr, Sie verärgert und aus der Fassung gebracht zu haben. Das lag mir natürlich fern. Ich bin kein Mensch, und deshalb weiß ich nicht immer im voraus, wie Menschen auf etwas reagieren. Ich bin jedoch außerstande zu versprechen, daß Sie eine derartige Sehra nie wiedersehen. Immerhin wird sie bald Ihre Ehefrau.«

Es gleißte, und Q verschwand.

Wesley beendete den Brückendienst und kehrte zu seinem Quartier zurück, um dort sich mit einigen längst fälligen Lektionen des Akademie-Fernstudiums zu befassen.

Unterwegs dachte er an Deanna, die sich auf der Brücke von einer ganz neuen — und für Wes beunruhigenden — Seite gezeigt hatte. Normalerweise war sie die personifizierte Gelassenheit, ein unerschütterlicher Fels in der emotionalen Brandung, eine Person, die anderen Leuten Kraft verlieh. Doch derzeit wirkte sie sehr besorgt und schien nicht mehr in sich selbst zu ruhen.

Wes schwärmte für die Counselor, seit er sie zum erstenmal gesehen hatte. Wie die meisten Teenager ging seine Phantasie weit über das hinaus, was die Realität bot. Ab und zu stellte er sich vor, daß Deanna Troi auf ihn wartete, wenn er seine Kabine aufsuchte.

Er hoffte inständig, daß die empathisch begabte Betazoidin keine entsprechenden gedanklichen Bilder von ihm empfing. Dann wäre er nicht mehr in der Lage gewesen, ihr in die Augen zu sehen. Nun, vermutlich wußte sie nichts von seinen Wunschvorstellungen.

Wesley seufzte innerlich. Wenn er Angst haben mußte, daß ihm jede gutaussehende Frau an Bord der *Enterprise* in den Kopf schauen konnte ... Dann dauerte es nicht lange, bis er den Verstand verlor.

Er erreichte sein Quartier, trat durch die Tür — und blieb abrupt stehen.

Eine Frau stand vor ihm. Sie schien Ende Zwanzig zu sein, hatte ein blaues Gesicht, kurzes rotes Haar und rote Wimpern.

Sie trug einen Umhang, den sie prompt fallen ließ, als Wes hereinkam. Auf diese Weise beantwortete sie eine Frage, die sich der junge Fähnrich vor einer Weile gestellt hatte: Die Graziunas verwendeten kein Makeup; sie waren überall blau.

»Ich bin ein Geschenk von Sehra«, verkündete die junge Dame und lächelte.

Wesley hatte häufig überlegt, was er in einer solchen Situation sagen würde. Wie lauteten die richtigen Worte, um das Eis zu brechen?

Seine Stimme klang eine Oktave höher als sonst, als er sagte: »Hilfe.« Er mußte zugeben: Es war keine besonders originelle Bemerkung.

KAPITEL 12

Deanna Troi blieb vor der Tür des Gästequartiers stehen und betätigte den Melder — sie wollte noch einmal an Lwaxanas Vernunft appellieren. Das Schott glitt nicht beiseite. Die Counselor klopfte an. »Mutter!« rief sie. Und in Gedanken fügte sie hinzu: *Mutter!*

Oh, Kleine, lautete die telepathische Antwort. *Wie nett von dir, daß du uns besuchst. Komm herein.*

Uns? wiederholte Deanna, als sie das Zimmer betrat.

Sie ahnte, wer außer ihrer Mutter anwesend war, und ihre Vermutungen erwiesen sich als richtig. Nach zwei oder drei Schritten verharrte sie und schüttelte den Kopf.

Q und Lwaxana saßen am Tisch, beide mit einem Glas Wein in der Hand. »Ich glaube, du kennst diesen Herrn«, sagte Mrs. Troi.

»Besser als du, Mutter«, erwiderte Deanna gepreßt. »Das versichere ich dir. Bitte gehen Sie, Q.«

»Nein.« Lwaxanas Stimme klang fest. »Bitte bleiben Sie, Q.«

»Wenn Sie allein sein möchten, um etwas zu besprechen ...«, meinte die Entität unschuldig.

Die Counselor setzte zu einer Erwiderung an, aber Lwaxana kam ihr zuvor. »Derartige Unhöflichkeiten lasse ich nicht zu, Deanna. Q ist mein Gast.«

»Ich dachte, du hättest dich mit ihm gestritten.«

Mrs. Troi lächelte. »Wir haben uns wieder vertragen. Nicht wahr, Q?«

128

»Und ob. Ihre Mutter ist eine bemerkenswerte Frau, Counselor Troi. Nie zuvor bin ich jemandem wie ihr begegnet.«

»Und Sie werden auch nie einer anderen Person begegnen, die mir ähnelt.« Lwaxana lachte und stieß mit Q an.

Es war mehr, als Deanna ertragen konnte. Sie ballte die Fäuste, wirbelte um die eigene Achse und *floh* praktisch aus der Kabine.

Q sah ihr nach. »Armes Mädchen.«

»Ja«, pflichtete ihm Lwaxana bei. »Manchmal fällt es Kindern schwer, sich damit abzufinden, daß ein Elternteil neue Beziehungen eingeht.«

»Kann man bei uns von einer ›Beziehung‹ sprechen?« fragte Q.

Lwaxana musterte ihn über ihr Glas hinweg. »Oh, ich denke schon«, sagte sie kokett. »Ja, ich glaube, zwischen uns spielt sich etwas ab. Oder sind Sie anderer Meinung?«

»Natürlich nicht. Ich finde Sie außerordentlich faszinierend, Lwaxana Troi. Sie nehmen kein Blatt vor den Mund, wie es so schön heißt, und Sie haben mir gegenüber nicht die geringsten Vorurteile.« Er zögerte kurz. »Die anderen sind eifersüchtig.«

»Die anderen?«

Q gestikulierte. »Picard und so.«

»Jean-Luc!« Lwaxana winkte ab. »Unsinn. Er scheint überhaupt nicht zu wissen, was Eifersucht bedeutet. Obwohl er gewisse Gedanken mit mir verbindet.«

»Unerhört!« entfuhr es Q. »Weil er der Captain ist, glaubt er, sich solche Freiheiten herausnehmen zu können!«

»Nun, es wäre falsch, ihm so etwas zur Last zu legen. Immerhin ist er nur ein Mensch, und ich bin ... ich. Außerdem hat er nur daran *gedacht*, ohne etwas zu *unternehmen*. Zwischen Denken und Handeln gibt es einen Unterschied.«

129

»Für mich nicht«, sagte Q. »Genau das ist der springende Punkt.«

Deanna hatte kein bestimmtes Ziel, als sie durch den
Korridor eilte. Ihre Beine stampften, und die angewin-
kelten Arme schwangen nach vorn und wieder zurück.
Hinter der betazoidischen Stirn herrschte Chaos.

Wie konnten zwischen einer Empathin und einer Telepathin Kommunikationsprobleme bestehen? *Das ist
doch verrückt*, dachte Deanna. *Es ergibt überhaupt keinen
Sinn.*

Plötzlich stand Wesley Crusher vor ihr, und fast wäre
sie gegen ihn geprallt. Er hatte gerade sein Quartier verlassen, und zwar mit der Geschwindigkeit einer Kano-
nenkugel. Deanna sah ihn erst im letzten Augenblick,
denn ihre Aufmerksamkeit galt vor allem ihr selbst.
»Entschuldige bitte, Wesley«, sagte sie nur und wollte
den Weg fortsetzen.

»Nein! Bitte! Counselor!« Er griff nach ihrem Arm,
klammerte sich geradezu daran fest. Panik flackerte in
den Augen. »Warten Sie, Counselor!«

Seine Emanationen kündeten von einem unentwirr-
bar scheinenden emotionalen Durcheinander. Hinzu
kam ein Verhalten, das Furcht und Unsicherheit zum
Ausdruck brachte. »Was ist denn los, Wes?« fragte Deanna und versuchte, die eigenen Probleme beiseite zu
schieben, um sich auf die einer anderen Person zu konzentrieren.

Mehrere Besatzungsmitglieder kamen vorbei und sa-
hen in ihre Richtung. Wesley trat ganz dicht an die
Counselor heran und sagte mit leiser, drängender
Stimme: »Ich brauche Sie.«

Deanna nahm den geringen Abstand zur Kenntnis,
lauschte dem Klang der Worte und lächelte amüsiert.
»Das könnte man falsch verstehen.«

In seinem gegenwärtigen Zustand verstand Wes nicht
einmal, was die Counselor meinte. »Ich muß unbedingt

mit Ihnen reden«, flüsterte er. »Commander Riker, Captain Picard oder Geordi kommen nicht als Gesprächspartner in Frage, weil sie die Sache sicher für lustig hielten, und Data wäre kaum imstande, mir zu helfen. Außerdem: An meine *Mutter* kann ich mich bestimmt nicht wenden ...«

Deanna legte dem jungen Mann die Hände auf die Schulter. »Immer mit der Ruhe, Wesley. Schildere mir dein Problem.«

»Versprechen Sie mir, nicht zu lachen.«

»Ich bin die Bordcounselor dieses Schiffes«, betonte Deanna und war dankbar dafür, von ihrem eigenen Problem abgelenkt zu sein. Sie erinnerte sich daran, die gleiche Bitte ihren Kollegen gegenüber formuliert zu haben, bevor sie vom Ab'brax erzählte. Riker hatte trotzdem leise gekichert, und nur Picards Präsenz hinderte die Counselor daran, dem Ersten Offizier eine schallende Ohrfeige zu versetzen. »Während meiner bisherigen beruflichen Laufbahn habe ich viele seltsame Dinge gehört. Ich verspreche dir, nicht zu lachen.«

»Na schön.«

Wes betrat seine Kabine und zog Deanna ins Zimmer. Hinter ihnen glitt das Schott zu.

Troi riß die Augen auf, als sie eine nackte blauhäutige Frau in Wesleys Bett sah. Die junge Dame lächelte.

»Äh, hallo«, sagte Deanna und wußte nicht recht, was sie von der Sache halten sollte. Sie starrte die Frau an und versuchte, ebenfalls zu lächeln, als sie Wes zuraunte: »Eine Freundin von dir?«

»Wir haben uns gerade erst kennengelernt.«

Die Counselor drehte den Kopf und musterte Beverly Crushers Sohn erstaunt. »Commander Riker würde sagen, daß du keine Zeit verloren hast.«

»Das ist einer der Gründe, warum ich nicht mit Commander Riker darüber sprechen wollte.« Wesley eilte zum Bett und zog das Laken bis zum Kinn der blauen Frau. »Äh, hast du was dagegen, dort drüben zu war-

131

ten?« fragte er, und Verzweiflung zitterte in seiner Stimme.

Die Namenlose schüttelte denn Kopf, stand auf und ging ins Bad. Wesley betätigte eine Taste, und die Tür schloß sich.

Der junge Fähnrich wandte sich an Deanna. »Sie ist ein Geschenk«, seufzte er.

»Ein Geschenk, das du ganz offensichtlich ausgepackt hast.«

»*Deanna!*« jammerte Wesley. »Wenn mir nach Spott zumute wäre, hätte ich mir Commander Riker eingeladen.«

»Entschuldige.«

»Und Sie haben versprochen, nicht zu lachen!«

»Tut mir leid.« Troi hielt sich die Hand auf den Mund und hatte plötzlich Verständnis für Will Rikers Kichern, als sie das Ab'brax erläuterte. Sie ließ einige Sekunden verstreichen, um sich zu fassen. »Ein Geschenk, wie?« fragte sie dann. »Und von wem?«

Wes strich sich übers Haar. »Von Sehra Graziunas.«

»Warum sollte dir Sehra Graziunas eine nackte Frau schenken?«

»Meine Kragenweite ist ihr unbekannt — das mag der Grund sein, warum ich kein Hemd bekommen habe.« Wesley ächzte. »Himmel, was weiß *ich*?« Er begann mit einer unruhigen Wanderung. »Was soll ich nur mit ihr machen?«

»Was erwartet sie von dir?«

Wes warf der Counselor einen bedeutungsvollen Blick zu.

»Oh«, sagte Deanna. »Bist du sicher, daß ... Nun, ich glaube, es ist offensichtlich, nicht wahr?« Sie schüttelte den Kopf. »Und wie fühlst du dich dadurch?«

»Wie ein Narr. Ich meine ... Ich kann doch nicht mit ihr ins Bett steigen?« Er sah Deanna an. »Oder?«

»Bittest du mich um Erlaubnis?«

»Nein! Äh, nein. Es wäre nicht richtig. Ich habe versucht, mit ihr zu reden, mehr über sie herauszufinden und so. Aber sie scheint sehr schüchtern zu sein.«

»Ich habe einen anderen Eindruck gewonnen.« Troi blickte dorthin, wo die blaue Frau bis eben gelegen hatte.

»Ich meine eine andere Art von Schüchternheit«, sagte Wes. Er nahm auf einem Stuhl Platz, ohne sich zu entspannen. »Sie ist *zu* willig, verstehen Sie? Dadurch verliert alles seinen Reiz.«

Deanna schmunzelte. »Du beeindruckst mich, Wesley. Ich kenne nur wenige Jungen in deinem Alter, die eine solche Gelegenheit nicht sofort nutzen würden. Für einen jungen Mann gehört viel dazu, standhaft zu bleiben, wenn eine hübsche und nackte Frau bereit ist, sich ihm hinzugeben.«

»Nein, es gehört nicht viel dazu«, widersprach Wes. »Dummheit genügt.«

»Deine Mutter wäre stolz auf dich.«

»Ooooh.« Wes schlug die Hände vors Gesicht. »Das war genau die falsche Bemerkung. Commander Riker würde mich sicher auslachen, weil ich die gute Chance nicht genutzt habe.«

»Meine Güte!« platzte es aus Deanna heraus. »Das hört sich so an, als hätte es Commander Riker auf alles abgesehen, das weiblich ist, gut aussieht und einen Puls hat!«

Wes sah sie stumm an.

»Nun, bleiben wir beim ursprünglichen Thema«, sagte die Counselor rasch, als sie spürte, daß sie sich aufs sprichwörtliche Glatteis gewagt hatte. »Wenn du dieses spezielle ›Geschenk‹ nicht magst — was willst du damit anstellen?«

»Ich weiß es nicht! Ich kann sie nicht zurückschicken — so etwas verstieße gegen die Traditionen der Tizarin und käme einer Beleidigung gleich. Glauben Sie, daß Captain Picard ihr erlaubt, an Bord zu bleiben?« fragte Wes hoffnungsvoll.

»Als was?«

»Als meine ...« Der Fähnrich unterbrach sich. »Nein, ich schätze, sie kann nicht bleiben.«

»Ich spreche mit dem Captain«, sagte Deanna und versuchte, möglichst ernst zu klingen. »Ich bitte ihn, die junge Dame in einem eigenen Quartier unterzubringen, bis dieses Problem gelöst werden kann.«

»Danke. Wenn Sie das Anliegen möglichst schnell an ihn herantragen würden ...«

»Mit Warpgeschwindigkeit.« Die Counselor wandte sich der Tür zu.

»Deanna ... Sie denken jetzt doch nicht schlecht von mir, oder?«

Sie drehte sich um und wölbte die Brauen. »Du befürchtest, daß ich schlecht von dir denke? Weil du der Ansicht bist, daß der Faktor Gefühl beim Sex eine wichtige Rolle spielt? Weil du es ablehnst, allein an das Körperliche zu denken und jede günstige Gelegenheit zu nutzen? Für was hältst du mich, Wes? Für einen typischen menschlichen Jugendlichen?«

Daraufhin lächelte er. »Nein, dafür sicher nicht.«

»Gut.« Deanna klopfte ihm noch einmal auf die Schulter und ging.

Die blauhäutige Frau sah aus dem Bad. »Möchtest du mich jetzt, Wesley?« fragte sie.

Ein Teil von ihm wollte mit einem klaren, unmißverständlichen ›Ja‹ antworten. Einige Sekunden lang rang er mit sich selbst. »Ich schlage vor, du bleibst dort drin, bis ich dich rufe, einverstanden?«

»Wie du wünschst, Wesley«, sagte sie sofort und verschwand wieder in der Hygienezelle.

Wesley ließ den Kopf leise an die Wand pochen.

Lwaxana ging langsam durch ihre Kabine und musterte Q. »Sind Sie jemals verheiratet gewesen?«

»Nein. Die Ehe ist ein sehr menschliches Konzept. Einer derartigen Partnerschaft kommt ganz neue Bedeutung zu, wenn die Ewigkeit kein abstrakter Begriff ist, sondern unmittelbare Realität.«

»Sind Sie unsterblich?« staunte Mrs. Troi.

»Kommt darauf an«, erwiderte Q. »Ich kann sterben — wenn ich es möchte. Aber selbst dann wäre der Tod für mich nicht das, was Sie sich darunter vorstellen.«

»Bitte erklären Sie mir das.«

»Unmöglich. Dafür gibt es keine geeigneten Worte. Ich müßte Vorstellungsbilder und Symbole benutzen ...«

»Ich verfüge über ein hohes telepathisches Potential.«

»Vielleicht nach menschlichen Begriffen«, wandte Q ein. »Aber nicht nach meinen.«

Lwaxana setzte ihr Glas ab. »Stellen Sie mich auf die Probe.«

Q warf ihr einen nachdenklichen Blick zu. »Sie werden immer faszinierender, Lwaxana Troi. Sie sind erst das zweite Individuum, das mir vielversprechend erscheint.«

»Wer ist das erste?«

»Data.«

Lwaxana runzelte die Stirn. »Im Ernst?«

»Ja. Möchten Sie wirklich das Q-Konzept des Todes kennenlernen?«

»Sonst hätte ich Sie wohl kaum um eine Erklärung gebeten.«

»Na schön.« Auch Q setzte das Glas ab, trat näher, streckte die Hand aus — und zögerte. Er betrachtete die eigenen Finger so, als überraschte ihn ihre Existenz, und schließlich berührte er Mrs. Troi an der Schläfe.

Für einen Sekundenbruchteil spürte Lwaxana sonderbare Kälte, eine Art Nicht-Temperatur. Etwas anderes kam hinzu, etwas, das gleichzeitig lockte und Entsetzen keimen ließ.

Die nächsten Eindrücke überwältigten sie.

Picard sah nicht vom Schreibtisch des Bereitschafts-
raums auf, als der Türmelder summte. »Herein.«

Deanna Troi trat ein. »Captain, ich bin gekommen,
um mit Ihnen ein Problem zu erörtern, das sich gerade ...«

Sie unterbrach sich, keuchte und taumelte zur Wand.
Picard war mit einem Satz auf den Beinen und stützte
die Counselor. Er führte sie zur Couch und stellte fest,
daß sie erbleicht war.

»Mutter...«, hauchte Deanna, und dann verlor sie
das Bewußtsein.

KAPITEL 13

Picard an Sicherheitsabteilung«, sagte der Captain. »Schicken Sie unverzüglich eine Einsatzgruppe zum Gästequartier von Mrs. Troi.«

Deanna setzte sich auf — ein gutes Zeichen. Aber sie wirkte erschüttert und zutiefst beunruhigt. »Mutter...«, flüsterte sie.

»Keine Sorge, Counselor«, teilte ihr Picard mit. »Eine Sicherheitsgruppe wird gewährleisten, daß Ihrer Mutter nichts zustößt.«

»Ich muß sofort zu ihr!« Deanna versuchte sich zu erheben, aber die Knie gaben unter ihr nach, und sie sank auf die Couch zurück. »Ich muß...«

»Was ist passiert?« fragte Picard, und sein Tonfall deutete darauf hin, daß er eine klare Antwort erwartete. Die Schärfe in seiner Stimme entfaltete die gleiche Wirkung auf Deanna wie eine kalte Dusche. Sie trachtete danach, sich wieder zu fassen.

»Sie wissen sicher, daß ich die empathischen Emanationen meiner Mutter empfange«, sagte die Counselor. »Es kam zu einer Art ... Überladung. Besser kann ich es nicht ausdrücken. Sie schien mit etwas konfrontiert zu werden, das für ihr Bewußtsein einfach zuviel war.«

»Q?« erkundigte sich Picard.

»Ich nehme es an«, erwiderte Deanna.

Picard verzog das Gesicht. »Es wird sich bald herausstellen.«

Lwaxana fühlte starke Arme und blinzelte verwirrt. »Q ...?« murmelte sie.

Um sie herum nahm die Welt wieder Konturen an, und Mrs. Troi sah zu Mr. Homn auf. In seinem normalerweise ausdruckslosen Gesicht zeigte sich Besorgnis.

Lwaxana richtete sich auf, atmete tief durch und versuchte, die Benommenheit abzustreifen. »Ich bin soweit in Ordnung, Mr. Homn«, sagte sie, obwohl sie sich von ihm stützen ließ. Seine Kraft beeindruckte sie einmal mehr, als er sie praktisch zum nächsten Stuhl trug, ohne sich dabei anzustrengen.

Sie blickte sich um. »Wo ist Q?«

Homn schwieg. Er brauchte auch gar nicht zu antworten.

»Ja, offenbar ist er gegangen«, sagte Lwaxana. »Aber warum? Nach dem, was geschehen ist ...«

Falten bildeten sich in ihrer Stirn. Was war überhaupt geschehen? Vor ihrem inneren Auge bewegte sich etwas: Streiflichter, die vage die Szenen formten, die Umrisse von Konzepten und Ideen. Sie schien etwas erfahren und gesehen zu haben, das sie schlicht und einfach überforderte. Etwas, das wundervoll, schrecklich, orgiastisch und noch viel mehr war. Der Kern ihres Ichs hatte sich mit einem mentalen Kurzschluß davor geschützt.

*Wo*vor?

Es summte an der Tür. »Herein«, sagte Mrs. Troi geistesabwesend.

Worf trat mit zwei Sicherheitswächtern durch die Tür. Sie hielten die Waffen schußbereit, ließen ihre Blicke durchs Zimmer schweifen und hielten nach einem Gegner Ausschau. »Ist alles in Ordnung mit Ihnen?« knurrte der Klingone.

»Es geht mir gut«, entgegnete Lwaxana. »Es geht mir sogar bestens.« Sie strich ihr Kleid glatt. »Warum fragen Sie?«

Worf wirkte skeptisch. »Man wies uns darauf hin, daß es hier Probleme geben könnte.«

»Da muß ein Irrtum vorliegen.«

»Sind Sie sicher?«

»Ich bin nicht daran gewöhnt, daß man meine Auskünfte in Frage stellt, Mr. Worf«, sagte Lwaxana stolz.

Der Klingone straffte die Gestalt. »Ich stelle nicht Ihre Auskünfte in Frage, sondern die Umstände.«

»Die Umstände lassen kaum zu wünschen übrig. Sie dürfen jetzt gehen.«

Worf schnitt eine finstere Miene, drehte sich zu seinen Begleitern um und verkündete mit einem Hauch Sarkasmus: »Wir dürfen jetzt gehen.«

Sie wichen so langsam zurück, als rechneten sie mit einem plötzlichen Angriff. Worf nickte kurz, bevor sich die Tür schloß.

»Frauen«, grollte er und klopfte auf seinen Insignienkommunikator. »Worf an Captain Picard. Mrs. Troi ist wohlauf, und ihr droht keine Gefahr. Falls das zuvor anders gewesen sein sollte, so weist jetzt nichts mehr darauf hin.«

»Danke, Mr. Worf«, tönte es aus dem kleinen Lautsprecher.

Der Klingone brummte und sah zu seinen Leuten. »Kehren wir zurück.«

»Worf meldet, es sei alles in Ordnung«, sagte Picard unnötigerweise — Deanna hatte den knappen Bericht des klingonischen Sicherheitsoffiziers gehört. Sie saß dem Captain gegenüber, und ihre Hände waren ständig in Bewegung.

»Ja, ich weiß.«

»Sie teilen diese Einschätzung nicht?«

Deanna zögerte und wußte nicht, was sie darauf erwidern sollte. Eine Aura der Sensibilität und Empfindsamkeit umgab sie, und sie schien den Tränen nahe zu sein. »Captain …«, brachte sie schlicht hervor. »Ich mache mir große, *sehr* große Sorgen um meine Mutter. Ich fürchte, sie hat sich auf etwas eingelassen, mit dem sie letztendlich nicht fertig werden kann.«

»Sie kennen Lwaxana natürlich viel besser als ich,

Counselor«, entgegnete Picard langsam. »Wie dem auch sei: Meine Erfahrungen mit ihr lassen den Schluß zu, daß sie mit *allem* fertig wird.«

»Bei allem Respekt, Captain: Als Sie das letzte Mal von Personen sprachen, die mit allem fertig werden können, bezogen sich Ihre Worte auf die Besatzung dieses Schiffes. Kurze Zeit später wurden wir ins Raumgebiet der Borg versetzt, und dort hätten wir fast den Tod gefunden. Sie erinnern sich bestimmt daran, daß wir jene Erlebnisse ebenfalls Q ›verdanken‹.«

Deanna klang fast schrill — für Picard ein Hinweis darauf, welchen emotionalen Belastungen sie ausgesetzt war. »Counselor ...«, begann er.

»Sie braucht nur ein falsches Wort zu sagen! Ein einziges falsches Wort — und Q läßt sie für immer verschwinden, indem er einfach mit den Fingern schnippt.«

»Das wagt er bestimmt nicht.«

»Woher sollen wir das wissen?« fragte Deanna. »Er achtet keine moralischen Regeln. Er verhält sich so, wie es ihm paßt. Er ... er ist eine Art Antithese zur Ersten Direktive. Meine Mutter neigt dazu, recht energisch und anspruchsvoll zu sein; sie könnte Q mit ihrem Gebaren vor den Kopf stoßen, ihn verärgern. Sie ignoriert meinen Rat, vorsichtig zu sein. Sie begreift überhaupt nicht, welchen Gefahren sie sich aussetzt.« Deanna wandte den Blick von ihren zitternden Händen ab und sah Picard an. »Vielleicht gelingt es Ihnen, sie zur Vernunft zu bringen.«

»Mir?«

»Ja. Meine Mutter sieht zu Ihnen auf und respektiert Sie.«

»Sie begehrt mich«, stellte Picard fest. »Obwohl ich sie keineswegs ermutigt habe, wie Sie sehr wohl wissen.«

»Das ist mir durchaus klar, Captain.«

Er zupfte am Kragen des Uniformpullis. »Bei ihrem letzten Aufenthalt an Bord der *Enterprise* war sie ganz und gar auf mich fixiert. Sie weckte ein solches Unbehagen in mir, daß ich mich in die Holo-Kammer zurückzog.« Jean-Luc musterte Deanna aus zusammengekniffenen Augen. »Normalerweise fliehe ich nicht. Ich bekam es mit candellianischen Piraten und übergeschnappten Ferengi zu tun, ohne mich von ihnen in die Flucht schlagen zu lassen. Doch Ihre Mutter... Sie brachte mich dazu, ein Versteck aufzusuchen. Und glauben Sie mir: Die entsprechende Entscheidung fiel mir alles andere als leicht. Nun, einer solchen Persönlichkeit steht Q nun gegenüber. Es dürfte alles andere als leicht für ihn sein. Ich habe Q zu verstehen gegeben, daß ich mit dem gegenwärtigen Stand der Dinge nicht zufrieden bin, aber wenn Ihre Mutter ihn mit offenen Armen empfängt, so kann ich kaum etwas daran ändern. Sie ist Gast an Bord — ebenso wie Q, Gott steh uns bei. Ihre Wünsche müssen berücksichtigt werden.«

»Was ist mit *meinen* Wünschen, Captain?« fragte Deanna. »Was ist mit meinen *Sorgen*? Sie unternähmen sicher etwas, wenn ich Ihnen in Hinsicht auf ein Besatzungsmitglied dazu raten würde, und ich schätze, so viel Engagement Ihrerseits hat auch meine Mutter verdient. Ich weiß, daß Sie von ihr eingeschüchtert sind...«

»Eingeschüchtert!« wiederholte Picard.

»Nun, ›eingeschüchtert‹ ist vielleicht nicht das richtige Wort...«

»Ganz bestimmt nicht!« bestätigte Jean-Luc. »Und ich weise Sie darauf hin...« Er unterbrach sich und schüttelte den Kopf. »Psychologische Tricks, Counselor?«

Sie zuckte mit den Achseln. »Was auch immer funktioniert, Captain.«

Er seufzte. »Na schön. Wenn es Ihnen so viel bedeutet, daß Sie bereit sind, praktisch jedes Mittel zu nutzen... Bitten Sie Ihre Mutter, mir heute abend beim Essen Gesellschaft einzusetzen. Dann werde ich... die ganze Angelegenheit mit ihr erörtern.«

Deanna atmete auf. »Danke, Captain.«

»Noch besteht kein Anlaß, mir zu danken«, wandte Picard ein. »Ihre Mutter kann ziemlich beharrlich sein. Sie neigt dazu, sich einer Sache *hingebungsvoll* zu widmen, wenn Sie verstehen, was ich meine.«

»Hingebungsvolle Frauen!« Plötzlich erinnerte sich Deanna. »Es gibt noch etwas, über das ich mit Ihnen sprechen möchte. Dabei geht es um Mr. Crusher...«

»Teenager.« Picard ächzte leise. »In was ist er jetzt wieder geraten?«

»Seltsam, daß Sie es so ausdrücken ...«

Picard zupfte voller Unbehagen am Kragen der Galauniform und fragte sich erneut, welcher Sadist für den Schnitt dieser Kleidung verantwortlich war. Er stand vor Lwaxanas Gästequartier und nickte mehreren Besatzungsmitgliedern zu, die durch den Korridor schritten.

Einige von ihnen wölbten erstaunt die Brauen, als sie den Captain vor der Kabine von Mrs. Troi bemerkten. Es war ein offenes Geheimnis, wie sehr sie ihm während des ersten Aufenthalts an Bord zugesetzt hatte. Vielleicht verglich man Picard mit einem Lamm, das sich willig zur Schlachtbank führen ließ ... Die Erkenntnis, daß er solche Vorstellungen bei der Crew weckte, verstärkte Jean-Lucs Unbehagen.

»Herein«, erklang Lwaxana Trois Stimme.

Er holte tief Luft. »In die Höhle des Löwen ...«, murmelte er, zwang ein Lächeln auf die Lippen und trat ein.

Ihm fiel sofort der durchdringende Geruch von Parfüm auf — er hatte eine solche Intensität, daß er fast Substanz zu gewinnen schien.

Auf der anderen Seite des Zimmers stand Deannas Mutter, gekleidet in ein langes, gelbgrünes Gewand.

»Kein Schwarz?« fragte Picard.

»Ich trauere nach wie vor um meine Tochter«, stellte Mrs. Troi fest. Dann erhellte sich ihre Miene. »Aber wenn sich zwei so gute Freunde wie wir treffen ... Eine solche Gelegenheit erfordert angemessene Kleidung.«

Sie streckte die Hand aus, und Picard hauchte gehorsam einen Kuß auf ihre Fingerknöchel. »Stellen Sie sich meine Überraschung vor, als mir Deanna Ihre Einladung zum Abendessen übermittelte.«

»Und *meine* erst ...«, sagte Picard leise.

Lwaxana runzelte die Stirn und verstand nicht. »Ich meine, es freut mich, daß Sie Zeit für mich erübrigen können«, fügte der Captain rasch hinzu.

»Ich habe immer Zeit für Sie, Jean-Luc.«

Sie deutete zu einem gedeckten Tisch, der betazoidische Spezialitäten präsentierte. Mr. Homn stand in der Nähe und hielt sich am Gong bereit.

Picard hatte eigentlich beabsichtigt, das Essen in seiner Kabine stattfinden zu lassen — immerhin stammte die Einladung von ihm —, aber er wagte es nicht, Einwände zu erheben. Zusammen mit Lwaxana nahm er Platz und trachtete danach, sich in einer Situation zu entspannen, die ihn mit Beklommenheit erfüllte. Mrs. Troi bedachte ihn mit einem Blick, der bis zu seinem Hinterkopf zu reichen schien. *Vielleicht stimmt das sogar,* fuhr es ihm durch den Sinn. *Vielleicht liest sie alle meine Gedanken.*

»Nun ...«, sagte er.

»Nun ...«, betonte Lwaxana. Sie stützte das Kinn auf die Hände, wirkte dadurch mädchenhaft und sogar — Jean-Luc erflehte himmlische Barmherzigkeit — attraktiv. Er räusperte sich, als Mrs. Troi begann: »Jean-Luc ...«

»Ja?« erwiderte und rechnete damit, daß er mehrere Stunden lang den Annäherungsversuchen von Deannas Mutter widerstehen mußte.

»Ich glaube, ich habe den richtigen Mann für mich gefunden.«

»Lwaxana ...« Picard suchte nach den richtigen Worten. »Das ist sehr schmeichel ...«

Er beendete den Satz nicht, denn die Betazoidin schenkte ihm überhaupt keine Beachtung. Sie sprach so

143

weiter, als hätte der Captain gar nichts gesagt. »Erzählen Sie mir alles — und ich meine wirklich *alles* — über Q.«

Wesley stand in der Tür des Quartiers, in dem man das ›Geschenk‹ untergebracht hatte. Auf seinen ausdrücklichen Wunsch hin trug sie den Umhang, mit dem sie an Bord gekommen war. Er nahm sich vor, O'Brien dafür zu ›danken‹, daß er die junge Frau direkt in seine Kabine gebeamt hatte. Der Transporterchef hielt das vermutlich für lustig — ha-ha.

»Und du möchtest bestimmt nicht, daß ich dein Quartier mit dir teile, Wesley?« Ein Seufzen folgte dieser Frage.

»Bestimmt nicht«, erwiderte Wes. »Bleib hier, bis die Sache geklärt ist.«

Die blaue Frau neigte den Kopf zur Seite. »Die anderen Dienerinnen platzten fast vor Neid, als Sehra entschied, mich zu dir zu schicken. Du hast sie alle sehr beeindruckt.«

»Tatsächlich?« Wesley blickte durch den Korridor und bemerkte Walt Charles, einen hochgewachsenen und gutaussehenden jungen Mann, der ebenfalls im Rang eines Fähnrichs stand. Charles schritt langsamer, als er sich näherte, wölbte die Brauen. Wesley stöhnte innerlich. »Also los«, drängte er und winkte.

Die Tizarin verstand ihn falsch. Sie brachte ein hastiges »Wie du willst, Wesley« hervor, schlang die Arme um ihn und gab ihm einen leidenschaftlichen Kuß. Wes wußte überhaupt nicht, wie ihm geschah, und aus einem Reflex heraus erwiderte er den Kuß.

Verdammter Narr! dachte er. *Du stehst hier in einem Korridor der* Enterprise.

Er befreite sich aus der Umarmung und schob die blauhäutige Frau energisch ins Zimmer. Das Schott glitt zu, bevor sie ihn mit einem weiteren ›Wie du willst, Wesley‹ an den Rand der Verzweiflung bringen konnte.

144

Er drehte sich um und sah Charles an, der verwundert den Kopf schüttelte. »Na los«, brummte er. »Heraus damit.«

»Weißt du, Crusher...«, sagte Charles langsam. »Mein Respekt dir gegenüber hat gerade enorm zugenommen. Daß es dir gelungen ist, eine solche Schönheit zu erobern...«

»Ich habe sie nicht erobert!« erwiderte Wesley. »Und ich habe nichts mit ihr angestellt!«

»Nichts?«

»Nein!«

»Oh.« Enttäuschung zeichnete sich in Charles' Miene ab, und er ging fort.

Wesley drehte sich um und ließ den Kopf gegen die Wand pochen.

Bumm.

Bumm.

Bumm.

In gewisser Weise empfand er es als entspannend.

»Er ist allmächtig?«

Picard beugte sich vor und versuchte, nicht die Geduld zu verlieren. »Qs Macht hat keine Grenzen, soweit wir das bisher wissen, Lwaxana. Und dieser Hinweis sollte Ihnen eigentlich für die Erkenntnis genügen, daß eine Beziehung zwischen Ihnen und jenem Mann — jener *Entität* — keinen Sinn hat.«

»Eine solche Erkenntnis halte ich nicht für zwingend notwendig«, sagte Mrs. Troi. Sie spießte ein Stück Fleisch mit der Gabel auf und schob es in den Mund, was Mr. Homn zum Anlaß nahm, einmal mehr den Gong erklingen zu lassen. Picard stellte sich vor, wie der nächste Schlag das verdammte Ding zerschmetterte — unter solchen Umständen wäre er zu einem Dankgebet bereit gewesen. »Vielleicht erscheint Ihnen das seltsam, Jean-Luc, aber ich finde mächtige Männer aufregend.«

»Nun, sie können zweifellos aufregend sein«, räumte Picard ein. »Man mag es auch für aufregend halten, eine Bombe im Materie-Antimaterie-Wandler zu entschärfen. Wobei es folgendes zu bedenken gilt: eine falsche Bewegung, und man existiert nur noch in Form von Erinnerungen.«

»Oh, es besteht keine Gefahr«, behauptete die Betazoidin.

»Sie kennen Q nicht ...«

»Jetzt klingen Sie wie Deanna. Fangen Sie nicht ebenfalls damit an, mir Predigten zu halten.«

»Ich klinge wie Deanna, weil Ihre Tochter recht hat. Q ist nicht das, was er zu sein scheint. Damit meine ich Erscheinungsbild *und* Absichten. Er hat immer irgend etwas in petto.«

»Ich liebe Überraschungen.«

Picard preßte die Fingerspitzen aneinander und trachtete danach, sich seine wachsende Verzweiflung nicht anmerken zu lassen. Wie konnte er die Mutter der Counselor dazu bewegen, vernünftig zu sein? »Mrs. Troi ... Für Q sind die Besatzungsmitglieder dieses Schiffes nur Versuchstiere, die er ganz nach Belieben bei seinen Experimenten verwendet. Er will beweisen, daß die Menschheit armselig, barbarisch, gewaltsam und sadistisch ist.«

»Und Sie reagieren auf die Vorwürfe von Barbarei und Gewalt, indem Sie versuchen, ihn aus dem Schiff zu verbannen.«

»Ja ... Nein!« Picard seufzte. »Nun, in gewisser Weise haben Sie recht. Aber unser diesbezügliches Bestreben basiert auf dem Chaos, das Q bei früheren Besuchen angerichtet hat. Von Deanna wissen Sie vermutlich, daß wir von ihm in einen unbekannten Raumsektor versetzt wurden ...«

»Ich dachte immer, Ihre Mission bestehe darin, unbekannte Raumsektoren zu erforschen«, erwiderte Lwaxana mit gespielter Verwirrung.

146

»Nun, ja, aber ...«

»Also hat Q seine bemerkenswerten Fähigkeiten genutzt, um Ihnen bei Ihrer Mission zu helfen«, sagte Mrs. Troi leise.

»Er überließ uns den Borg, die überhaupt keine Gnade kennen!« entfuhr es dem Captain. »Sie schnitten einen Teil aus diesem Schiff. Q ist für den Tod von mehr als zehn Besatzungsmitgliedern verantwortlich.«

»Mir scheint, die Verantwortung dafür liegt bei den Borg«, entgegnete Lwaxana.

»Ohne Q wäre es erst viele Jahre später zu einer solchen Konfrontation gekommen! Die Borg sind erbarmungslose Eroberer, die alles zerstören.«

»Aber ganz offensichtlich ist es ihnen nicht gelungen, die *Enterprise* zu vernichten. Und Sie sind nach wie vor am Leben.«

»Ja ...«, gestand Picard widerstrebend. »Q demütigte mich — und anschließend brachte er uns wieder in Sicherheit.«

»Hmm ... Mir scheint, damit hat Ihnen Q einen wichtigen Dienst erwiesen. Durch jenen ersten Kontakt haben Sie mehr Zeit, um Vorbereitungen zu treffen. Dadurch können Sie sich wirkungsvoll verteidigen, wenn die Borg schließlich kommen — was unvermeidlich zu sein scheint.«

»Mag sein«, gab Picard zu. »Aber ... Bei der ersten Begegnung stellte er uns vor Gericht! Er behandelte uns wie Verbrecher!«

»Es kann durchaus vorkommen, einen schlechten ersten Eindruck zu machen.«

»Beim zweiten Mal verhielt er sich kaum anders!«

»Man braucht etwas Zeit, um sich an ihn zu gewöhnen«, sagte Lwaxana. »Meine besonderen Begabungen erleichtern es mir natürlich, Beziehungen zu ihm herzustellen.«

Ein Teil von Picard wollte sich einfach dem Zufriedenheit schenkenden Gefühl hingeben, daß Mrs. Troi

147

verdiente, was sie herausforderte. Aber diese Genugtuung blieb ihm verwehrt: Zu sehr glaubte er sich der Counselor verpflichtet.

Irgend etwas hielt ihn davon ab, eine weitere Erfahrung mit Q zu erwähnen — den Umstand, daß die Entität ihre Macht mit Riker geteilt hatte. Allein der Himmel mochte wissen, wie Lwaxana auf die Mitteilung reagierte, daß Q seine Fähigkeiten auf andere Personen übertragen konnte.

»Ich möchte Ihnen eine Vorstellung davon vermitteln, zu welchen Frechheiten er imstande ist«, sagte Picard. »Beim letztenmal kam er ohne seine Macht zu uns. Splitterfasernackt materialisierte er auf der Brücke ...«

»Tatsächlich?« Lwaxanas Interesse erwachte. »Haben Sie zufälligerweise eine visuelle Aufzeichnung davon?«

Der Captain überhörte diese Frage. »Er bat uns um Schutz vor einem Volk, das ihn zur Rechenschaft ziehen wollte — für Qualen, die es Qs Manipulationen verdankte. Er brachte die *Enterprise* in Gefahr, um seine elende Haut zu retten, und dann ...« Picard sprach nicht weiter.

»Und dann?« hakte Mrs. Troi nach.

»Oh, nichts weiter.«

»Was geschah anschließend?«

Picard zögerte und seufzte. »Q bekam seine Macht zurück, weil er die Bereitschaft zeigte, sein Leben für uns zu opfern.«

Die Betazoidin musterte ihn amüsiert. »Wie verwerflich von ihm! Dafür sollte man ihn hinrichten!«

»Lwaxana ...« Die Geduld des Captains wurde auf eine harte Probe gestellt. »Der springende Punkt ist seine Einstellung. Seine Perspektive in Hinsicht auf das Menschliche und die Interaktionen zwischen ihm und uns.«

»Er ist allmächtig, und wir sind es nicht.«

»Ja.«

»Er hat recht«, sagte Mrs. Troi. »Er ist tatsächlich allmächtig — Sie haben es selbst gesagt. Und wir sind es ganz offensichtlich nicht. Nun, vielleicht fühlt er sich zu mir hingezogen, weil er mein starkes Selbst spürt.« Stolz hob sie den Kopf. »Ganz zu schweigen von meinem Status als Tochter des Fünften Hauses und Hüterin des ...«

»Ja, ja, ich weiß«, warf Picard ungeduldig ein. »Aber letztendlich läuft alles auf folgendes hinaus ...«

»Letztendlich läuft alles darauf hinaus, daß Sie eifersüchtig sind.«

Picard öffnete den Mund — und klappte ihn wieder zu.

Lwaxana klopfte ihm auf die Hand. »Ich wollte es Q nicht glauben, aber jetzt stellt sich heraus, daß er recht hatte. Er irrte sich nicht, als er bei Ihnen Symptome von Eifersucht erkannte.«

»Ich bin nicht eifersüchtig!« platzte es aus dem Captain heraus.

»Und wie sieht's mit Neid aus? Um einen Eindruck zu gewinnen, bin ich nicht nur auf Worte angewiesen, Jean-Luc, und Ihre Emanationen ... Mir scheint, Sie sind neidisch auf Q, weil er Ihnen überlegen ist. Er hat Sie mehrmals bloßgestellt, und dadurch fühlen Sie sich blamiert, ihm unterlegen. Verstehen Sie denn nicht, Jean-Luc? Es ist völlig in Ordnung, sich unterlegen zu fühlen, wenn an der Unterlegenheit kein Zweifel besteht. Es bringt nicht die geringste Schande mit sich, die eigenen Grenzen einzugestehen. Allerdings sollte man die damit in Zusammenhang stehenden Gefühle als das erkennen, was sie sind.«

»Ich ... bin ... *nicht* ... eifersüchtig ... auf ... Q!« sagte Picard, und seine Stimme war dabei noch kälter als Gletschereis.

»Ach, Jean-Luc, mir gegenüber dürfen Sie ganz offen sein«, entgegnete Lwaxana neckisch.

»Er ist gefährlich! Ich bin um Ihre Sicherheit besorgt! Soweit ich weiß, sind Sie von Q in einen emotionalen

149

Strudel gezerrt und dann im Stich gelassen worden, als es zuviel für Sie wurde.«

»Er hat Dinge mit mir geteilt, für die ich noch nicht bereit war«, sagte Mrs. Troi. »Ich habe zu früh zuviel von ihm erbeten. Und daß er nicht blieb ... Nun, er weiß, was eine Frau fasziniert.«

»Was?«

»Alle Frauen lieben Männer, die von Geheimnissen umgeben sind. Die ganz plötzlich kommen und gehen. Die von der Aura des Gefährlichen begleitet werden. Ich meine Männer, die ...«

»Er ist kein Mann!« stieß Picard verärgert hervor. »Er ist Q!«

Lwaxana schüttelte den Kopf. »Sie sind so leicht zu durchschauen, Jean-Luc«, erwiderte sie in einem tadelnden Tonfall. »Ich weiß, daß Sie *gewisse* Gedanken mit mir verbinden, und ich muß zugeben, daß ich jene Vorstellungen zunächst sehr attraktiv fand. Aber jetzt, mit Q in meinem Leben, sind sie eher unangebracht. Sie sollten Ihre Gedanken besser unter Kontrolle halten. Mir scheint, Sie sind schlicht und einfach eifersüchtig. Geben Sie es ruhig zu: Sie können es nicht ertragen, mich in den Armen eines anderen Mannes zu sehen.«

Picard stand auf. »Offenbar hat es keinen Sinn, dieses Gespräch fortzusetzen. Ich wünsche Ihnen eine gute Nacht, Mrs. Troi.«

»Seien Sie doch nicht so schroff, Jean-Luc. Wir können auch weiterhin gute Freunde bleiben.«

Der Captain schwieg, weil er seiner Stimme nicht traute. Aus dem gleichen Grund wagte er nicht einmal zu denken, als er mit langen Schritten zur Tür eilte und das Gästequartier verließ.

Lwaxana Troi seufzte und biß in eine Waffel. »Armer Jean-Luc«, murmelte sie. »Der bessere Mann hat gewonnen, und damit kann er sich einfach nicht abfinden.«

Mr. Homn ließ den Gong erklingen.

KAPITEL 14

Deanna befand sich im Gesellschaftsraum, als Picard hereinkam. Sie sah auf und brauchte keine Fragen zu stellen — der Gesichtsausdruck des Captains vermittelte eine deutliche Botschaft.

»Ich nehme an, Ihre Bemühungen blieben ohne Erfolg«, sagte die Counselor.

Picard setzte sich zu ihr an den Tisch. Guinan stand hinter der Theke und verharrte dort; sie spürte, daß sie diesmal nur gestört hätte.

»Sie hat auf stur geschaltet«, erwiderte Jean-Luc.

Die Counselor senkte den Kopf und seufzte. »Vielen Dank für Ihre Bemühungen, Captain.«

»Deanna, so unwahrscheinlich es auch sein mag — wir sollten die Möglichkeit berücksichtigen, daß Q diesmal aufrichtig ist.«

Lwaxanas Tochter hob überrascht den Blick. »Wie kommen Sie darauf?«

»Nun ...« Picard zuckte mit den Schultern. »Wenn es um Liebe geht, sieht der unbeteiligte Beobachter nur einen Teil der subjektiv wahrgenommenen Realität ...«

»Glauben Sie, meine Mutter hat sich in Q verliebt?« fragte Deanna, und ihre Stimme klang regelrecht entsetzt.

»Ich glaube an eine solche *Möglichkeit*. Lwaxana hält mich für eifersüchtig.«

»Warum läßt sie sich nicht zur Vernunft bringen?« stöhnte Deanna.

»Weil sie gar nicht vernünftig sein will. Ihre Mutter

ist sehr einsam. Sie klammert sich an der Überzeugung fest, einen neuen Partner gefunden zu haben. Sie lehnt es ab, auf den Rat respektierter und geschätzter Personen zu hören — um nicht zugeben zu müssen, daß Q kaum ein geeigneter Mann für sie ist.«

»Q ist überhaupt kein Mann.«

»Darauf habe ich ebenfalls hingewiesen — vergeblich.« Picard holte tief Luft und ließ den Atem zischend entweichen. »In gewisser Weise verstehe ich Ihre Mutter, Counselor. Es ist schon so schwierig genug, allein alt zu werden. Aber wenn dabei auch noch Hormone ins Spiel kommen ... Daraus können sich sehr problematische Situationen ergeben. Ich beneide Sie nicht.«

»Mich?« fragte Deanna mit hochgezogenen Brauen.

»Ich meine Lwaxana«, erklärte Picard.

»Sie haben gesagt, daß Sie *mich* nicht beneiden. Ein Freudscher Versprecher. Sie beneiden mich nicht, weil ich irgendwann ebenfalls in Phase gerate und ...«

»Ich weiß ganz genau, was ich gesagt habe, Counselor. Um es noch einmal zu wiederholen: Ich beneide Ihre Mutter nicht.«

»Wie Sie meinen, Captain.«

Jean-Luc rieb sich den Nasenrücken. »Ich muß gestehen, ein wenig abgespannt zu sein. Bitte entschuldigen Sie, wenn ich die falschen Worte gewählt haben sollte. Wissen Sie, die Tizarin versuchen zwar, sich ordentlich zu benehmen, aber manchmal veranstalten sie einen ziemlichen Rummel und stolzieren durch die Korridore. Die Sicherheitsabteilung hat alle Hände voll zu tun, um die Ordnung zu wahren. Wenn's nach Worf ginge, würden wir unsere Gäste in die Photonenkatapulte stoßen und ins All blasen.«

»Und wenn es nach Ihnen ginge, Captain?« fragte Deanna. In ihren Mundwinkeln zuckte es kurz.

»Ich würde kaum zögern, Worf dabei zu helfen, die Photonenkatapulte mit den Tizarin zu laden«, gestand Picard. »Morgen findet der traditionelle Große Tanz statt, und zwar auf dem Holo-Deck C. Die Teilnahme ist nicht *unbedingt* erforderlich, wird jedoch empfohlen. Man erwartet Paare. Ich nehme an, Commander Riker...?«

»Natürlich.« Deanna schmunzelte kurz. »Es ist eine Ewigkeit her, seit wir zum letztenmal getanzt haben. Vielleicht bekomme ich dadurch Gelegenheit, Abstand zu gewinnen und den Dingen ihren Lauf zu lassen.«

»Ich neige zu einer ähnlichen Einstellung, Counselor. Wenn wir nicht in der Lage sind, den Fluß der Ereignisse zu ändern ... Dann sollten wir uns bereit halten, um hinterher aufzuräumen.«

Picard stand auf, nickte der Wirtin zu und verließ den Gesellschaftsraum. Guinan wartete einige Sekunden lang, bevor sie zum Tisch trat. »Alles in Ordnung mit Ihnen, Counselor?«

Deanna hob den Kopf. »Sie kennen Q besser als sonst jemand. Die Feindseligkeit zwischen Ihnen hat eine lange Geschichte.«

»Das stimmt.«

»Könnte sich Q tatsächlich geändert haben? Begegnet er meiner Mutter vielleicht mit ehrbaren Absichten? Ist ihm wirklich daran gelegen, sich die menschlichen Konzepte von Liebe und Verständnis anzueignen? Halten Sie das für möglich?«

Guinan überlegte eine Zeitlang. »Alles ist möglich«, erwiderte sie schließlich. »Angesichts einer so großen Galaxis entspricht diese Antwort immer der Wahrheit. Außerdem hat Q während seines letzten Kontakts mit uns einige demütigende Erfahrungen hinnehmen müssen. Es ist also durchaus denkbar, daß er sich geändert hat.«

»Es ist denkbar«, wiederholte Deanna. »Aber nicht wahrscheinlich?«

Guinan zuckte mit den Schultern. »Um ganz ehrlich zu sein: Ich weiß es nicht. Sie möchten doch keine Lüge von mir hören, oder?«

Ja! hätte die Counselor am liebsten gerufen. *Belügen Sie mich! Sagen Sie mir, daß meiner Mutter nicht die geringste Gefahr droht. Sagen Sie mir, daß sich alles zum Guten wenden wird. Ja, spenden Sie mir mit einer Lüge Trost. Befreien Sie mich von den Sorgen, von Gedanken, die sich immer ums Schlimmste drehen.*

»Natürlich nicht«, sagte Deanna.

Wesley saß schon früh an seiner Konsole und lenkte sich ab, indem er die Systeme überprüfte. Trotzdem mußte er immer wieder an seine besondere Situation denken.

Fast alles in ihm begehrte die blauhäutige Frau. Sie sah hinreißend aus. Und sie war bereit, sich ihm hinzugeben. Doch eine ärgerliche Barriere aus Moralität hinderte ihn daran, diesem Verlangen nachzugeben. Eine mahnende Stimme verbot ihm, die auf einem kulturellen Zwang basierende Willigkeit der jungen Frau auszunutzen. *So etwas macht keinen Spaß,* fügte jenes Flüstern hinzu.

Ein anderes Raunen hielt dem entgegen: *Wen kümmert's? Du denkst zuviel! Du legst dir selbst Hindernisse in den Weg! Vergiß deine hohen moralischen Maßstäbe. Schnapp dir die Dame und ...*

»Hallo, Crusher«, erklang eine unangenehm vertraute Stimme.

Wesley zuckte innerlich zusammen. Er brauchte sich nicht einmal umzudrehen, um zu wissen, wer hinter ihm stand. »Hallo, Charles«, erwiderte er. »Solltest du nicht im Maschinenraum sein?«

»Hab gerade den Dienst beendet.« Walter Charles trat am Sessel vorbei und blieb vor dem Pult stehen. »Heute abend geht's auf dem Holo-Deck C rund. Bringst du deine Freundin mit?«

»Sie ist nicht meine Freundin«, brachte Wesley zwischen zusammengepreßten Lippen hervor.

»Ja, das habe ich gehört. Nun, Wes...« Charles

beugte sich vor. »Wenn du kein Interesse an ihr hast ...
Wie wär's, wenn du sie mir überläßt?«

Wesley spürte, wie seine Wangen glühten. »Nein.«

»Nein?« wiederholte Charles überrascht. »Du hast
doch gesagt ...«

»Ich habe gesagt, daß sie nicht meine Freundin ist«,
betonte Wesley. »Aber das ändert sich vielleicht.« Er
richtete einen verdrießlichen Blick auf die Displays der
Konsole. »Vielleicht schon bald.«

An Bord des Familienschiffes der Graziunas betrachtete
sich Sehra in einem großen Spiegel und drehte sich einmal um die eigene Achse. Das lange, blaue und orangefarbene Kleid — am Rücken wies es einen tiefen Aus-
schnitt auf — wogte wie ein fußlanger Schleier. Die
junge Frau verharrte wieder und veränderte die Anord-
nung ihres Haars, um festzustellen, auf welche Weise es
am besten wirkte.

Beim Großen Tanz wollte sie für Kerin so gut wie
möglich aussehen. Sie hatte kurz mit ihm gesprochen
— zwischen den beiden großen Tizarin-Schiffen gab es
eine ständige Kom-Verbindung —, und dabei erweckte
er einen zerstreuten, sogar gereizten Eindruck. Er beschränkte sich auf einige knappe Worte und vermied es
sogar, seine Verlobte anzusehen.

Sehra schrieb es der nervlichen Belastung zu, und dadurch erschien alles verständlicher. Dem jungen Nistral
stand eine wichtige Veränderung in seinem Leben bevor
— ebenso wie ihr —, und deshalb konnte man eine gewisse Nervosität erwar ...

Ruckartig drehte sie den Kopf. Aus den Augenwinkeln hatte sie etwas bemerkt, etwas, das überhaupt keinen Sinn ergab.

Sie blickte in den Spiegel, sah dort nur ihr eigenes
Spiegelbild. Doch eben ...

Sehra war sicher, daß er ihr auch noch etwas anderes
gezeigt hatte.

Einen Mann, der eine Starfleet-Uniform trug und irgendwie vertraut wirkte, als wäre sie ihm schon einmal begegnet. Ungewißheit erfaßte sie. Für sie unterschied sich das äußere Erscheinungsbild der Menschen kaum voneinander, und bei den bisherigen Empfängen und Festlichkeiten hatte sie viele von ihnen gesehen. Wie dem auch sei ... Wie gelangte das Abbild eines Starfleet-Offiziers in ihren Spiegel? Eine absurde Angelegenheit.

Offenbar ist nicht nur Kerin nervös, dachte Sehra.

Beverly Crusher hörte energische Schritte, drehte sich um und sah erstaunt, wie der Captain in der Tür ihres Büros stehenblieb. Für gewöhnlich kam Picard nur dann zur Krankenstation, wenn er verletzte beziehungsweise kranke Besatzungsmitglieder besuchen wollte oder wenn es um eine Routineuntersuchung ging. Er selbst schien gegen alle Viren und Bakterien gefeit zu sein. Vielleicht lag es daran, daß er fest an die Heilkraft von Tee glaubte und einfach die Vorstellung ablehnte, erkranken zu können.

Doch jetzt schien er sich nicht ganz wohl in seiner Haut zu fühlen.

»Ja, Captain?« fragte Beverly.

»Heute abend findet eine Veranstaltung auf dem Holo-Deck C statt«, sagte Picard ohne Einleitung. »Sie gehört zu den Zeremonien der Tizarin. Es handelt sich um einen Tanz, und die Tradition läßt allein Paare zu. Ich ...« Er holte tief Luft und fragte förmlich: »Würden Sie mir die Ehre erweisen, mich zu begleiten?«

Die Ärztin ließ ihren Datenblock sinken und musterte den Captain verblüfft. »Jean-Luc ... Laden Sie mich etwa ein, mit Ihnen auszugehen?«

»Ganz und gar nicht«, erwiderte er steif.

»Ich verstehe. Sie haben nur vor, mich in meiner Kabine abzuholen, zum Holo-Deck zu bringen, und dort mit mir zu tanzen, wobei Sie bestimmt nicht darauf verzichten wollen, mich zu führen. Wir verbringen einen unterhaltsamen Abend in angenehmer Gesellschaft, und anschließend kehren wie zusammen heim. Wie würden Sie so etwas nennen?«

Die Lippen des Captains zuckten kurz, deuteten ein Lächeln an. »Was halten Sie davon, in diesem Zusammenhang von einer ›bezaubernden Idee‹ zu sprechen?«

Beverly schmunzelte. »Ich warte auf Sie.«

KAPITEL 15

Als Kerin im Transporterraum der *Enterprise* materialisierte, trat ihm Sehra entgegen. Sie bot einen atemberaubenden Anblick, als sie stehenblieb und die Hände faltete, sah dadurch genauso aus wie die junge Frau, in die er sich verliebt hatte. Sehras Eltern waren ebenfalls anwesend, und ihre Mienen zeigten eine Mischung aus Anerkennung und Wohlwollen.

Und dann, für einen Sekundenbruchteil, sah Kerin vor dem inneren Auge jene andere Sehra, die ihm Q gezeigt hatte, spürte Blicke des Argwohns und Mißtrauens auf sich ruhen ...

Es genügte, um seine Selbstsicherheit zu erschüttern, um die Zuversicht wie eine Seifenblase zerplatzen zu lassen. Die übrigen Anwesenden konnten fast spüren, wie sich kühle Förmlichkeit auf ihn herabsenkte.

Kerin verneigte sich und streckte die Hand aus, wie es das Protokoll von ihm verlangte. Sehra ergriff sie, musterte den jungen Nistral und fühlte, daß etwas nicht stimmte. Doch Kerins Gesicht blieb ausdruckslos, und Sehra tröstete sich mit dem Gedanken, daß er ihr früher oder später sagen würde, was ihn belastete.

Stumm verließen sie den Transporterraum. Zwei Väter, zwei Mütter und O'Brien sahen ihnen nach.

»Probleme im Paradies«, kommentierte Nistral.

»Bestimmt kommen sie darüber hinweg«, donnerte Graziunas. »In dieser Hinsicht beweisen junge Leute manchmal mehr Kompetenz als ihre Eltern.«

»Soll das heißen, daß wir irgendwelche Schwierigkeiten verursacht haben?« fragte Nistrals Frau Dai. »Glauben Sie vielleicht, wir hätten die Vorbereitungen für das Hochzeitsfest behindert?«

»Ganz und gar nicht«, erwiderte Graziunas langsam. »So etwas wollte ich keineswegs andeuten.«

»An *unserer* Kooperationsbereitschaft kann nicht der geringste Zweifel bestehen«, sagte Dai.

»Aber an unserer schon?« fragte Fenn, Gemahlin von Graziunas. »Ihr Ton gefällt mir nicht, Dai.«

»Tut mir sehr leid«, entgegnete Dai eisig. »In Zukunft werde ich *versuchen,* auf eine Weise zu sprechen, die Ihnen *besser* gefällt.«

Dai drehte sich ruckartig um und stapfte fort. Fenn warf ihrem Mann einen bedeutungsvollen Blick zu und ging ebenfalls.

Die beiden Familienoberhäupter sahen sich an.

»Ziemlich hitzköpfig, Ihre Fenn«, meinte Nistral.

»Auch Ihrer Dai mangelt es nicht an Temperament«, sagte Graziunas. »Zu schade, daß Sie so wenig Kontrolle über sie haben.«

Nistral kniff die Augen zusammen. »Mir ist bei Ihnen kein Versuch aufgefallen, Fenn im Zaum zu halten. Und jetzt verstehe ich auch den Grund dafür. Sie scheint eine recht aggressive Frau zu sein. Der dominante Typ.«

»Glauben Sie etwa, daß meine Frau im Haus Graziunas bestimmt?« Ein gefährlicher Unterton erklang in der Stimme des großes Mannes — er hatte gerade eine Linie gezogen, die nicht überschritten werden durfte.

Nistral beherrschte sich. »Solche Annahmen liegen mir fern. Ich meine, was in den von mir gewählten Worten zum Ausdruck kommt, nicht mehr und nicht weniger. Wenn Sie sich dadurch beleidigt fühlen, so ist das allein Ihre Entscheidung.«

»Soll das bedeuten, Sie haben nicht beabsichtigt, jemanden zu beleidigen?«

»Wie Sie meinen«, erwiderte Nistral respektvoll.

Die beiden Patriarchen behielten sich gegenseitig im Auge, als sie den Transporterraum verließen. Hinter ihnen glitt das Schott zu, und O'Brien seufzte erleichtert. Mit jedem verstreichenden Tag wurde die Sache schwieriger. *Wenn bloß schon alles vorbei wäre*, dachte er.

Lwaxana rückte die üppig verzierte Kopfbedeckung mit den beiden gewölbten Seitenstücken aus glänzendem schwarzen Metall zurecht. Es handelte sich um ein traditionelles Objekt, das von einer Generation an die nächste weitergegeben worden war. Um die Wahrheit zu sagen: Es schien eine halbe Tonne zu wiegen. Mrs. Troi verglich es mit einem Satelliten, der auf ihrem Haupt ruhte. Aber es galt, auch in dieser Hinsicht den Brauch zu achten.

Das schimmernde schwarze Kleid schmiegte sich an den Leib, und Lwaxanas Hände wanderten über die Hüften, strichen über einen flachen Bauch. Nicht schlecht. Nein, wirklich nicht schlecht. Dem Körper fehlte die Perfektion der Jugend, aber mehr Erfahrung und Würde schufen einen guten Ausgleich.

Sie ging zum Schmuckkasten, öffnete ihn und betrachtete den Inhalt. Was eignete sich?

»Ich habe genau das Richtige für Sie.«

Lwaxana wandte sich um. Q stand direkt hinter ihr und trug eine formelle Starfleet-Uniform.

Mrs. Troi verschränkte die Arme und präsentierte einen strengen Gesichtsausdruck, gab dem Besucher damit zu verstehen, daß sie ihm noch nicht verziehen hatte. »Sie haben mich im Stich gelassen. Und das war alles andere als nett von Ihnen.«

»Der mentale Kontakt überwältigte Sie.« Q legte die Hände auf den Rücken und wanderte durchs Zimmer. »Ich wollte vermeiden, Sie mit meiner Präsenz zu verunsichern.«

Lwaxana schob das Kinn vor. »Ich kann überrascht und auch überwältigt sein. Aber nie verunsichert.«

»Ich bitte um Entschuldigung«, sagte Q freundlich. »Nehmen Sie dies als Zeichen meines Bedauerns.«

Die rechte Hand kam zum Vorschein und zeigte einen traumhaft schönen Anhänger.

Mrs. Troi riß die Augen auf und schnappte nach Luft. Der Hochmut fiel von ihr ab, wich echtem, aufrichtigem Staunen, als sie den Anhänger betrachtete. In den glitzernden Edelsteinen schienen ständig Sonnen zu explodieren und neue geboren zu werden. »Bitte nehmen Sie dies als Versöhnungsgeschenk«, ertönte Qs Stimme.

Lwaxana stellte schockiert fest, daß ihre Hände zitterten, als sie nach dem Juwel griff. »Das ist eine große Ehre für mich«, hauchte sie und berührte den Anhänger wie ehrfürchtig. »Bitte ... legen Sie ihn mir an.«

»Dadurch fühle *ich* mich geehrt.«

Die Betazoidin drehte sich um, kehrte Q den Rücken zu.

Er berührte sie überhaupt nicht, winkte nur ... Einen Sekundenbruchteil später trug Lwaxana eine Halskette. Ihre Fingerkuppen tasteten nach dem Anhänger, in dem Leben zu pulsieren schien.

Sie wandte sich dem Besucher zu. »Nie zuvor habe ich etwas Prächtigeres gesehen.« Sie legte eine bedeutungsvolle Pause ein. »Außer Ihnen.«

»Da haben Sie völlig recht«, sagte Q.

Picard trug wieder eine Galauniform, zupfte am zu engen Kragen, strich den Pulli glatt und betätigte den Türmelder von Beverly Crushers Quartier. »Komme gleich«, ertönte die Stimme der Ärztin.

Wesley Crusher schritt durch den Korridor und ging langsamer, als er Picard sah. »Captain ...«, sagte er. Man salutierte nicht mehr, aber das Gebot der Höflichkeit verlangte einen Gruß, wenn man dem Kommandanten begegnete.

»Mr. Crusher ...«, erwiderte Jean-Luc. »Nehmen auch Sie am großen Tanz teil?« fragte er förmlich.

Wesley stellte dankbar fest, daß der Captain darauf verzichtete, ihn auf die blauhäutige Frau anzusprechen. Er sah darin ein Zeichen für Picards Vertrauen. *Offenbar rechnet er damit, daß ich dieses spezielle Problem bald löse.* Alle anderen hingegen zögerten nicht, ihm vermeintlich guten Rat anzubieten oder zumindest amüsiert zu lächeln. *Inzwischen weiß die ganze Crew Bescheid.* Er ächzte innerlich.

»Ich bin mir nicht sicher, Captain.«

Picard wölbte eine Braue. »Ihnen bleibt nicht mehr viel Zeit, um sich zu entscheiden.«

»Ja, Sir.«

Die Tür öffnete sich mit einem leisen Zischen, und Picard drehte sich um. Er riß die Augen ebenso auf wie Wesley.

»Jean-Luc ...« Die Stimme der Ärztin klang tief und kehlig.

Picard spürte plötzlich einen Kloß im Hals und räusperte sich. »Mir fehlen die Worte, Doktor.«

»Wenn Sie Worte finden ... Glauben Sie, eins davon lautet ›Beverly‹?« Die glänzenden Lippen teilten sich und formten ein Lächeln.

»Natürlich, Beverly«, sagte Picard.

Sie richtete den Blick auf ihren Sohn. »Sehen wir uns heute abend?«

Wesley stellte fest, auf welche Weise Picard seine Mutter musterte, und daraufhin regten sich Emotionen in ihm, die er nicht identifizieren konnte. Sie drängten ihn, aktiv zu werden.

Das Schott glitt beiseite, und die Tizarin sah auf. »Wesley!« rief sie, als sie den jungen Fähnrich erkannte. Sofort erhob sie sich und ließ den Umhang fallen.

»Wie heißt du?« fragte er. Bisher hatte er auf eine solche Frage verzichtet, weil er fürchtete, damit Interesse zum Ausdruck zu bringen.

»Karla.«

»Zieh dich an, Karla«, sagte Wesley. »Wir gehen tanzen.«

Es summte an Deannas Tür. »Herein!« rief sie, und als sie sich umdrehte, stand Will Riker im Eingang. Auch er trug eine Galauniform, ebenso wie Picard.

»Counselor?«

»Ja, Commander?«

Der Erste Offizier kam einen Schritt näher. »Ich dachte, du würdest mich zum Tanz begleiten.« Er duzte Deanna, wie immer, wenn sie allein waren. »Aber du scheinst nicht bereit zu sein.«

Sie seufzte. »Ich bleibe hier, wenn du nichts dagegen hast, Will.«

»Ich *habe* etwas dagegen«, erwiderte Riker fest. »Nur Paare sind zugelassen, und als stellvertretender Kommandant der *Enterprise* ist es meine Pflicht, bei der Veranstaltung zu erscheinen.«

»Bestimmt kannst du eine andere Begleiterin finden.« Deanna wandte sich wieder dem Computerschirm zu — er präsentierte ihr einen Text, auf den sie sich seit einer Stunde zu konzentrieren versuchte.

»Daran zweifle ich nicht«, entgegnete Riker. »Aber ich wollte mit der attraktivsten und sympathischsten Frau an Bord dieses Schiffes ausgehen, und das bist zufälligerweise du. Bitte wechsle jetzt die Kleidung — sonst zwingst du mich, dich erst aus- und dann wieder anzuziehen.«

Deanna sah ihn an und schmunzelte. »Das klingt nach einer Aufgabe, die du verabscheust.«

»Als Erster Offizier muß man sich auch um unangenehme Dinge kümmern. Aber ich bin fest entschlossen, in jedem Fall meine Pflicht wahrzunehmen.«

»Na schön.« Die Counselor seufzte. »Gib mir einige Minuten Zeit.«

»Gern.« Er lehnte sich neben der Tür an der Wand und verschränkte die Arme.

»Warte *draußen*«, betonte Deanna.

»Gönnst du mir denn überhaupt nichts?« jammerte Riker.

»Du hattest deine Chance, Will«, lautete die Antwort, und daraufhin trat der Erste Offizier in den Korridor.

Der Tanz hatte bereits begonnen, als Picard und Dr. Crusher eintrafen. Die aus Saxophonisten und Trompetern bestehende Band spielte lauter — ein Gruß, der sowohl dem Captain als auch der Bordärztin galt, die an diesem Abend besonders gut aussah. Kurz darauf sank die Lautstärke der Musik wieder auf das vorherige Maß. Weitere Paare erreichten das Holo-Deck, und Walzer-Klänge ertönten.

Man hatte ein Szenario gewählt, das den Tizarin sicher das Gefühl gab, zu Hause zu sein. Wände, Decke und auch der Boden zeigten Sterne — die Tänzer schienen sich mitten im All zu befinden. Natürlich wurde das entsprechende Ambiente nicht in allen Einzelheiten simuliert. Es war kaum wünschenswert, daß Gäste erfroren oder durch explosive Dekompression starben. Auf Romantik kam es an, nicht auf tödlichen Realismus.

Natürlich existierte ein fester, stabiler Boden, aber Picard empfand es trotzdem als verwirrend, eine unendliche Tiefe unter sich zu sehen. Unwillkürlich erwartete er das Gefühl des Fallens — doch es blieb aus. Nach einigen Minuten gewöhnte er sich an die Umgebung und schwang Beverly über die kosmische Tanzfläche.

Die Bewegungen der Ärztin zeichneten sich durch elegante Geschmeidigkeit aus. Picard verglich sie mit flüssiger Seide, und die ernste Strenge wich aus seinem Gesicht, als er dachte: *Lieber Himmel, wie schön sie ist!* Dann erinnerte er sich an ihre unterschiedlichen Rollen an Bord des Schiffes, und das Sanfte verschwand aus seinen Zügen. Eine gewisse Kühle kehrte zurück.

Beverly beobachtete die mimischen Veränderungen, erkannte ihre Bedeutung und seufzte lautlos. *Was kannst*

164

du doch für ein Narr sein, Jean-Luc, dachte sie, um ihre Aufmerksamkeit anschließend anderen Dingen zuzuwenden.

Sie blickte durchs ›Weltall‹. Hier und dort schwebten Paare im Nichts. *Wenn es tatsächlich eine Art Paradies gibt...,* fuhr es der Ärztin durch den Sinn. *Vielleicht sieht es so aus.*

Kurz darauf bemerkte sie etwas. »Jean-Luc?«

»Hmm?«

Sie deutete ein Nicken an, das ihm einen Richtungshinweis gab, und Picard drehte den Kopf.

Er sah Kerin, der mit einer jungen Dame aus dem Haus Nistral tanzte. Der Bräutigam schien nur Augen für sie zu haben. Sehra stand abseits und schien sich immer mehr zu ärgern.

»Das ist kein gutes Zeichen«, murmelte Picard.

»Oh, sie sind jung«, sagte Beverly. »Bestimmt kommen sie darüber hinweg.«

»Hoffentlich. Die *Enterprise* fliegt zwischen zwei schwer bewaffneten Schiffen, deren Besatzungen zu zwei rivalisierenden Familien gehören. Ich möchte unbedingt vermeiden, daß es zu einem offenen Konflikt kommt, denn wir gerieten dabei im wahrsten Sinne des Wortes zwischen die Fronten.«

Deanna und Riker kamen herein. Die Counselor trug nun ein langes grünes Gewand und blickte sich um. »Ich sehe sie nirgends«, sagte sie.

Der Erste Offizier seufzte. »Willst du den ganzen Abend damit verbringen, um deine Mutter besorgt zu sein? Du solltest dir ein Beispiel an ihr nehmen und ebenfalls unbesorgt sein. Immerhin ist sie eine erwachsene Frau.«

»Eine erwachsene Frau, deren Verhalten derzeit von einem besonders intensiven Geschlechtstrieb beeinflußt wird. Und sie versucht, die Aufmerksamkeit eines gottartigen Wesens mit unbekannten Absichten zu erregen.

Will, wie soll ich mir unter solchen Umständen *keine* Sorgen ma ...«

Riker griff nach einer Dattel und steckte sie Deanna in den Mund. »Sei still und tanz, Counselor«, sagte er und führte Deanna an glitzernden Sternen vorbei.

Fähnrich Charles leistete einigen anderen jungen Männern Gesellschaft. Ihre Tanzpartnerinnen standen in der Nähe und unterhielten sich. Charles lachte leise. »Ich wußte, daß er nicht kommen würde«, sagte er.

»Weiß überhaupt nicht, warum du dauernd von Wesley redest«, brummte Lieutenant Dini und knabberte an einer Karotte. »Bist du vielleicht an seiner Freundin interessiert?«

Dini pfiff leise, und Walter Charles drehte sich um.

Wesley Crusher betrat gerade das Holo-Deck, in Begleitung einer blauhäutigen Frau mit rotem Haar. Wes trug eine Uniform, aber die Dame an seiner Seite ...

»O mein Gott«, hauchte Charles.

Der größte Teil ihres Kleids ... existierte gar nicht. Das ›Gewand‹ bestand aus einigen an bestimmten Stellen plazierten Streifen, die wie Metall schimmerten, und hinzu kam ein langes, glänzendes Cape, das von den Schultern herabreichte. Die blaue Haut schien zu schillern.

Wesley nickte den jungen Offizieren kurz zu. »Meine Herren ...«, sagte er schlicht, führte seine Begleitern weiter und begann zu tanzen.

Nach einigen Schritten trat sie ihm auf den Fuß.

Wesley kehrte den anderen den Rücken zu, und deshalb bemerkten sie nichts davon. Er biß sich auf die Lippe, um einen Schrei zu unterdrücken.

»Entschuldigung«, sagte Karla.

»Schon gut«, stöhnte Wes.

Beverly sah über Picards Schulter und wäre fast gestolpert. »Ach du meine Güte.«

»Was ist los?« fragte Picard. »Haben Braut und Bräu-

tigam gerade Waffen gezogen und aufeinander angelegt?«

»Wesley ist hier.«

Der Captain drehte sich halb um, und seine Brauen
neigten sich nach oben. »Offenbar hat Ihr Sohn erhebli-
che Fortschritte erzielt, was die zwischenmenschlichen
Beziehungen angeht.«

»So hat es den Anschein. Ich frage mich, wodurch
das, äh, Kleid zusammengehalten wird.«

»Vermutlich von den Blicken aller jungen Männer auf
dem Holo-Deck«, erwiderte Picard.

Riker füllte Deannas Glas mit Bowle, als er Wesleys Begleiterin sah.

»Will ...«, sagte die Counselor leise.

»Ja?«

»Ich glaube, das ist mehr als genug.«

Der Erste Offizier wandte den Blick vom tanzenden
Fähnrich ab und brummte überrascht. Er hatte Deannas
Glas nicht nur bis zum Rand gefüllt, sondern sogar darüber hinaus — ein Teil der Flüssigkeit schwappte ins si-
mulierte All.

»Tut mir leid«, sagte er. »Ich war ... abgelenkt.«

»Ja, ich weiß.« Nicht ohne eine gewisse Erheiterung
fügte Deanna hinzu: »Du hast dich immer leicht ablen-
ken lassen.«

Riker wandte sich ihr zu und schnitt eine Grimasse.
»Darin bestand unser Problem, oder?«

»Nicht *unser* Problem, sondern *deins*. Ich habe mich
schließlich damit abgefunden, und das ist auch der
Grund, warum wir für immer *Imzati* bleiben — mehr
nicht.« Melancholie erfaßte Deanna, aber sie lächelte
trotzdem. »Außerdem ... Ich habe nicht die ganze Zeit
über im stillen Kämmerlein gehockt und auf dich ge-
wartet.« Plötzlich riß sie die Augen auf.

»Was ist passiert«, fragte Riker alarmiert.

»Sie kommen«, hauchte Deanna.

Wesley spürte, wie ihm jemand auf die Schulter klopfte. Er drehte sich um und sah Fähnrich Charles. »Ablösung gefällig?«

Karla richtete einen fragenden Blick auf Wes.. »Ablösung?« wiederholte sie.

»Er möchte mit dir tanzen«, erklärte Beverly Crushers Sohn.

Charles zog den Bauch ein und verglich seine athletische Gestalt mit der Wesleys. »So ist es, Schätzchen. Ich weiß, wie es zwischen euch beiden steht, und ich dachte mir: Vielleicht möchten Sie andere Gelegenheiten nutzen.«

Wesleys Wangen glühten, und er wollte sich umdrehen. Doch die Tizarin hielt ihn fest.

»Ich weiß nicht, was Sie gehört haben«, sagte Karla, und in ihrer Stimme erklang eine Festigkeit, die Wes geradezu verblüffte — er war bei ihr an einen sanften, verführerischen Tonfall gewöhnt. »Aber man erzählt sich eine Menge, und nicht immer entspricht alles der Wahrheit. Was den Tanz und so betrifft ... Ich fürchte, ich muß Sie enttäuschen. Wissen Sie, ich stelle zu hohe Ansprüche als Frau. Nur Wesley Crusher kann ihnen gerecht werden.«

Sie wandte sich um, umarmte Wes und gab ihm einen leidenschaftlichen Kuß, dem er sich nicht widersetzte.

Charles kehrte erschüttert zu den anderen jungen Männern zurück, die ihn mit einem anzüglichen Grinsen begrüßten. »Nun, hast du sie mit deinem Charme überwältigt, Casanova?«

»Ich fasse es einfach nicht«, brachte Charles hervor.

Seine Tanzpartnerin — Lieutenant Clarke — zwickte ihn in den Arm. »Manche Frauen ziehen intelligente Männer vor«, sagte sie.

Dini kicherte.

»Halt die Klappe«, brummte Charles.

Unterdessen schnappte Wesley nach Luft. Er sah Bewunderung in Karlas Augen, als er sagte: »Äh ... vielen Dank.«

»Er wollte mich dir wegnehmen«, entgegnete sie. »Als deine Dienerin konnte ich das nicht zulassen.«

»Weißt du, ich brauche keine Dienerin, sondern ...«

Jähes Licht gleißte.

Beverly Crusher spähte noch immer über Picards Schulter und beobachtete, wie sich die Arme einer Frau um ihren Sohn schlangen. Sie wollte etwas sagen, aber ihr fiel keine passende Bemerkung ein. Und dann reagierte sie wie alle anderen Anwesenden auf das plötzliche Spektakel.

Mitten in der Holo-Kammer schien eine der simulierten Sonnen zur Nova zu werden. Licht strahlte aus einer verborgenen Quelle, und Farben pulsierten, bildeten einen exotischen Regenbogen. Dutzende von Händen kamen nach oben, um Augen abzuschirmen; Laute des Staunens erklangen.

Im Zentrum des Lichts formten sich zwei Gestalten. Die Farben kehrten zu ihnen zurück, verdichteten sich und schienen Substanz zu gewinnen — die Substanz von Q und Lwaxana Troi. Entität und Betazoidin traten vor, schritten wie durch eine Dimensionspforte. Als sie die Tanzfläche erreichten, verschwand das Portal hinter ihnen.

Überall flüsterten Stimmen, als sich die Gäste fragten, was sie gerade gesehen hatten.

Mrs. Troi hakte sich bei Q ein und klopfte ihm auf den Unterarm. »Er weiß, was es bei einem guten Auftritt zu beachten gilt, oder?«

Deanna rollte mit den Augen und stöhnte leise. Riker preßte verärgert die Lippen zusammen.

»Das war keineswegs amüsant, Q«, sagte Picard scharf.

Die Entität seufzte. »Die Liste der Dinge, die Sie nicht amüsant finden, wird immer länger. Warum müssen Sie dauernd Ihren Mangel an Humor unter Beweis stellen?«

169

»Jemand hätte in Panik geraten können«, warf Riker ein.

»Meine Damen, Herren und niederen Lebensformen aller Art ...« Q breitete die Arme aus. »Was halten Sie von dem kleinen Feuerwerk?«

Die Tizarin und auch viele andere Gäste klatschten begeistert. Q sah Picard an und lächelte selbstzufrieden. »Alle sind entsetzt, nicht wahr?«

»So etwas wird sich nicht wiederholen, ist das klar?« brachte Picard mit mühsam unterdrücktem Zorn hervor.

Q seufzte übertrieben. »Wie Sie wünschen, *mon capitaine*.«

»Ist alles in Ordnung mit dir, Mutter?« fragte Deanna.

»Oh, ich fühle mich wundervoll, Kleine«, erwiderte Lwaxana und musterte Q mit offener Bewunderung. »Einfach *wundervoll*.«

Q bot ihr den Arm an. »Möchten Sie tanzen?«

»Sehr gern«, antwortete Mrs. Troi und ließ sich fortführen.

Die Band spielte einen schnelleren Walzer, und Q tanzte mit Lwaxana.

Deanna ging zu Picard. »Unternehmen Sie etwas, Captain.«

»Was denn, Counselor? Soll ich Q schelten, weil er sich, abgesehen von seiner Arroganz, einwandfrei benimmt?«

Die Counselor verzog das Gesicht. »Ich weiß einfach nicht, was ich davon halten soll ...«

Picard beobachtete, wie Q und Lwaxana über die Tanzfläche glitten. »Verdammt!« murmelte er. »Genau das habe ich befürchtet.«

»Was denn?« fragte Deanna mit neuerlicher Sorge.

»Q ist ein ausgezeichneter Tänzer.«

»Natürlich«, sagte Riker. »Man kann nicht allmächtig sein und zwei linke Füße haben, oder?«

»Unglaublich«, kam es von Picards Lippen. »Zum erstenmal ist Q einem Humanoiden gegenüber freundlich und sogar respektvoll. Kann es sein, daß er sich tatsächlich in Lwaxana verliebt hat?«

Riker schüttelte den Kopf. »Ich glaube nicht daran. Bestimmt hat er irgend etwas vor. Diesmal täuscht er noch besser als sonst über seine wahren Absichten hinweg.«

»Nun, früher oder später wird es sich herausstellen«, meinte Picard. »Wie dem auch sei: Ich hoffe inständig, daß Lwaxana Troi einen positiven Einfluß auf Q entfaltet.«

Kerin beobachtete Q und Troi so fasziniert, daß er die neben ihm erklingende Stimme zunächst überhörte. Nach einigen Sekunden drehte er den Kopf. »Wie bitte?« fragte er.

»Du hast nicht mit mir getanzt«, sagte Sehra. »Nicht ein einziges Mal.«

»Ich bin beschäftigt gewesen.«

»Ja, und zwar mit anderen Frauen.« Tränen glitzerten in den Augen der jungen Graziunas. »Warum haßt du mich so sehr?«

Plötzlich haßte Kerin sich selbst.

»Oh, Sehra, es tut mir leid. Ich … Du weißt schon. Es liegt am Protokoll und so. Ich muß den anderen Frauen Beachtung schenken, aber es steckt nur Pflicht dahinter, mehr nicht.«

»Das kann ich kaum glauben, wenn du mich ständig ignorierst.«

»Du hast recht, du hast recht.«

»Hinzu kommt, daß ich …«

Kerin griff nach den Armen seiner Verlobten. »Ich habe gesagt, du hast recht. Das bedeutet, wir können diesen kleinen Streit beenden.«

»Oh.« Und nach einigen Sekunden: »Bist du sicher, daß dir die anderen Frauen nichts bedeuten?«

»Sie üben nicht annähernd soviel Reiz auf mich aus

wie du.« Kerin strich Sehra übers Haar. »Ich denke nur an dich, und das ist die Wahrheit.«

Graziunas' Tochter lächelte zufrieden. »Oh, sieh nur!« platzte es plötzlich aus ihr heraus. »Komm!« Sie zog den jungen Nistral einfach mit sich.

»Wesley!« rief sie.

Wes versuchte gerade, Karla von sich zu lösen. Sie schien aber regelrecht an ihm festzukleben. »Sehra! Kerin!«

»Ich hoffe, Ihnen gefällt mein Geschenk.«

Schließlich gelang es dem Fähnrich, eine gewisse Distanz zu der blauhäutigen Frau zu schaffen. »Ja. Äh, darüber wollte ich mit Ihnen reden ...«

»Sie ist eine gute Dienerin gewesen«, fuhr Sehra fort. »Es hat mir fast das Herz gebrochen, sie wegzugeben. Aber genau dadurch zeichnet sich ein gutes Geschenk aus: Es muß Schmerzen bereiten, sich davon zu trennen.«

»Wenn ich in diesem Zusammenhang auf ein kleines Problem hinweisen darf ...«

»Ich hoffe, Sie wollen Karla nicht ablehnen«, sagte Sehra fest. »Das wäre eine schwere Beleidigung.«

Kerin nickte. »Dadurch könnte ein Krieg zwischen den Tizarin und der Föderation ausgelöst werden.«

Crushers Blick wechselte zwischen Braut und Bräutigam hin und her, bevor er zu Karla sah.

»Ich möchte dir Kinder schenken, Wesley«, sagte die Tizarin.

Wesley beherrschte sich um des interstellaren Friedens willen. »Ich schlage vor, wir setzen den Tanz fort«, sagte er leise.

Q schien über die Tanzfläche zu *fliegen*, und Lwaxana Troi lag ihm in den Armen, als sei sie dort geboren.

»Jean-Luc und die anderen mißtrauen Ihnen«, meinte sie.

»Kein Wunder. Ich habe sie mehrmals wie die niederen Lebensformen behandelt, die sie sind, und das gefällt ihnen nicht.«

»Ich hätte Besseres von ihnen erwartet.«

»Das ist der Unterschied zwischen uns«, sagte Q. »Sie rechnen dauernd damit, daß sich die Menschheit von ihrer besten Seite zeigt, während ich immer vom Schlimmsten ausgehe. Und aus irgendeinem Grund behalte ich recht.«

»Vielleicht versuchen die Menschen, Ihren Erwartungen gerecht zu werden. Immerhin sind Sie ein Gott. Möglicherweise begegnen Ihnen die anderen mit einem Verhalten, von dem sie glauben, es sei einer göttlichen Entität gegenüber angemessen.«

Q runzelte die Stirn. »Sie meinen, man will mich nicht enttäuschen?«

»Ja.«

»Erstaunlich.« Er musterte die Betazoidin. »Wenn ich mit Ihnen zusammen bin, gewinne ich ständige neue Erkenntnisse in Hinsicht auf die Menschheit. Ihre Scharfsinnigkeit ist unschätzbar. Zweifellos war es Schicksal, daß wir uns begegneten, Lwaxana Troi.«

»Glauben Sie das wirklich?«

»Ich bin davon überzeugt.«

»Oh, Q ...« Mrs. Troi seufzte. »Mir wird ganz schwindelig.«

Um sie herum erklangen erstaunte Ausrufe, und Lwaxana fügte hinzu: »Ich habe plötzlich das Gefühl zu schweben.«

»Aus gutem Grund.«

Die Betazoidin senkte den Blick und keuchte unwillkürlich.

Sie tanzten jetzt mitten in der Luft, hoch über den übrigen Gästen, die ganz verblüfft zu ihnen emporsahen.

Mutter! ertönte es hinter Lwaxanas Stirn.

Sei unbesorgt, Kleine. Ich fühle mich prächtig.

»Ihre Tochter ist beunruhigt«, stellte Q fest.

173

»Sie haben unsere Gedanken wahrgenommen?«

»Ja.«

»Und doch empfange ich keine mentalen Signale von Ihnen«, murmelte Lwaxana. »Warum?«

»Weil Sie nicht zu den Q gehören«, lautete die schlichte Antwort. »Weckt dieser Umstand Besorgnis in Ihnen?«

»Er fasziniert mich«, sagte Mrs. Troi, als sie am Himmel des Holo-Decks höher stiegen. »Ich finde einen Mann interessant, dessen Gedanken mir verborgen bleiben — er wird dadurch zu einer Herausforderung. Zu einem Geheimnis, das ich gründlich erforschen möchte.«

»Gründlich?« wiederholte Q.

»Kein Rätsel soll ungelöst bleiben«, hauchte Lwaxana Troi.

Q wirbelte sie durch den Kosmos, im Takt der Musik. »Vertrauen Sie mir, Lwaxana Troi?« fragte er. Es klang gleichzeitig drohend und verheißungsvoll.

Die Frau in seinen Armen zögerte.

»Nun?« fragte er, und sie sah, wie sich das Sternenlicht in seinen Augen widerspiegelte.

»Ja«, sagte Mrs. Troi fest.

»Gut.« Unmittelbar im Anschluß daran tanzten sie direkt durch die unsichtbare Wand des Holo-Decks, wobei ein leises ›Plop‹ ertönte. Es verlor sich in einem lauten Stimmengewirr, das auf Verblüffung hinwies.

»Ich bringe ihn um«, versprach Deanna Troi.

Lieutenant Commander Data konnte nicht in dem Sinne überrascht sein. Er war jedoch imstande, außergewöhnliche Ereignisse als solche zu erkennen und entsprechend zu reagieren.

Zum Beispiel jetzt, als er von der Operatorstation aufsah und zum Wandschirm blickte. »Wie interessant«, sagte er. Die Anzeigen der Sensoren bestätigten den visuellen Eindruck.

174

Auch Chafin starrte zum Projektionsfeld, ebenso Burnside.

Einige Sekunden lang herrschte völlige Stille.

»Wissen Sie ...«, begann Chafin nachdenklich, »es soll Raumschiffe geben, die monate- und gar jahrelang unterwegs sind, ohne daß sie im All irgendwelchen Humanoiden ohne Schutzanzug begegnen. Wir hingegen erleben so etwas jetzt schon zum zweiten Mal.«

Die Brückenoffiziere beobachteten auf dem Wandschirm, wie zwei Personen ihre Pirouetten drehten. Sie glitten über einen unsichtbaren Tanzboden, bewegten sich im Takt einer für die Beobachter unhörbar bleibenden Musik.

»Das zeigt, wie schnell etwas ein alter Hut werden kann«, meinte Burnside.

Data erinnerte sich an seine Pflichten. »Brücke an Captain Picard.«

»Hier Picard.« Die Stimme klang viel älter als sonst.

»Captain, ich habe gerade festgestellt ...«

»... daß ein Paar vor der *Enterprise* im All tanzt?«

»Ja, Sir.«

»Einzelheiten, Mr. Data?«

Der Androide blickte erneut zum Wandschirm. »Offenbar tanzen die beiden Personen einen klassischen Walzer. Sie wirken dabei recht elegant.«

»Danke, Mr. Data.«

»Alles deutet darauf hin, daß es sich um Q und Mrs. Troi handelt.«

»Das dachte ich mir bereits.«

»Soll ich ein Shuttle schicken oder den Transporterraum beauftragen ...?«

»Schon gut.« Picard seufzte. »Ich nehme an, früher oder später kehren Q und Deannas Mutter an Bord zurück.«

»Atemberaubend, nicht wahr, Lwaxana?« fragte Q.

Sie drehte den Kopf von einer Seite zur anderen, sah

das Licht ferner Sterne. »Es ist wie ein Traum«, hauchte sie.

»Das ganze Leben ist wie ein Traum«, behauptete Q. »Und der Tod kommt dem Erwachen gleich.«

Mrs. Troi dachte an die Kälte des Weltraums, an das Vakuum. Sie hätte auf der Stelle tot sein müssen. Statt dessen spürte sie angenehme Wärme, atmete und lauschte einer profunden Stille. Nie zuvor war ihr die Unermeßlichkeit des Alls auf so eindringliche Weise bewußt geworden. Und außerdem ... Sie ließ sich von jemandem umarmen, dessen Macht über diese Gewaltigkeit hinausreichte, der Raum und Zeit nach seinem Willen gestalten konnte.

Und diese Macht teilte er nun.

Mit *ihr.*

Es schien fair und auch angemessen zu sein. Angesichts von Rang und Status verdiente sie so etwas. Und doch fühlte sie sich von überwältigender Dankbarkeit erfaßt.

»Sterbe ich?« flüsterte sie. »Bin ich bereits tot?«

»Ganz und gar nicht«, erwiderte Q. »Hier stirbt nichts und niemand — bis ich es sage.«

»Damit kann ich leben.«

Sie tanzten zwischen Sternen. Und sie hatten den Eindruck, den Sternen nahe genug zu sein, um sie zu berühren. »Ich habe das Gefühl, nur die Hand ausstrekken zu müssen, um nach ihnen zu greifen«, kam es leise von Lwaxanas Lippen.

»Etwa so?« fragte Q.

Er trat einen Schritt zurück und streckte den Arm, hob die geballte Faust. Als er sie öffnete, glitzerten Kugeln aus Licht. Sie sprangen von den Fingern fort, sausten hin und her, wie schimmernder Phantome vor dem schwarzen Samt der Ewigkeit.

Immer schneller wurden ihre Bewegungen, und Lwaxana beobachtete sie aus großen Augen. Das Strahlen und Gleißen übte eine hypnotisierende Wirkung auf sie aus. Die Sterne füllten ihr ganzes Blickfeld. Sie hörte ein leises Lachen, das von Q stammte, und für einen Sekundenbruchteil — nur für einen Sekundenbruchteil — vernahm sie darin eine Mischung aus Spott und Unheil. Doch die höhnischen, drohenden Vibrationen verschwanden sofort wieder, und Lwaxana wurde vom herrlichen Kaleidoskop der Sterne fortgerissen. Das Glitzern war überall: in ihren Augen, in Körper und Geist. Es flackerte im externen und internen Kosmos ...

Sie schloß die Augen, schnappte nach Luft und hob die Arme.

Plötzlich ein Geräusch: Etwas summte leise.

Langsam und fast furchtsam öffnete Mrs. Troi die Augen und fand sich in ihrem Gästequartier an Bord der *Enterprise* wieder. Von Q fehlte jede Spur.

Sie saß auf dem Bett, stand unsicher auf und taumelte. Nach einigen Sekunden ließ sie den angehaltenen Atem entweichen und betrachtete den Anhänger, der noch immer an ihrem Hals baumelte. Darin glitzerten Nachbilder jener Sterne, die eben noch im Kern ihres Selbst geleuchtet hatten.

Sie schüttelte den Kopf.

»Eins steht fest«, sagte Lwaxana Troi. »Q weiß, wie man eine Frau beeindruckt.«

KAPITEL 16

Deanna vergewisserte sich, daß ihre Mutter sicher an Bord des Schiffes zurückgekehrt und nicht zu Schaden gekommen war. Anschließend suchte sie ihr Quartier auf. Riker spürte die Besorgnis der Counselor und folgte ihr. Als er die Kabine betrat, hatte Deanna dort mit einer unruhigen Wanderung begonnen.

Auf diese Weise sah er sie nun zum erstenmal. Er wußte aus eigener Erfahrung, daß Eltern selbst die reifste und ausgeglichenste Person in einen Zustand versetzen konnten, der sich mit einem frühen, von Verwirrung geprägten Stadium der Kindheit vergleichen ließ. Riker kannte niemanden, der es mit Deannas innerer Stabilität aufzunehmen vermochte, aber auch sie war dem mütterlichen Einfluß gegenüber nicht immun.

»Es fällt allen Leuten schwer, mit den eigenen Eltern zurechtzukommen«, sagte der Erste Offizier in einem tröstenden Tonfall. Er nahm auf einem Stuhl Platz und beobachtete, wie Deanna auch weiterhin auf und ab schritt. Sie erinnerte ihn an eine im Käfig gefangene Raubkatze.

»Mir sollte es anders ergehen«, erwiderte die Counselor. »Ich helfe fremden Leuten dabei, ihre psychologischen Probleme zu lösen. Doch meiner eigenen Mutter stehe ich hilflos gegenüber.«

»Vielleicht liegt es daran, daß Eltern in ihren Kindern immer *Kinder* sehen, die nie erwachsen werden.«

»Ich *bin* erwachsen!« Deanna stampfte mit dem Fuß auf. »Wie kann Lwaxana das übersehen? Ich bin er-

178

wachsen! Ich bin erwachsen!« Sie ließ sich in einen Sessel sinken und schüttelte den Kopf. »Hör dir das an! Lieber Himmel, ich verliere noch den Verstand.«

Riker erhob sich, trat auf Deanna zu, ging neben ihr in die Hocke und griff nach ihrer Hand. »Du mußt irgendwie damit fertig werden.«

»Glaubst du etwa, daß ich es nicht versuche? Ich weiß, daß meine Mutter einen schrecklichen Fehler macht. Warum hört sie nicht auf mich?«

»Nun ...« Riker überlegte. »Was hielt sie damals von unserer Beziehung?«

Deanna runzelte die Stirn. »Ich erinnere mich nicht.«

»Bist du sicher?«

»Sie ...« Ein Schatten fiel auf das Gesicht der Counselor und verschwand wieder. »Sie meinte, wir könnten unmöglich auf Dauer zusammenbleiben. Meine Mutter fürchtete, du würdest nie zur Ruhe kommen und immer Starfleet den Vorrang geben. Deshalb riet sie mir, einen anderen Partner zu wählen.«

»Hast du auf sie gehört?«

»Ich habe ihr *zu*gehört, aber ...«

»Aber was?«

Deanna seufzte. »Schließlich habe ich doch meinen eigenen Willen durchgesetzt.«

»Und ...?«

»Letztendlich hat es geklappt, Will«, betonte die Counselor. »Wir sind noch immer gute Freunde. Wir ...«

»Allerdings sind wir nicht mehr das, was wir einst waren«, sagte Riker. »Deine Mutter hatte recht. Zumindest in Hinsicht auf die Sache, um die es ihr ging. Außerdem wählte sie einen Verlobten für dich.«

Deanna winkte ab. »Das ist längst vorbei.«

»Gewisse Dinge haben die Tendenz, sich zu wiederholen«, meinte Riker. »Du hast das Recht, deine eigenen Fehler zu machen, deine eigenen Erfolge zu erzielen. Diese Freiheit mußt du auch Lwaxana einräumen.«

»Sie lernte es, dich zu akzeptieren«, entgegnete Deanna. »Und überhaupt ... Man kann das gar nicht miteinander vergleichen. Ich war jung. Aber meine Mutter ist ... eine reife Frau. Sie sollte viel vernünftiger sein.«

»Es geht dabei nicht um Vernunft, sondern um Gefühle.«

Falten bildeten sich über den Brauen der Counselor. »Sei nicht so selbstgefällig, Will Riker. Du möchtest doch, daß Q die *Enterprise* verläßt, oder?«

»Natürlich. Aber *ich* habe keine Affäre mit ihm.«

»Von einer Affäre kann wohl kaum die Rede sein!« sagte Deanna scharf. »Meine Mutter und Q ... Himmel, ich weiß nicht, was sich zwischen ihnen abspielt.« Sie stellte sich die beiden genannten Personen zusammen vor. »Bitte ... laß es nicht soweit kommen. Lwaxana ist völlig auf Q fixiert, und alle anderen begnügen sich mit der Rolle von Beobachtern. Bitte laß nicht zu, daß ... so etwas geschieht! Und ... Es ist alles meine Schuld.«

»Deine Schuld?« wiederholte Riker überrascht. Deannas psychischer und emotionaler Zustand bereitete ihm immer mehr Sorgen. Bestand vielleicht eine empathische Verbindung zwischen der Counselor und ihrer Mutter? Wirkte sich das hormonelle Chaos in Lwaxana Troi auch auf die Tochter aus? Der Erste Offizier dachte an eine überaus fähige Telepathin auf der einen und eine ausgebildete Empathin auf der anderen Seite. Unter solchen Umständen mochte praktisch alles möglich sein. »Wieso ist es deine Schuld?«

»Es liegt am verdammten Ab'brax«, erklärte Deanna. »Um die Trauer angesichts des Umstands, daß ich unverheiratet bin. Mit der Phase allein könnte Lwaxana wahrscheinlich fertig werden ...«

Da bin ich mir nicht so sicher, dachte Riker.

»Aber gleichzeitig trauert sie, weil ich allein bin. Es handelte sich um eine doppelte Belastung: die eigene Einsamkeit *und* der Umstand, daß auch ihre Tochter keinen Lebensgefährten hat. Ihr fehlt emotionaler Halt.

Wenn ich verheiratet wäre, könnte sie meinen Ehemann kritisieren oder sich um ihre Enkelkinder kümmern. Ich brauche meine Phantasie kaum zu bemühen, um ihre Stimme zu hören: ›Ich soll in die Rolle der Großmutter schlüpfen? Unmöglich!‹ Sie würde darüber jammern, alt zu werden — obgleich es ihr gefiele. Will, wenn ihr etwas zustößt, weil ich nicht in der Lage bin, es zu verhindern ... Ich weiß nicht, zu welchen Reaktionen es dadurch bei mir käme. Einfach zu beobachten, wie sich eine Katastrophe anbahnt, ohne etwas dagegen zu unternehmen ... Ach, Will ...«

Der Erste Offizier ergriff sie an den Schultern. »Deanna.«

Sie sah ihn an, und der Glanz in ihren Augen kündete von Verwirrung und Hilflosigkeit. »Ja?«

Riker holte tief Luft. »Möchtest du meine Ehefrau werden?«

Sehra saß in ihrem Zimmer und starrte an die Wand.

Kerin hat sich entschuldigt, dachte die junge Graziunas. Sie hatte gewonnen. Und doch ...

Eigentlich sollten die Feierlichkeiten eine Erfahrung sein, die Freude vermittelte und Frohsinn schuf. Statt dessen schienen sich dauernd irgendwelche Probleme zu ergeben.

Kerin war immer schwieriger geworden. Zwar hatte er sich entschuldigt, aber ...

Aber was? Warum verharrte nagende Ungewißheit in ihr?

Sehra sank aufs Bett hinab, drehte sich von der einen Seite zur anderen, setzte sich wieder auf und sah zum großen Spiegel.

Eine Zeitlang betrachtete sie ihr Abbild.

Sie verabscheute es. Eine zu lange Nase, die Stirn zu hoch ... Das Haar schien seinen Glanz eingebüßt zu haben, und außerdem war sie dick, dick und häßlich.

Sie griff nach einem Kissen und warf es zum Spiegel.

Ein von rotem Stoff umhüllter Arm wuchs aus dem Glas und fing das Wurfgeschoß.

Sehra schnappte erschrocken nach Luft und kroch auf dem Bett zurück. Mehrmals öffnete und schloß sich ihr Mund, ohne daß sie einen Ton hervorbrachte.

Das Glas an der Wand zeigte ihr nun kein Spiegelbild mehr, sondern ... jenen Mann, den sie beim großen Tanz bemerkt hatte. Vor ihrem inneren Auge sah sie noch einmal, wie er mit seiner Tanzpartnerin aufstieg, über die Köpfe der Gäste hinwegschwebte und dann einfach verschwand.

»Sie sollten vorsichtiger sein«, sagte er in einem tadelnden Tonfall, streckte erst das eine Bein und dann das andere. Wie ein Schwimmer durchdrang er das Glas, das einer Flüssigkeit gleich wogte. Hinter ihm schloß sich der Spiegel wieder, zeigte nicht den geringsten Riß.

»Wie ...?« begann Sehra. »Wie haben Sie das ...?« Die junge Frau rang mit sich selbst und versuchte, sich von der Überraschung zu erholen. »Sind Sie ein Zauberer?«

»In gewisser Weise«, sagte Q. »Ich bin ein Zauberer in Hinsicht auf das Denken und Fühlen von Sterblichen. Mein liebes Kind ...« Er kniete vor Sehra. »Ich komme als Lehrer — und auch als Schüler. Ich versuche immer, zu lernen und zu verstehen. Und Sie können mich viel lehren.«

Graziunas' Tochter blickte zum Glas, das nun wieder ihr Spiegelbild zeigte. »*Ich* kann *Sie* viel lehren?« fragte sie ungläubig.

»O ja«, bestätigte Q. »Zum Beispiel ... Ich bin an einem Konzept interessiert, das sowohl bei Ihnen existiert als auch in der menschlichen Kultur verwurzelt ist. Es geht dabei um Liebe, die einer einzigen Person gilt.«

»Ja«, sagte Sehra langsam. »Ja, bei uns ist es üblich, sich an einen Partner zu binden und mit ihm den Rest des Lebens zu verbringen.« Sie stand auf, trat zum

Spiegel und strich mit den Fingerkuppen übers Glas. »Wie ...«

Q ignorierte ihre Neugier. »Sie lieben also nur ein Individuum, und zwar bis zum Ende Ihres Lebens?«

»Ja«, bestätigte Sehra.

Der Besucher bedachte sie mit einem skeptischen Blick. »Sprechen wir hier von wahrer Liebe?«

»Natürlich«, erwiderte die junge Frau mit Nachdruck. Sie wußte noch immer nicht, wie der Mann durch den Spiegel gekommen war und was es mit ihm auf sich hatte. Die Begegnung mit ihm erschien Sehra unwirklich, wie ein Traum, und ein Teil von ihr fragte sich, ob sie Halluzinationen erlag. »Wahre Liebe dauert das ganze Leben lang.«

»Ich verstehe das nicht«, sagte Q. »Wenn Sie einen anderen Mann kennenlernen, der ebenso attraktiv ist wie Ihr Lebensgefährte ... Dürfen Sie ihn nicht lieben?«

»Ich könnte mit ihm befreundet sein.«

»Aber Liebe kommt nicht in Frage?«

»Zumindest nicht die gleiche Liebe wie meinem Ehemann gegenüber.«

»Und Ihr Volk ...« Q beugte sich vor und faltete die Hände. »Sind die Tizarin imstande, ihre Gefühle so gut zu kontrollieren?«

»Wir glauben an den Grundsatz ›Ein Mann, eine Frau‹«, erwiderte Sehra.

»Wie gelingt es Ihnen, elementare Emotionen wie Begehren, sexuelles Verlangen und dergleichen unter Kontrolle zu halten?«

»Wenn man sich in jemanden verliebt und die entsprechende Frau beziehungsweise den Mann heiratet, so wird man von der Liebe für den betreffenden Ehepartner völlig aufgezehrt«, antwortete Sehra.

»Ein Piranha-Schwarm könnte das ebenfalls leisten, und in erheblich kürzerer Zeit«, kommentierte Q. »Nun, in Kerins Herz ist also nur Platz für Sie?«

»Ja.«

183

»Seltsam. Ich habe bei ihm etwas anderes gespürt.«

Sehra runzelte die Stirn. »Wie meinen Sie das?«

»Nun ...« Es klang fast lakonisch. »Meine Wahrnehmung beschränkt sich nicht auf die Banalität der bei Ihnen gebräuchlichen Sinne, und daher weiß ich: Ihr Verlobter Kerin dachte beim großen Tanz an einige recht interessante Dinge.«

»*Woran* dachte er?« fragte die junge Frau fast gegen ihren Willen.

Q streckte die Hand aus, und Sehra sah zum Spiegel. Eine Sekunde später riß sie die Augen auf.

Das Glas zeigte ihr Kerin, der eine Nistral leidenschaftlich umarmte.

»Ich fasse es nicht«, brachte die junge Graziunas hervor. »Ich meine, das ist seine frühere ... Er fühlt nichts mehr für sie. Ich kann nicht glauben, daß er so etwas gedacht hat.«

»Und das?« fragte Q.

Die Nistral verschwand, und eine andere Frau, die ebenfalls beim Tanz zugegen gewesen war, nahm ihren Platz ein. *Kerin hat gesagt, daß er nur seine Pflicht erfüllt, daß ihm die übrigen Frauen nichts bedeuten,* dachte Sehra. Ärger regte sich in ihr. *Aber seine Gedanken entlarven ihn als Lügner.*

»Sie erfinden das nur«, sagte sie laut. Es klang alles andere als überzeugt.

»Und was ist hiermit?« Der Spiegel präsentierte einen Kerin, der am Ohrläppchen einer weiteren Frau knabberte. »Diese Bilder stammen aus dem Bewußtsein Ihres Verlobten. Ich habe nichts erfunden. Es ist auch gar nicht nötig. Mit diesen Szenen wollte ich nur meinen Zweifel daran verdeutlichen, daß Sie im Mittelpunkt des Denkens und Empfindens Ihres zukünftigen Ehemanns stehen. Ich habe den Eindruck, sein Interesse gilt nicht nur Ihnen ...« Q winkte, und noch mehr Frauen erschienen im Spiegel.

»*Aufhören!*« heulte Sehra. »Hören Sie auf! Ich will

nichts mehr davon sehen. Kerin liebt mich. Er liebt mich *wirklich.*«

»Oh, bestimmt«, entgegnete Q gelassen. »Ich finde es jedoch seltsam, daß er an all jene Frauen denkt — und nicht an Sie. Die körperlichen Aspekte einer Beziehung sind ihm offenbar sehr wichtig. Vermutlich liegt's an den Hormonen. Doch alles deutet darauf hin, daß es ihm in bezug auf Sie an Interesse mangelt. In dieser Hinsicht scheint ihn nichts Geheimnisvolles zu faszinieren. Haben Sie eine Erklärung dafür?«

Sehra richtete einen kühlen Blick auf den Besucher. »Nein«, sagte sie. »Und ich glaube, Sie haben von vorne bis hinten gelogen.«

»Wir selbst belügen uns am besten, liebes Kind«, erwiderte Q und hob den Zeigefinger an die Krempe eines imaginären Huts. »Auf Wiedersehen.« Er trat in den Spiegel, ließ dort nur das Abbild einer bestürzten jungen Frau zurück, der Tränen über die Wangen rannen.

Deanna blinzelte und schüttelte verdutzt den Kopf. »Wie bitte?«

»Du hast mich verstanden.«

Sie lächelte. »Das kann unmöglich dein Ernst sein.«

»Glaubst du?« Riker wanderte unruhig durch das Quartier der Counselor und schien nicht zu wissen, was er mit den Armen anstellen sollte. Er verschränkte sie, und nur wenige Sekunden später ließ er sie wieder sinken. »Ich . . .« Er räusperte sich. »Ich habe darüber nachgedacht. Nun, wir arbeiten an Bord des gleichen Schiffes, und es gibt keine andere Frau, der ich mich näher fühle, und wenn ich dabei helfen könnte, deine Mutter von Q abzulenken . . . Es wäre die beste Lösung.«

»Du meinst es *tatsächlich* ernst!«

»Ja.«

Deanna lachte, laut und schallend.

»Ich habe noch nie jemandem einen Heiratsantrag gemacht, und daher wußte ich nicht, mit welcher Reaktion ich zu rechnen hatte.« Ärger zeichnete sich in Rikers Gesicht ab. »Aber eins steht fest: Ich habe *nicht* erwartet, ausgelacht zu werden.«

»Es muß eine Verschwörung sein.« Deanna schüttelte erneut den Kopf. »Immer dann, wenn ich wegen meiner Mutter Depressionen bekomme, erscheint ein männliches Besatzungsmitglied und versucht, mich aufzuheitern. Erst Wesley und sein ›Problem‹ — und jetzt du.«

»Ich meine es *ernst*, Deanna! Ich liebe dich, und wir sollten heiraten!«

»Ach, Will.« Die Counselor seufzte, trat näher und berührte den Ersten Offizier an der Wange. »Ich weiß, daß du mich liebst. Und ich liebe dich ebenfalls. Aber dies ist nicht der richtige Zeitpunkt ...«

»Vielleicht kommt er nie«, wandte Riker ein.

»Dann müssen wir uns damit abfinden, getrennt zu bleiben«, sagte Deanna. »Auf diese Weise wäre es einfach nicht richtig, Will. Wenn du so überzeugt gewesen wärst, als du dich für Starfleet entschieden hast, so müßtest du dich heute mit einem Job in irgendeinem Raumdock begnügen. Will ... Ich nehme dein Angebot als Beweis dafür, daß du ein guter Freund bist, dem es darum geht, mir Kummer zu ersparen. Wie dem auch sei: Wenn du in dich gehst und der Stimme deines Herzens lauschst, so mußt du zugeben: Hinter deinem Heiratsantrag stecken zwar gute Absichten, aber er entspricht nicht dem, was du dir wünschst.«

»Woher willst du wissen, was ich mir ...« Riker unterbrach sich und atmete tief durch. »Na schön. Vergiß den Vorschlag einfach.«

»Schon vergessen.« Deanna hauchte ihm einen Kuß auf die Wange. »Ich habe *alles* vergessen — bis auf deine Bereitschaft, mir zu helfen. Wir sind *Imzati*, für immer.«

»Für immer.« Der Erste Offizier seufzte. »Weißt du, es hat mich erschüttert, dich auf diese Weise zu sehen. Normalerweise bist du ...«

»Immer ruhig und gefaßt«, sagte sie. »Unerschütterlich wie ein Fels. Das ist eine Beschreibung, die bald wieder zutreffen wird. Q hat es geschafft, meiner Mutter den Kopf zu verdrehen, aber ich lasse mich nicht von ihm beeinflussen. Du hast es mir ermöglicht, die Dinge wieder aus der richtigen Perspektive zu sehen. Eine kalte Dusche, im übertragenen Sinne — genau die richtige Medizin für mich.«

»Eine solche Wirkung habe ich mir immer von meinem ersten Heiratsantrag erhofft«, erwiderte Riker trokken. »Er sollte wie eine emotionale Ohrfeige sein.«

KAPITEL 17

Wesley Crusher streckte sich im Bett, rollte auf die andere Seite, öffnete die Augen und sah ...

... das lächelnde Gesicht einer Frau, nur wenige Zentimeter entfernt.

Er schnappte überrascht nach Luft und wich zurück. »Karla?« brachte er hervor.

Sie kniete neben ihm, setzte sich nun auf die Fersen. »Guten Morgen, Wesley«, grüßte sie und strahlte. »Ich habe dir das Frühstück gebracht.« Sie deutete zum Tisch: Dort standen ein Glas Orangensaft und ein Teller mit Spiegeleiern.

»Ich hätte mir das Frühstück selbst besorgen können.« Er rieb sich Schlaf aus den Augen und versuchte verzweifelt, das Haar in Ordnung zu bringen. Morgens stand es immer ab, und er verabscheute die Vorstellung, daß ihn jemand so sah. »Warum bist du nicht in deinem Quartier?«

»Ich gehöre an deine Seite, Wesley«, sagte die Tizarin sanft. »So wünscht es Sehra.«

»Und was ist mit meinen Wün ... Schon gut.« Der Fähnrich seufzte. Diese Diskussion hatten sie bereits hinter sich.

Die Frau senkte den Kopf. »Ich dachte, du magst mich, Wesley.«

»Das stimmt auch.« Wie konnte er ihr böse sein? Wenigstens trug sie jetzt ihren Umhang und lief nicht dauernd nackt herum. Und sie brachte ihm das Frühstück.

188

Hinzu kam: Am vergangenen Abend hatte sie Charles und die anderen sehr beeindruckt. Und nachher ...

»Natürlich mag ich dich, Karla. Kann daran irgendein Zweifel bestehen?«

»Wenn du mich so fragst ... Ich glaube schon.«

»Es tut mir leid«, sagte Wes. »In dieser Hinsicht habe ich nur wenig, äh, Erfahrung, und deshalb ...« Er suchte vergeblich nach den richtigen Worten. »Vielleicht sollte ich jetzt frühstücken.«

Karla nickte sofort und eilte zum Tisch, griff dort nach dem Tablett mit Glas und Teller. Damit kehrte sie zu Wesley zurück.

Doch bevor sie ihn erreichte ...

Unter ihren Füßen gab ein zu Boden gerutschter Teil des Lakens nach, und die Tizarin verlor abrupt das Gleichgewicht. Orangensaft spritzte dem Fähnrich ins Gesicht, und es folgten die Spiegeleier.

»Oh!« entfuhr es Karla. »O Wesley, entschuldige bitte!« Sie nahm das andere Ende des Lakens und begann damit, Wes das Gesicht abzuwischen.

»Laß nur«, sagte er und versuchte, sich von der klebrigen Masse zu befreien. »Ich streiche mir das Frühstück immer ins Gesicht, anstatt den Magen damit zu füllen. Ein gutes Mittel, um schlank zu bleiben.«

Karla betupfte seinen Rücken. »Es tut mir schrecklich leid.«

»Ist nicht weiter schlimm«, behauptete er mit wachsender Verzweiflung.

Die Finger der jungen Frau bohrten sich ihm in den Nacken. »Du bist sehr angespannt.«

»Warum wohl?« erwiderte Wesley, und es gelang ihm nicht, den Sarkasmus ganz aus seiner Stimme fernzuhalten.

Karla hob die andere Hand und massierte ihm die Schultern. »Ich kümmere mich darum.«

»Nein, bitte ...«

Wesleys Kopf baumelte nach vorn, und seine Lippen

verzogen sich zu einem Lächeln. »He, das fühlt sich wirklich gut an«, gab er zu.

»Mit Massage kenne ich mich aus.«

»Das spüre ich. Ich wußte gar nicht, wie verkrampft ich gewesen bin.«

»Du bist ein aggressiver, energischer und sehr entschlossener junger Mann«, erwiderte Karla. »Das habe ich sofort gemerkt. Und Leute wie du sind immer angespannt. Aber ich kann dafür sorgen, daß du dich *entspannst*.«

Wesleys Kopf schwang nun langsam von einer Seite zur anderen. »Das glaube ich.«

»Leg dich hin«, sagte die Tizarin. »Dann zeige ich dir, was es mit wahrer Massagekunst auf sich hat.«

Wesley kam der Aufforderung nach.

Kurze Zeit später erklang ein seltsames Heulen und Stöhnen im Quartier des Fähnrichs.

Niemand hielt sich im Gesellschaftsraum des zehnten Vorderdecks auf, abgesehen von Guinan — viele Besatzungsmitglieder glaubten, daß sie ihn nie verließ. Stumm überprüfte sie die Vorräte, und nach einer Weile hob sie plötzlich den Kopf. »Na schön«, sagte Guinan verärgert. »Zeigen Sie sich.«

Es blitzte, und Q materialisierte in der Kammer. Sein Gesicht offenbarte die übliche Mischung aus Arroganz und Selbstgefälligkeit. »Was muß man anstellen, um hier einen Drink zu bekommen?« fragte er.

Die Wirtin schüttelte den Kopf. »Es liegt mir fern, Sie zu bedienen.«

»Aber dadurch verletzen Sie Ihre Pflicht. Sie sind doch hier, um die Wünsche Ihrer Gäste zu erfüllen, oder?«

»Die Besatzung dieses Schiffes besteht aus anständigen Personen«, sagte Guinan und trat hinter die Theke. »Warum bestehen Sie darauf, sie zu quälen?«

»Ich quäle niemanden. Ganz im Gegenteil: Bei die-

190

sem Besuch habe ich mich von meiner besten Seiten gezeigt.«

Das Schott öffnete sich, und Deanna Troi kam herein. Sie sah Q, blieb stehen und musterte ihn. »Ich wußte, Sie würden hierherkommen.«

»Hier ist jemand, der bestätigen kann, daß ich mich einwandfrei verhalten habe«, sagte die Entität glatt. »Nicht wahr, Deanna?«

»Es ist vorbei, Q«, erwiderte die Counselor ruhig.

Das Wesen in Gestalt eines Mannes hob die Brauen. »Was meinen Sie?«

»Ich nehme Ihren Bewußtseinsinhalt wahr.« Deanna trat einen Schritt näher. »Ich spüre Ihre Gedanken, die wie Maden durch ein halb verfaultes Gehirn kriechen.«

»Nein, ausgeschlossen. Für Sie ist mein Selbst ein Buch, das Sie nicht öffnen können.«

»Ich *habe* es geöffnet und betrachte zerrissene Seiten.« Deanna setzte langsam einen Fuß vor den anderen, und die Distanz zur Entität schrumpfte immer mehr. »Ihre Macht hat sich ganz offensichtlich verringert«, sagte sie ruhig.

»Unsinn. Ich bin nach wie vor allmächtig.«

»Sie sind genauso allmächtig wie ein Stück Käse«, verkündete die Counselor.

Erste Risse entstanden in der mimischen Maske Qs, und ein Blitzen in den Augen wies auf Gefahr hin. »Solche Worte gefallen mir nicht.«

»Ich weiß genau, was Sie vorhaben«, fuhr Deanna fort. »Sie wollen meine Mutter demütigen. Sie wollen Lwaxana verletzen, und zwar nur deshalb, weil sie so dumm ist, sich zu Ihnen hingezogen zu fühlen. Sie wollen sie als Närrin bloßstellen — um dadurch Ihre eigene Überlegenheit zu beweisen. Darauf läuft Ihre armselige Existenz inzwischen hinaus: Sie zeigen den ›niederen Lebensformen‹, wozu Sie imstande sind. Aber diesmal haben Sie sich zuviel vorgenommen, Q. Diesmal ist es

Ihnen nicht gelungen, Ihren Plan geheimzuhalten. Ich kenne Ihre Absichten.«

»Sie lügen«, sagte Q scharf. Sein Ärger wuchs.

»Ich brauche nicht zu lügen. Ich bin hier, um Ihnen mitzuteilen, daß ich Sie nicht fürchte.«

»Ach?« Die *Luft* verdunkelte sich.

»Ja. Darüber hinaus sollen Sie folgendes wissen: Sie täuschen sich, wenn Sie glauben, meine Mutter sei Ihnen hilflos ausgeliefert. Übrigens gilt das auch für mich. Ich liebe meine Mutter, und wenn Sie ihr irgendein Leid zufügen ... Dann sorge ich dafür, daß Sie leiden.«

»*Sie* wollen dafür sorgen, daß *ich* leide!« Zorn brodelte in Q, und er bebte am ganzen Leib. »Sie wagen es, mir zu drohen? Sie ... Sie ...«

»Ich zertrete Sie wie einen kleinen Käfer«, sagte Deanna, und es klang gelassen.

Q näherte sich ihr, und in seinen Augen gleißte es nun.

Von einer Sekunde zur anderen stand Guinan zwischen ihnen, streckte die Hände zu einer defensiven Geste aus. Deanna wußte nicht, auf welche Weise sich die Wirtin vor einem Wesen wie Q schützen wollte, aber Guinan schien sicher zu sein, daß sie etwas gegen die Entität ausrichten konnte.

Sie kam nicht dazu, ihre diesbezüglichen Fähigkeiten unter Beweis zu stellen. Der emotionale Sturm löste sich auf, bevor er Gelegenheit bekam, sein Vernichtungspotential zu entfalten.

Q faßte sich. Ärger und Zorn verschwanden aus ihm, und ein selbstsicheres Lächeln kehrte auf seine Lippen zurück.

»Sie behaupten, Ihre Mutter zu lieben«, sagte er. »Aber sie ist gern mit mir zusammen, und diese Freude wollen Sie ihr nehmen. Woraus ich den Schluß ziehe, daß zwischen Ihrem Konzept von Liebe sowie Selbstsucht und Egoismus kaum Unterschiede existieren.«

»Wenn man jemanden liebt, so möchte man sein physisch-psychisches Wohlergehen gewährleisten«, antwortete Deanna.

»Bedeutet es auch, daß man der geliebten Person die Möglichkeit nimmt, in wichtigen Angelegenheiten selbst zu entscheiden?« erkundigte sich Q. »Das erscheint mir recht anmaßend. Wenn Sie wirklich wissen, was ich denke, Deanna Troi, so dürften Ihnen klar sein: Ich habe den Eindruck, Ihnen fällt es schwer, an die Intelligenz Ihrer Mutter zu glauben. Und das, Teuerste, ist in erster Linie Ihr Problem, nicht meins.«

Unmittelbar im Anschluß an diese Worte verschwand Q.

Deanna seufzte und sank auf einen Stuhl.

Guinan trat auf sie zu. »Konnten Sie wirklich seinen Bewußtseinsinhalt erfassen?«

»Nein«, sagte die Counselor.

»Es war also ein Bluff.«

»Ja.«

»Sie haben ihn absichtlich provoziert.«

Deanna seufzte. »Ja.«

»Und warum?«

»Weil es der Aufmerksamkeit meiner Mutter sicher nicht entgangen wäre, wenn er mich angegriffen hätte«, lautete die Antwort. »Ja, sie hätte alles gespürt — und auch die Ursache. Je wütender und zorniger der Angriff auf mich, desto größer der Schock für Lwaxana. Ich wollte, daß meine Mutter erfährt, wozu Q fähig ist.«

»Mit anderen Worten: Sie waren bereit, sich zu opfern. Dazu braucht man viel Mut, Counselor.«

»Danke.«

»Und wenig Verstand.«

»Nochmals danke«, sagte Deanna süffisant. »Guinan ... Ist es möglich, daß Q die Wahrheit sagt?«

»Darüber habe ich ebenfalls nachgedacht. Um ganz ehrlich zu sein: Ich bezweifle es und frage mich, wieviel Unheil er anrichtet, während er sein Lügennetz spinnt.«

»Ja, das frage ich mich auch. Nun, ich habe alles getan, was in meiner Macht steht. Von jetzt an kann ich nur noch zusehen, wie die Dinge ihren Lauf nehmen.«

»Wollen wir hoffen, daß es nicht zu schlimm wird«, sagte Guinan leise.

»Es tut mir leid«, sagte Karla immer wieder, als sie Wesley durch den Korridor half.

Der junge Fähnrich trug noch immer seinen Schlafanzug und hatte nur einen Morgenmantel übergestreift. Er stützte sich auf die Tizarin, und jeder Schritt erzeugte stechende Schmerzen in der Brust. »Schon gut«, erwiderte er zum hundertsten Mal.

»Bestimmt haßt du mich jetzt«, jammerte Karla. »Ja, du haßt mich. Mein Anblick erfüllt dich mit Abscheu, und ...«

»Sei endlich still, Karla«, stöhnte Wesley. »Himmel, du machst es nicht leichter für mich.«

»Bitte entschuldige, Wesley.«

»Und entschuldige dich nicht ständig,«

»Bitte entschuldige, daß ich mich entschuldige, Wesley.«

Nur die Schmerzen hinderten den jungen Mann daran, tief zu seufzen.

Als sie um die nächste Ecke traten und sich der Krankenstation näherten, kam aus der anderen Richtung Fähnrich Charles und bewies damit ein Timing, das ans Übernatürliche grenzte.

Wesley ächzte, diesmal auch aus Verlegenheit. Charles riß die Augen auf, als er das Paar bemerkte. »Ich will nichts von dir hören«, brachte Wes hervor. »Kein Wort. Keine witzige Bemerkung. *Nichts.*«

»Lieber Himmel, was ist denn nur passiert?« fragte Charles.

Und die aufgeregte Karla antwortete: »Ich fürchte, ich habe ihm ein oder zwei Rippen gebrochen.« Sie schob ihren Begleiter vorsichtig durch die Tür der Krankenstation, und hinter ihnen glitt das Schott wieder zu.

Charles blinzelte mehrmals. »Sie muß wie ein wildes Tier sein«, flüsterte er neidisch.

Wesley lag auf der Diagnoseliege, und seine Mutter untersuchte ihn mit einem medizinischen Tricorder. Sie nickte kurz, wandte sich dann an die besorgte junge Frau.

»Zweite und dritte Rippe, oben links«, sagte Dr. Crusher. »Scheint ein sauberer Bruch zu sein.«

»Ich bin sehr tüchtig«, erwiderte Karla. Sie sah die unausgesprochene Frage im Gesicht der Ärztin und fügte hinzu: »Vermutlich ist der Bruch deshalb sauber.«

»Diese Art von Sauberkeit kann mir gestohlen bleiben«, meinte Wesley.

Karla schien neue Hoffnung zu schöpfen. »Welche ist dir lieber? Soll ich vielleicht dein Zimmer aufräumen?«

»Ja. *Nein!*« verbesserte sich Wes sofort. »Auf keinen Fall. Rühr dort nichts an. Ich brauche deine Dienste nicht. Ich *wage* es nicht, sie in Anspruch zu nehmen. Kehr in dein Quartier zurück — in *dein* Quartier — und warte dort, klar?«

»Wie du willst, Wesley.« Karla verließ die Krankenstation.

Der Fähnrich ließ den Kopf aufs Polster sinken. Beverly Crusher musterte ihren Sohn und wußte nicht, was sie von der Sache halten sollte. »Hör mal, Wes ...«, sagte sie, als sie nach den notwendigen Instrumenten für die Behandlung griff. »Als deine Mutter weiß ich, daß es für mich gewisse Grenzen gibt, die ich respektieren muß. Doch ich bin auch der Erste Medo-Offizier dieses Raumschiffs, und die Gesundheit der Crewmitglieder fällt in meinen Verantwortungsbereich.«

»Mom ...« Wesley seufzte.

»Nun, unter gewöhnlichen Umständen geht mich dein ...« Sie zögerte vor der Hürde des nächsten Wortes. »... Liebesleben nichts an, aber ...«

»*Mom!*«

195

Beverly sprach jetzt schneller — sie wollte es ganz offensichtlich hinter sich bringen. »Aber wenn du dadurch verletzt wirst, so erscheinen mir Vorsichtsmaßnahmen angebracht, um ...«

»Mom, die Sache hat nichts mit Sex oder dergleichen zu tun.«

Dr. Crusher starrte auf ihren Sohn hinab. »Nein?«

»Nein.«

»Aber wie ...«

»Versprich mir, nicht zu lachen.«

»Wesley!« Ärger vibrierte nun in Beverlys Stimme. »Die Bordärztin versucht herauszufinden, warum ein Besatzungsmitglied verletzt wurde. Normalerweise ist so etwas alles andere als lustig.«

»Versprich es.«

Die Mutter des Jungen rollte mit den Augen und intonierte feierlich. »Ich verspreche hiermit, nicht zu lachen.«

»Karla massierte mir den Rücken.«

Beverly kniff skeptisch die Augen zusammen. »Soll das ein Witz sein?«

»Nein.«

»Karla hat zwei deiner Rippen gebrochen, als sie dir den Rücken massierte?«

»Mit den Füßen.«

Die Ärztin setzte sich und schenkte den Behandlungsinstrumenten keine Beachtung mehr. »Sie hat dir mit den *Füßen* den Rücken massiert? Wie?«

»Indem sie auf meinem Rücken lief.«

Beverly hob die Hand zum Mund, und ihre Schultern hoben und senkten sich auf eine verdächtige Art.

»Du hast es versprochen!« stöhnte Wesley. »Was ist bloß *los* mit euch Frauen? Erst versprach mir Deanna, nicht zu lachen, und jetzt du ...«

»Deanna? War sie dabei?«

»Ja, Mutter!« Wesley sprach lauter und ignorierte die stechenden Schmerzen. »Deanna war dabei. Und Gui-

196

nan. Und Sonja Mendez. Und alle Mädchen aus der Kadetten-Klasse der Starfleet-Akademie. Außerdem die gesamte weibliche Bevölkerung von Engel Eins. Ich konnte einfach nicht genug kriegen, Mutter. *In Ordnung?*« Er sank erschöpft zurück.

»Tut mir leid«, sagte Beverly, und in ihren Mundwinkeln zuckte es kurz. »Es war keineswegs meine Absicht, deine Gefühle zu verletzen.«

»Karla bringt mich um, Mutter. Ganz langsam und erbarmungslos. Sie lief auf meinem Rücken, verlor das Gleichgewicht und fiel. Aus einem Reflex heraus drehte ich mich um — und dann knackte es plötzlich in meiner Brust. Einen Sekundenbruchteil später landete sie auf mir und ...«

»Nach der Behandlung bist du wieder so gut wie neu.« Beverly sah genauer hin. »Was ist das in deinem Haar?«

»Welche Farbe hat's?«

»Es scheint gelb zu sein.«

»Vermutlich handelt es sich um die Reste eines Dotters. Das Weiße ist Eiweiß, und wenn du etwas Orangefarbenes entdeckst, so stammt es vom Saft.«

»Muß ein ereignisreicher Morgen gewesen sein.«

»Was soll ich nur machen, Mutter? Karla treibt mich in den Wahnsinn.«

Beverly hätte am liebsten mit *Wasch dir zunächst einmal das Haar gesagt,* aber Wesley erwartete sicher einen anderen Rat von dir. »Kannst du sie nicht zurückschikken?«

»Nein.« Er seufzte einmal mehr. »Das wäre eine Beleidigung.«

»Wenn ich die Wahl hätte zwischen einer Beleidigung oder komplizierten Brüchen, so würde ich die erste Möglichkeit riskieren.«

»Ja, ich auch.«

KAPITEL 18

Die Auseinandersetzungen zwischen Kerin und Sehra fanden immer häufiger statt und gewannen an Intensität. Meinungsverschiedenheiten führten zu kühlen Blicken und offenem Zorn. Die übrigen Tizarin fragten sich, ob mehr dahintersteckte als nur verständliches Lampenfieber vor dem großen Augenblick der Trauung. Das einstige Liebespaar schien sich nun zu hassen.

Niemand hatte eine Erklärung dafür. Äußerlich blieben Kerin und Sehra unverändert, aber wenn sie sich jetzt begegneten, so offenbarten ihre Blicke eine gewisse Skepsis — sie schienen sich plötzlich aus einer neuen Perspektive zu sehen. In den Augen der jungen Frau erkannte Kerin einen Argwohn, der ihn sofort zur Weißglut brachte, und dann begann ein Streit, der eine Weile dauerte. Schließlich entschuldigten sie sich, um wieder Frieden zu schaffen. Doch die Bitten um Verzeihung schienen immer weniger von Herzen zu kommen, basierten vielmehr auf reinem Pflichtgefühl und dem Widerstreben, die Hochzeitszeremonien zu unterbrechen oder gar zu beenden.

»Es geht vorbei«, sagte Graziunas zuversichtlich bei einem Gespräch mit seiner Frau, obgleich Zweifel in ihm wurzelte. Er hatte beobachtet, wie das Licht der Liebe in den Pupillen seiner Tochter zu strahlen begann, und jetzt senkte sich ein Schatten auf jenen Glanz. Er versuchte, mit ihr darüber zu reden, doch sie wich ihm aus, wahrte Distanz. Ein solches Verhalten ihm gegenüber offenbarte sie nun zum erstenmal, und er wußte nicht, wie er darauf reagieren sollte. Sehra war immer eine gehorsame Tochter gewesen, und fast nie hatte er ihr gegenüber auch nur die Stimme gehoben. Ihr neues Gebaren sowie die wachsende Antipathie dem Bräutigam gegenüber verwirrten Graziunas.

Nach einem weiteren Streit stellte er die junge Dame zur Rede und verlangte eine Erklärung. »Hat er irgend etwas gesagt?«

»Gesagt?« wiederholte Sehra verdrießlich. »Nein, eigentlich nicht.«

»Oder getan? Liegt es vielleicht daran?«

»Nein.«

»Was ist dann der Grund?«

Sehra zögerte. »Einige von Kerins Gedanken gefallen mir nicht«, murmelte sie.

»Seine *Gedanken?* Bei den Göttern!« Graziunas ruderte mit den Armen. »Muß ein Mann jetzt auch seine Gedanken unter Kontrolle halten, um die Frau zufriedenzustellen? Erscheint dir das nicht ein *bißchen* ungewöhnlich? Und auch unsinnig?«

»Nun, vielleicht hast du recht ...«, erwiderte Sehra widerstrebend und noch immer skeptisch.

Ähnliche Diskussionen fanden zwischen Kerin und seinem Vater statt. Der Bräutigam sprach von kommenden Jahren und dem Verblassen der Schönheit; der verärgerte Nistral erwähnte die Möglichkeit, den Schädel seines Sohns wie eine reife Melone aufzuschlagen.

Des Nachts flüsterte eine Stimme Zweifel und Ungewißheit in Kerins und Sehras Ohren, während sie Lwaxana Troi liebevolle Worte zuraunte.

Auch Graziunas und Nistral erhielten nächtlichen Besuch. Dabei entstand eine Atmosphäre des Unwirklichen, und später wußten die beiden Männer nicht recht, was sie im Schlaf erlebt hatten. Sie spürten nur eins: Als sie am Morgen der Weihezeremonie erwachten, kochte kaum unterdrückter Zorn in ihnen — eine Wut, die den Angehörigen der jeweils anderen Familie galt.

»Wundervoll, nicht wahr?« fragte Lwaxana.

Q und Mrs. Troi standen am Rand einer Felswand, von der aus man über einen endlosen Dschungel hinwegblicken konnte. »Der Planet Genesis«, fuhr die Betazoidin fort. »Etwas Schönes, geschaffen von menschlichen Händen.«

»Es ist erbaulich, so etwas zu sehen«, erwiderte Q. »Immerhin hat es den Anschein, daß menschliche Hände sonst nur dazu taugen, Dinge zu zerstören.«

»Sie fangen schon wieder an.« Lwaxana schüttelte den Kopf. »An solchen Bemerkungen von Ihnen nimmt man Anstoß. Menschen verabscheuen es vor allem, an ihre Grenzen erinnert zu werden.«

»Es fällt schwer, sie *nicht* daran zu erinnern — immerhin sind ihnen so viele Grenzen gesetzt.«

»Ich bitte Sie ...«

»Es stimmt«, sagte Q und folgte Lwaxana, als sie sich vom Rand der Felswand abwandte und zu einer Lichtung schritt. »Denken Sie darüber nach. Ihre physische Existenz zeichnet sich durch Anfälligkeit und Schwäche aus. Sie altern und sterben schließlich. Hinzu kommen Abhängigkeit von Technik und kriegerische Tendenzen ...«

Mrs. Troi hob mahnend den Zeigefinger. »Nicht mehr.«

»Ach, Unsinn.« Q winkte ab. »Die Menschen beteuern immer wieder ihren Friedenswillen, aber das sind nur Lippenbekenntnisse. In Wirklichkeit teilen sie die Aggressivität ihrer Vorfahren. Wenn es ihnen tatsächlich um den Frieden ginge, würden sie auf Waffen verzichten.«

»Dann wären sie ohne Schutz«, gab Lwaxana zu bedenken.

»Während der ganzen menschlichen Geschichte gab es einige wenige Individuen, die sich durch eine wahre friedliche Natur auszeichneten«, meinte Q. »Sie waren für ihre Bereitschaft bekannt, eher zu sterben, als die

200

Hand gegen jemand zu erheben. Sie lehnten Waffen ab, weil sie *unter keinen Umständen* Gewalt anwenden wollten, nicht einmal zur eigenen Verteidigung. Nur jene Personen verdienen es, als Pazifisten bezeichnet zu werden. Picard hält sich für einen Idealisten, aber er ist nicht bereit, für seine Ideale in den Tod zu gehen.«

»Wenn die *Enterprise* keine Waffen hätte, wäre meine Tochter allen Gefahren hilflos ausgeliefert«, entgegnete Lwaxana.

»Eine solche Vorstellung gefällt mir nicht sonderlich.«

»Sie könnten Deanna schützen«, sagte Q.

Mrs. Troi blieb stehen und sah ihren Begleiter an. »Was soll das heißen?«

»Der Traum einer jeden Mutter«, ließ sich die Entität vernehmen. »Und kann mütterliche Liebe auf eine bessere Weise zum Ausdruck gebracht werden? Wenn Sie des Nachts im Bett liegen und in die Dunkelheit starren ... Bestimmt denken Sie an Ihre Tochter, die irgendwo durchs All unterwegs ist und ständig mit neuen Gefahren konfrontiert wird. Ihr einziger Schutz besteht aus ...« Q sah sich um. »Aus einer Metallhülle, die von Menschen konstruiert wurde und daher zwangsläufig mit Mängeln behaftet ist. Ja, in Ihren Nächten denken Sie an Deanna und an eine *Enterprise*, die sich für sie in einen Sarg verwandelt.« Er schnippte mit den Fingern. »Oder wollen Sie etwa behaupten, Sie hätten nie daran gedacht, daß Ihre Tochter in der Leere zwischen den Sternen stirbt, ohne daß Sie etwas davon erfahren ...«

»Ich wüßte es sofort«, sagte Lwaxana leise. Übertriebene Selbstsicherheit und Hochmut fielen plötzlich von ihr ab. Sie tastete erst nach der Schläfe, dann nach dem Herzen. »Ich wüßte es hier und hier. Ein Teil von mir würde seinen Glanz verlieren, sich verfinstern und sterben. Oh, ich *habe* daran gedacht. Und derartige Gedanken erfüllen mich mit Entsetzen. Deanna hat ihren eigenen Lebensweg gewählt, und ich akzeptiere ihn. Wenn wir uns begegnen, so versuche ich, ihr nicht zu zeigen, was mich quält. Kein Tag vergeht, ohne daß ich mir vorstelle, von jenem schrecklichen Gefühl heimgesucht zu werden. Von einem Gefühl, das ich nicht kenne — und dessen Bedeutung mir doch sofort klar wäre. Von einem Gefühl, das mir mitteilt: Du wirst deine Tochter nie wiedersehen. Deshalb trachte ich danach, mich abzulenken.« Lwaxana vollführte eine vage Geste, während ihr Blick durch die grüne Welt des tropischen Urwalds glitt. »Ich befasse mich mit den Ritualen und Traditionen der betazoidischen Gesellschaft. Ich halte den Staub von einem unwichtigen Tontopf fern oder sorge dafür, daß die Heiligen Ringe glänzen.« Sie lachte humorlos. »Die Heiligen Ringe ... Niemand schert sich um sie. Und eigentlich sind sie auch mir gleich. Sie liegen in einer Schachtel, ganz hinten in meinem Kleiderschrank. Um zu verhindern, daß sie gestohlen werden — das rede ich mir jedenfalls ein. Und weswegen das alles? Um nicht an meine Einsamkeit zu denken. Oder an die schreckliche Möglichkeit, eines Tages noch einsamer zu sein.«

Mrs. Troi schwieg einige Sekunden lang. »Nie zuvor habe ich mit jemandem darüber gesprochen, nicht einmal mit Deanna. Es zeigt, wie sehr ich Ihnen vertraue.«

»Es freut mich, daß es an Bord dieses Schiffes jemanden gibt, der mir *nicht* mit Argwohn begegnet.« Q seufzte. »Alle anderen halten mich für einen Boten des Unheils und vergeuden keinen Gedanken daran, wieviel Gutes ich zu leisten vermag.«

Lwaxana beobachtete einen Vogel, der hoch oben am simulierten Himmel schwebte und leise krächzte. »Was Sie vorhin gesagt haben, in Hinsicht darauf, Deanna zu schützen ... Was meinten Sie damit?«

Q schien sie gar nicht zu hören. »Auch Ihnen mißtraut man. Der Argwohn gilt nicht nur mir, sondern uns als Paar.«

Mrs. Troi holte tief Luft. »Sind wir ein ... Paar?« brachte sie hervor.

202

Der vermeintliche Mann drehte sich um und sah sie an. »Diese Welt symbolisiert einen Anfang, den Beginn von etwas Neuem?«

»Ja.«

»Diese Welt, dieser Raum ...« Q schnaufte abfällig. »Die Computer der *Enterprise* versuchen, die Fähigkeiten von Göttern nachzuahmen, von Wesen wie mir. Die Menschen schaffen etwas aus dem Nichts, und anschließend beglückwünschen sie sich zu ihrem Erfolg. Pah! Man stelle sich in diesem Zusammenhang einen Säugling vor, der zu kriechen lernt und sich deshalb für die Krone der Schöpfung hält. Picard und die anderen präsentieren das Holo-Deck mit arrogantem Stolz, aber meine ›Arroganz‹ lehnen sie ab, obwohl ich zu weitaus mehr in der Lage bin.«

Q näherte sich Lwaxana und ergriff sie an den Schultern. Inzwischen widerstrebte es ihm nicht mehr, sie zu berühren. »Erlauben Sie mir, Ihren Horizont zu erweitern, Ihr Bewußtsein auszudehnen.«

Er winkte.

Um sie herum schien die Holo-Kammer zu explodieren und verwandelte sich in einen Tunnel aus Farben, die mit atemberaubender, fast furchterregender Geschwindigkeit vorbeisausten. Tosen und Donnern erfüllte die Luft. Lwaxana hörte das Kreischen eines Universums, das starb und gleichzeitig wiedergeboren wurde.

Sie beobachtete, wie Sterne kollidierten. Sonnen brannten hell, kühlten ab und kollabierten — ein Vorgang, der nur einen Sekundenbruchteil dauerte. Planeten entstanden, und Lebensformen hatten ihren Auftritt auf der kosmischen Bühne. Plötzlich wimmelte es überall von Leben. Amorphe Geschöpfe, die über orangefarbenen Boden schlängelten, während sich über ihnen ein grüner Himmel wölbte ... Wesen so groß wie Berge — ihr Herz schlug einmal in hundert Jahren, und sie holten nur alle tausend Jahre Luft. Den Beginn des Seins hatten sie miterlebt, und sie würden auch beim Ende zugegen sein.

Lwaxana beobachtete die Banalität des Lebens in der Galaxis, das über interstellare Territorien und Grenzen stritt. Wie konnte irgendein Teil des Weltraums einer bestimmten Spezies ›gehören‹? Den Raum hatte es immer gegeben, und zweifellos gab es ihn auch noch, wenn seine ›Eigentümer‹ längst nicht mehr existierten.

Und jenseits der Milchstraße ... Weitere Galaxien rotierten im All, wie gewaltige Feuerräder, und um das dort beheimatete Leben zu beschreiben, mußte die Bedeutung des Wortes ›fremdartig‹ neu definiert werden. Das Selbst der Betazoidin raste weiter, schien dabei zu einem Teil der Ewigkeit zu werden. Überall begegnete sie Leben und noch mehr Leben. Dahinter wartete das Unbekannte, das Unverständliche. Und plötzlich ... Von einem Augenblick zum anderen begann sie zu verstehen, und sie begriff: *Es ist alles so einfach ...*

Lwaxana Troi setzte sich abrupt.

Sie prallte regelrecht auf den Boden, und eine heftige Vibration erschütterte die Wirbelsäule, reichte bis zum Kopf empor und rückte die ›normale‹ Realität in den Fokus ihrer Aufmerksamkeit. Sie hob den Blick und sah Q.

Er aß eine Nektarine.

»Jetzt ahnen Sie zumindest, was es bedeutet, so zu sein wie ich«, sagte er.

Die Umgebung bestand wieder aus einem simulierten Dschungel, der auf den Beginn der Weihezeremonie wartete. Nichts deutete auf die faszinierende Reise durchs Universum hin; vielleicht hatte sie gar nicht stattgefunden. Und doch ... Das Herz pochte Lwaxana bis zum Hals empor, und ihre Gedanken rasten. »Ich ... es ist ... unglaublich«, hauchte sie.

»In der Tat. Einmal habe ich einen Teil meiner Macht Riker zur Verfügung gestellt. Natürlich fehlte es seinem Bewußtsein an Kraft und Subtilität, um mit den Konsequenzen fertig zu werden. Aber Sie, Lwaxana Troi ...

Ich wäre bereit, weitaus mehr mit Ihnen zu teilen. Stellen Sie es sich vor. Wenn Sie meine Macht empfangen, sind Sie imstande, Deanna jederzeit zu schützen und ihr zu helfen, wenn sie Hilfe braucht. Sie könnten alle Gefahren von Ihrer undankbaren Tochter fernhalten ...«

»Von meiner *undankbaren* Tochter?« Lwaxana sah auf. Ihre Stimme klang undeutlich, als hätte sie den Mund voller Steine. »Wie meinen Sie das?«

Q seufzte laut. »Ihre Tochter und alle anderen an Bord dieses Schiffes würden nicht zögern, Ihnen die Entscheidungsfreiheit vorzuenthalten. Sie möchten, daß ich die *Enterprise* verlasse und nie zurückkehre. Sie wollen eine Beziehung zwischen uns beiden verhindern. Und wie begründen sie ihre Bestrebungen? Mit dem Motiv der Liebe. Ja, angeblich handeln sie nur aus Liebe. Aus Liebe versuchen sie, Ihnen das Recht zu nehmen, selbst zu wählen.« Q zögerte kurz. »Meine Empfindungen hingegen sind aufrichtiger Natur. Was ich für Sie fühle, ist selbstlos und uneigennützig.«

»Soll das heißen, daß ... Sie mich lieben?« fragte Lwaxana langsam.

»Müssen Sie mich extra danach fragen?«

Mrs. Troi stöhnte leise, und leichter Dunst schien die Konturen der Umgebung zu verschleiern.

»Was ich Ihnen eben gezeigt habe ...« Q vollführte eine umfassende Geste. »Es kann Ihnen gehören. Jene Personen, die Ihnen angeblich mit Liebe begegnen, bieten Ihnen nur Egoismus und sonst nichts. Ich hingegen gebe Ihnen Selbstlosigkeit und *alles*.«

»Warum ausgerechnet ich? Warum haben Sie ausgerechnet mich gewählt?«

»Götter brauchen nichts zu erklären«, erwiderte Q. »Das verstehen Sie, wenn Sie ebenfalls göttlichen Status bekommen. Doch ich warne Sie: Wenn Sie mein Angebot annehmen, sehen Sie die anderen so, wie sie wirklich sind. Dann erscheinen sie Ihnen klein und bedeutungslos. Die Menschen und ihre ›Errungenschaften‹ — auf der breiten Straße der Ewigkeit bilden sie nur geringfügige Unebenheiten. Sie werden die Wahrheit aller Dinge erkennen, und so etwas kann nicht rückgängig gemacht werden.«

Lwaxana lächelte. »Erklären Sie mir dann, warum die Geheimnisse des Universums aus einer Nektarine bestehen?«

»Wenn Sie meine Allmacht teilen, brauchen Sie nicht einmal danach zu fragen, Teuerste. Nun, wie lautet Ihre Antwort?« Q griff nach den Händen der Betazoidin. »Sind Sie bereit, die Belanglosigkeiten des Sterblichen hinter sich zurückzulassen?«

»Ich ... ich weiß nicht. Ich meine, es ... es ist eine sehr wichtige Entscheidung ...«

Der nahe Wasserfall teilte und öffnete sich.

Lwaxana zog die Hände zurück, drehte sich ruckartig um und sah Picard, Riker, ihre Tochter, mehrere Botschafter sowie die Tizarin der Hochzeitsgesellschaft. Deanna musterte ihre Mutter überrascht.

»Mrs. Troi!« entfuhr es Picard. »Ich nehme an, Sie sind wegen der Weihezeremonie hier, nicht wahr?«

Aus irgendeinem Grund fühlte sich Lwaxana ertappt. Verlegenheit prickelte in ihr. »Ja, Sie haben recht. Deshalb sind wir gekommen.«

»Wir?« wiederholte der Captain.

Die Betazoidin drehte sich um — Q war verschwunden. Sie richtete den Blick wieder auf Jean-Luc. »Damit meine ich uns alle.«

»Oh, natürlich.« Die seltsame Nervosität Mrs. Trois blieb Picard ein Rätsel, aber wenigstens war Q nicht zugegen. Er hoffte inständig, daß es bei dem bevorstehenden Weiheritual nicht zu irgendwelchen Zwischenfällen kam, damit morgen wie geplant die Trauung stattfinden konnte. *Dann haben wir es endlich hinter uns,* dachte er.

Zehn Minuten nach Beginn der Zeremonie brach die Hölle los.

KAPITEL 19

Picard trat vor die Menge und lächelte. Die Tizarin trugen festliche Kleidung, deren bunte Farben auf die jeweilige Familienzugehörigkeit hinwiesen. Die Diplomaten und Zuschauer standen ein wenig abseits.

Der Captain öffnete das heilige Trauungsbuch der Tizarin. Es enthielt den Text aller Zeremonien, und zwar in siebenundzwanzig Sprachen, unter ihnen auch Englisch und Föderationsstandard. Nun, die Sprachenvielfalt überraschte kaum: Als interstellare Nomaden wußten die Tizarin, wie wichtig es war, Kommunikationsprobleme zu vermeiden.

Picard blätterte unauffällig, um festzustellen, wieviel Zeit die Weihe in Anspruch nahm. Nach einigen Sekunden seufzte er innerlich. *Etwa dreißig Seiten. Es wird eine Weile dauern.*

Das Ritual begann mit der Geste des Segnens, und dazu streckte Jean-Luc den rechten Arm. »Liebe Leute! Ihr seid gekommen, um euch hier vor den Göttern der Tizarin zu versammeln, dem einzigen wahren Pantheon im ganzen Universum ...« Picard legte eine Pause ein und sah zu den Vätern. Graziunas zuckte andeutungsweise mit den Schultern, und Nistral lächelte schief.

Was soll's? dachte Picard. *So verlangt es die Tradition.* »... im ganzen Universum, und um Zeugen zu sein bei der Weihe dieses Ortes.« Er winkte, meinte damit die Szenerie des Holo-Decks. »Er muß geläutert und geheiligt werden, damit die Geister von Ehe und Empfängnis Einzug halten, um die Hochzeit zu benedeien.«

»Falls sie die hohe Luftfeuchtigkeit ertragen«, murmelte Fenn.

Nistral stöhnte.

»Mutter!« preßte Sehra zwischen zusammengebissenen Zähnen hervor. »Ich *bitte* dich ...«

»Tut mir leid«, flüsterte Fenn.

»Computer, Luftfeuchtigkeit um dreißig Prozent verringern«, sagte Picard, und daraufhin nickte Graziunas' Frau dankbar.

»Ich wußte, sie würde Probleme verursachen«, raunte Kerin.

»Sie ist meine *Mutter*«, erwiderte Sehra.

»Ja, ich weiß.«

»Entschuldigen Sie.« Picard blätterte demonstrativ. »Die Zeremonie ist ziemlich lang. Wenn wir jetzt fortfahren könnten ...«

»Natürlich, Captain«, antwortete Nistral.

Jean-Luc räusperte sich und intonierte: »Alle Anwesenden bestätigen die Existenz des guten Willens an diesem Ort: Zuneigung und Hingabe, die tiefe, unvergängliche Liebe zwischen diesem Mann und dieser Frau. Ihre Liebe ist viel zu stark, um vom Bösen beeinträchtigt zu werden. Es ist eine für die Ewigkeit bestimmte Liebe. Von jetzt an bis zum Greisenalter und darüber hinaus ...«

Kerin gab ein leises Geräusch von sich, das allen Identifizierungsversuchen widerstand. Es war kein Stöhnen oder Keuchen, eher ein leises Ächzen, das man normalerweise überhört hätte.

Es sei denn, man lauschte danach.

Sehra sah den jungen Mann an. »Was meinst du damit?« fragte sie.

»Womit?«

»Mit dem Geräusch, das du gerade von dir gegeben hast.«

Graziunas trat einen Schritt vor. »Wir sind hier nicht allein, Sehra«, brummte er verlegen.

»Ich möchte wissen, was jenes Geräusch zu bedeuten hat«, beharrte sie.

»Was für ein Geräusch?« erwiderte Kerin. »Ich habe mich nur geräuspert.«

»Er hat sich nur geräuspert, Sehra«, sagte Nistral. »Das ist alles.«

»Es wundert mich überhaupt nicht, daß Sie sich auf seine Seite stellen«, zischte Sehra.

»Meine Damen und Herren ...«, begann Picard verärgert. »Wir sind hier, um dafür zu sorgen, daß Harmonie herrscht an diesem Ort, wo morgen die Trauung stattfinden wird. Wenn es ein Problem gibt ... Vielleicht wären Sie so freundlich, es woanders zu erörtern.«

»Es gibt kein Problem, Captain«, sagte Kerin und bedachte Sehra mit einem durchdringenden Blick. »Das stimmt doch, oder?«

»An einen solchen Ton ist meine Tochter nicht gewöhnt«, warf Fenn ein.

»Welchen Ton meinen Sie?« fragte Nistral. »Der Junge hat sich nichts zuschulden kommen lassen, und deshalb sehe ich keinen Grund dafür, warum Sie und Ihre Tochter ständig an ihm herumnörgeln.«

»Es ist auch *meine* Tochter, Nistral«, kam es scharf von Graziunas' Lippen. »Ich halte etwas mehr Respekt für angebracht.«

Picard klappte abrupt das Buch zu, und es schloß sich mit einem lauten Knall. »Genug. Es reicht jetzt. Offenbar liegt Ihnen gar nichts daran, hier ...«

»*Mir* mangelt es gewiß nicht an Respekt«, sagte Nistral. »Was man von Ihnen nicht behaupten kann. Es ist Ihnen schon immer sehr schwer gefallen, sich zu beherrschen und gute Manieren zu zeigen.«

»*Wie* bitte?« donnerte Graziunas.

Kerin wandte sich an Sehra. »Wenn du aus irgendeinem Grund sauer auf mich bist ... Warum mußt du unbedingt deine Eltern mit hineinziehen?«

»Ich ziehe meine Eltern in nichts hinein«, entgegnete

Sehra hitzig. »Sie entscheiden selbst darüber, was sie tun und lassen.«

»Dann sollte ich vielleicht das gleiche Recht in Anspruch nehmen!«

»Oh, natürlich!« Sehra gestikulierte. »Durch die Heirat gibst du deine Freiheit auf, nicht wahr?«

»Ja!« Kerin beugte sich wütend vor, und der Abstand zu seiner Braut schrumpfte auf wenige Zentimeter.

Verwirrung erfaßte die Gäste. Besser gesagt: Verwirrung erfaßte einen *Teil* der Gäste. Die Tizarin aus den beiden betreffenden Häusern strebten den jeweiligen Familienoberhäuptern entgegen; in ihren Mienen zeichnete sich ernste Entschlossenheit ab.

»Wenn dies nicht sofort aufhört, verständige ich die Sicherheitsabteilung!« drohte Picard.

Niemand achtete auf ihn. Seine Worte wurden fortgespült von einer jähen Flutwelle aus bis dahin unterdrückten Emotionen.

»Nach der Trauung kannst du keine anderen Frauen mehr ansehen!« stieß Sehra hervor. »Darum geht es dir, habe ich recht?«

»Nein!« antwortete Kerin ebenso laut. »Es geht mir darum, daß ich *dich* ansehen muß!«

Diese Bemerkung kam für Sehra einem Schlag mitten ins Gesicht gleich. Sie erstarrte förmlich, und Graziunas schob sich näher. »Du kleiner Narr!« fuhr er Kerin an. »Wie kannst du es wagen ...«

»Er wurde provoziert!« rief Nistral. Die silbergrauen Schläfen zeigten anschwellende Adern. »Sehra ist eine Meisterin des Provozierens, Graziunas. Zweifellos hat sie diese Eigenschaft von ihrem Vater geerbt.«

Riker versuchte, zwischen die beiden Patriarchen zu treten. »Das reicht jetzt!« sagte er und bemühte sich, ein Maximum an Autorität in seiner Stimme erklingen zu lassen. Doch die emotionale Flutwelle gischtete noch immer, und mit einem metaphorischen Schwamm allein konnte der Erste Offizier nichts dagegen ausrichten.

Picard klopfte auf seinen Insignienkommunikator. »Sicherheitsgruppe zum Holo-Deck C, und zwar sofort.«

»Ich habe nie jemanden provoziert!« polterte Graziunas empört.

»Was? Soll das ein Witz sein? Haben Sie das Geschäft mit den Byfrexianern vergessen? Dabei wurde ich von Ihnen unterboten!«

»Unterboten? So ein Unsinn! Es ist wohl kaum meine Schuld, wenn einige der von Ihnen angebotenen Waren zu teuer sind!«

»Sie haben zu Dumpingpreisen verkauft, um sich an mir zu rächen«, eiferte sich Nistral. »Weil es mir gelang, ein exklusives Handelsabkommen mit dem Skeevo-System zu vereinbaren. Was ihnen gegen den Strich ging.«

»Jeder weiß, daß man keinem Graziunas trauen kann!« rief jemand aus dem Nistral-Clan.

»Wenn jemand Mißtrauen verdient, so sind es die Nistral!« erklang es auf der anderen Seite. »Wenn sie Verräter und Betrüger sehen wollen, brauchen sie nur in einen Spiegel zu blicken!«

»Parasiten!«

»Gauner!«

»Ich kann einfach nicht glauben, daß du so etwas zuläßt«, sagte Sehra zu Kerin.

»Ich! *Du* hast angefangen! Dies alles ist allein deine Schuld!«

»Nein!«

»Doch!«

Eine von Worf angeführte Einsatzgruppe betrat das Holo-Deck. Die Sicherheitswächter hielten ihre Waffen schußbereit, sahen sich verwirrt um und wußten nicht, was sie angesichts eines solchen Durcheinanders unternehmen sollten. Die meisten Anwesenden fluchten hingebungsvoll oder tauschten Beleidigungen aus.

»Ich bin froh!« rief Nistral. »Ja, ich bin froh, daß dies passiert ist, bevor mein Sohn mit der humorlosen und zänkischen dummen Gans verheiratet wurde, die Sie als Ihre Tochter ...«

Eigentlich gelang es ihm nur, die erste Silbe des Wortes *Tochter* zu formulieren, bevor ihn Graziunas' Faust traf. Das Oberhaupt des Hauses Nistral ging zu Boden, blieb auf dem Rücken liegen und rieb sich das Kinn.

Für die Sicherheitswächter ergab sich nun ein konkreter Grund zum Eingreifen, und sie drängten nach vorn. Doch bevor sie das Zentrum der beginnenden Auseinandersetzung erreichten, sprang Kerin auf Graziunas' Rücken. Der hünenhafte Mann drehte sich von einer Seite zur anderen und versuchte, den Angreifer abzuschütteln, der ihm immer wieder auf den Kopf schlug. Eine zweite Gestalt stieß gegen seine Beine und brachte ihn zu Fall. Sehra schrie, als ihr Vater stürzte, und sie wandte sich dem nächsten Nistral zu, bohrte ihm die Fingernägel in die Wangen.

Innerhalb weniger Sekunden fielen mehr als dreißig Personen übereinander her, und es kam zu einer ebenso erschreckenden wie unerwarteten Prügelei. Sowohl zornige als auch schmerzerfüllte Schreie erklangen. Diverse Schimpfwörter bewiesen eine Menge Phantasie. Man besann sich auf alte, halb vergessene Kontroversen, um die Rachsucht zu rechtfertigen.

Die Sicherheitsgruppe brauchte fast zwei Minuten, um so etwas wie Ordnung zu schaffen. Die Mitglieder der Häuser Nistral und Graziunas traten schnaufend voneinander fort und warfen sich finstere Blicke zu. Ihre festliche Kleidung war zerrissen, und Blut tropfte aus diversen Platzwunden. Die programmierte Holo-Deckszenerie sorgte dafür, daß Erdbrocken des simulierten Waldbodens an glänzender Haut klebten. Irgendwo erklang leises Schluchzen, doch es ließ sich nicht feststellen, von wem es stammte.

»Verlassen Sie mein Schiff«, sagte Picard laut und deutlich. »Diese Aufforderung gilt Ihnen allen. Sie haben gegen sämtliche Gebote der Gastfreundschaft verstoßen. Ich bin erst dann bereit, Sie noch einmal willkommen zu heißen, wenn Sie sich beruhigt haben und bereit sind, sich wie zivilisierte Leute zu verhalten.«

Nistral wankte näher — die untere Hälfte seines Gesichts war blutverschmiert. Er richtete den Zeigefinger auf Graziunas, der nicht annähernd so mitgenommen wirkte, obgleich kein Zweifel daran bestehen konnte, daß er ebenfalls an dem Kampf teilgenommen hatte. »Wir benötigen Ihr Schiff nicht, Captain. Unser eigenes genügt, um zu Ende zu bringen, was zu Ende gebracht werden muß.«

»Todfehde«, knurrte Graziunas. »Jetzt rechnen wir ab, Nistral. Jetzt bezahlen Sie für Ihre hinterhältige Taktik, für Ihren Hochmut, Ihre Arroganz ...«

»Todfehde, ja!« zischte der andere Patriarch. »Sie sind eine Schande für die Tizarin, Graziunas. Ich habe Sie viel zu lange toleriert, um der jungen Leute willen. Aber damit ist jetzt Schluß!«

»Lassen Sie uns gehen, Captain!« donnerte Graziunas. »Wir müssen uns um wichtige Dinge kümmern. Um Dinge, die für gewisse Leute das Ende bedeuten.«

»Bitte beruhigen Sie sich ...«, wandte Picard ein.

»Diese Sache geht Sie nichts mehr an!« rief Nistral. »Es ist allein unsere Angelegenheit. Ich schlage vor, Sie ziehen sich mit Ihrem Schiff auf sichere Entfernung zurück, denn bald beginnt hier ein Kampf.«

»Es wird kein Kampf sein, sondern ein Gemetzel«, brummte Graziunas. »Gegen uns haben Sie überhaupt keine Chance, Nistral!«

Die Tizarin verließen das Holo-Deck. Zurück blieben die Kommando-Offiziere der *Enterprise* und einige Botschafter, die verdutzte Blicke wechselten.

Lwaxana Troi taumelte nach vorn. Ihre Unterlippe war an einer Stelle aufgeplatzt, und Blut tropfte aus der Wunde, die sie einem ungezielten Ellenbogenstoß verdankte. »Möchte jemand Kaffee und Kuchen?« fragte sie undeutlich.

KAPITEL 20

Wesley Crusher kehrte zu seinem Quartier zurück. Die Rippen verursachten noch immer dumpfen Schmerz, aber er war trotzdem entschlossen, die Uniform überzustreifen und den Dienst auf der Brücke anzutreten. Er hatte Gerüchte gehört: Auf dem Holo-Deck mußte es während des Weiherituals zu einem Zwischenfall gekommen sein, der die für den nächsten Tag geplante Trauung in Frage stellte. Was auch immer geschah: Wes wollte unbedingt daran teilnehmen.

Er betrat seine Kabine — und verharrte. Karla saß auf der Bettkante, und Tränen strömten ihr über die blauen Wangen. Sie bot einen mitleiderweckenden Anblick.

»Hör mal, Karla . . .«, begann er.

»Entschuldige bitte, Wesley«, sagte sie leise.

»Du brauchst dich nicht zu entschuldigen«, erwiderte er automatisch — diese Worte schien er inzwischen mindestens tausendmal formuliert zu haben. Er trat auf die Frau zu. »Wir sollten . . .«

»Ich muß zu den Graziunas zurückkehren.«

Wes blieb erneut stehen und mußte sich eisern beherrschen, um nicht erfreut »Ja!« zu rufen.

Karla stand auf, näherte sich und legte ihm die Hände auf die Schulter. Wesley wäre fast zusammengezuckt. »Die Todfehde wurde proklamiert«, erklärte sie. »Mein Haus befindet sich mit einem anderen im Krieg. Eine lange Rivalität führt nun zur endgültigen Konfrontation. Niemand weiß, wie es begann — wir sind damit aufgewachsen. Und jetzt gibt es kein Zurück mehr. Die

214

Todfehde verlangt von allen kampffähigen Haus-Angehörigen, sofort das Schiff aufzusuchen. Alle anderen Verpflichtungen werden dadurch zweitrangig.«

»Nun, du ...« Wes holte tief Luft. »Du mußt deine Pflicht erfüllen.«

»Die Graziunas sind sehr zornig und haben befohlen, alle Kommunikationsverbindungen mit der *Enterprise* zu ... zu unterbrechen.« Karla schien an diesen Worten fast zu ersticken. »Mir bleibt keine Wahl. Das Schicksal trennt mich von dir. Oh, Wesley!« jammerte sie laut und schlang die Arme um ihn.

Er gab einen erschrockenen Schrei von sich, aber glücklicherweise verzichtete die blauhäutige Frau diesmal darauf, ihm etwas zu brechen oder auszurenken. Unbeholfen klopfte er ihr auf den Rücken. »Schon gut«, sagte er in einem tröstenden Tonfall. »Bestimmt kommt alles in Ordnung. Wart's nur ab.«

»Ich weiß, wie du dich jetzt fühlst, Wesley ...«

»Oh, das kannst du dir nicht einmal vorstellen«, lautete die Antwort.

»Ich werde *immer* an dich denken, Wesley«, versprach Karla.

»Und ich denke jedesmal dann an dich, wenn ich mir eine Rippe breche.«

»Ach, du bist ja sooooo süß!« heulte die Tizarin und warf sich ihm mit solcher Wucht in die Arme, daß er durch den Aufprall das Gleichgewicht verlor. Karla gelang es, auf den Beinen zu bleiben, doch Wes stolperte und fiel. Mit der Stirn stieß er an die Kante der Kommode, und stöhnend sank er zu Boden.

»Ich helfe dir auf«, sagte Karla und kam mit hastigen Schritten näher.

»Nein!« rief Wesley und streckte wie abwehrend die Hand aus. Blut klebte daran. »Bleib mir vom Leib! Bitte!«

»Bestimmt ist es sehr schwer für dich.«

»Mach es nicht noch schwerer.« Wes wagte es nicht

einmal, Karla in die Augen zu sehen — aus Furcht davor, daß Blicke tatsächlich töten konnten. »Ich schlage vor, du gehst jetzt.«

»Wie du willst.« Sie schluchzte leise, wie eine Frau, die sich für alle Ewigkeit verdammt glaubte. Dann wandte sie sich um und ging zur Tür, doch ihre Schritte wurden immer langsamer.

»Verlier keine Zeit«, mahnte Wes. »Und sieh nicht zurück. Geh — die Pflicht ruft dich.«

Die Tür öffnete sich vor Karla, doch sie zögerte erneut und rief aus vollem Hals: »In meinem Leben wird es nie wieder einen Mann wie dich geben, Wesley Crusher!« Damit eilte sie fort, in Richtung Transporterraum, wo ihr Gepäck auf sie wartete.

Der Zufall wollte es, daß Walter Charles durch den Korridor wanderte. Er hörte die letzten Worte Karlas, sah ihr nach, schüttelte den Kopf und blickte durch die Tür von Wesleys Quartier. »Wie stellst du es an, Crusher? Worin besteht dein Geheimnis? Wie bringst du die Frauen dazu, zurückzukehren und mehr zu verlangen? Sag mir, was ich tun muß!«

Wesley richtete sich langsam und recht umständlich auf, drehte wie in Zeitlupe den Kopf und sah den anderen jungen Mann an. Charles' Pupillen weiteten sich, als er die lange Platzwunde in Crushers Stirn bemerkte.

»Was du tun mußt?« murmelte Wes. »Ich schlage vor, du bringst mich zunächst einmal zur Krankenstation.«

KAPITEL 21

Die Frage lautet: Was unternehmen wir jetzt?«

Picard musterte die Kommando-Offiziere, die sich im Konferenzzimmer versammelt hatten. Sie schwiegen — niemand wußte eine Antwort.

»Bei den Botschaftern herrscht ziemliche Aufregung«, fuhr Picard nach einigen Sekunden fort. »Ihre jeweiligen Regierungen wollen wissen, welche Maßnahmen wir zu ergreifen gedenken. Betazed bildet die einzige Ausnahme. Mrs. Troi hat bisher Ihre Meinung für sich behalten, und dafür bin ich ihr dankbar. Man übt auch so schon genug Druck auf mich aus.«

»Uns sind praktisch die Hände gebunden«, sagte Riker. »Die Bestimmungen der Ersten Direktive lassen uns kaum Spielraum. Wir können die Tizarin auffordern, ihren Konflikt friedlich zu überwinden. Wenn man uns in diesem Zusammenhang um Hilfe bittet, sind wir durchaus befugt, in eine Vermittlerrolle zu schlüpfen. Aber wir dürfen den Kontrahenten nicht die Pistole auf die Brust setzen, um sie zum Frieden zu *zwingen*.«

»Obwohl sie dadurch vielleicht zur Vernunft kämen«, knurrte Worf. »Captain, aus Sicherheitsgründen sollte die *Enterprise* in eine andere Position gesteuert werden. Derzeit befindet sie sich zwischen den beiden Haus-Schiffen der Tizarin ...«

»Wir könnten ins Kreuzfeuer geraten«, räumte Picard ein. »Ein kalkuliertes Risiko, Mr. Worf. Wenn wir einfach verschwinden, so erwecken wir dadurch den Eindruck, daß die Föderation der Todfehde mit Gleichgül-

217

tigkeit begegnet. Unsere fortgesetzte Präsenz hingegen kommt einer subtilen Botschaft gleich, die lautet: Wir halten nichts von Ihrer Kontroverse und möchten, daß der Frieden möglichst schnell wiederhergestellt wird. Counselor, was nehmen Sie in der gegenwärtigen Situation wahr?«

»Der unterdrückte Zorn, auf den ich bereits hingewiesen habe, gewinnt immer mehr an Intensität«, erwiderte Deanna. »Gleichzeitig spüre ich Verwirrung und auch Bedauern darüber, daß es soweit gekommen ist. Niemand freut sich über die gegenwärtige Eskalation, aber ausgeprägter Stolz hindert die Beteiligten daran, den Weg der Gewalt und des Krieges zu verlassen.«

»Zuviel Stolz«, murmelte Picard und schüttelte den Kopf. »Ich verstehe das nicht. Warum waren die Tizarin so gereizt?« Er kniff die Augen zusammen. »Halten Sie es für möglich, daß Q dahintersteckt?«

»Q war auf dem Holo-Deck nicht zugegen, Captain«, warf Riker ein.

»Zumindest nicht körperlich«, entgegnete Picard ungeduldig. »Aber vielleicht hat uns sein Unheil stiftendes Selbst Gesellschaft geleistet. Ich weiß nur eins: An Bord der *Enterprise* sollte ein Ereignis stattfinden, von dem nicht nur ich hoffte, daß es den beiden wichtigsten Tizarin-Häusern dauerhaften Frieden und Harmonie bringt. Doch plötzlich geht alles schief, und dadurch droht nun ein Vernichtungskrieg. Leider fehlt mir nach wie vor eine plausible Erklärung.«

»Vielleicht brauchte Q auf dem Holo-Deck gar nicht zugegen zu sein«, spekulierte Data. »Vielleicht hatte er seine Manipulationen bereits in die Wege geleitet.«

»Wie meinen Sie das?« fragte Picard.

»Es ist durchaus möglich, daß ...«

Plötzlich erklangen die Sirenen der Alarmstufe Gelb, und von einem Augenblick zum anderen waren die Offiziere auf den Beinen.

»Wir sprechen später darüber, Mr. Data«, sagte der

Captain. »Zunächst erfordert etwas anderes unsere Aufmerksamkeit.«

Sie kehrten in den Kontrollraum zurück, und dort sah Burnside von den Anzeigen der Operatorstation auf. »Unsere Schilde sind aktiviert, Sir. Die Tizarin haben damit begonnen, aufeinander zu schießen.«

»Welche Waffensysteme werden eingesetzt?« fragte Picard und ging zum Kommandosessel. Riker und Troi wählten ihre üblichen Plätze neben dem Kommandanten.

»Normale Phaser. Derzeit feuern sie mit halber Energiestärke.« Burnside stand auf, und Data löste sie an der Konsole ab.

»Warnschüsse«, brummte Worf.

»Die Nistral und Graziunas lassen ihre Muskeln spielen«, pflichtete Riker dem Klingonen bei. »Und sie geben uns Gelegenheit, von hier zu verschwinden, bevor die *Enterprise* getroffen und beschädigt wird.«

»Grußfrequenzen«, sagte Picard. »Wir versuchen noch einmal, die erhitzten Gemüter zur Vernunft zu bringen.«

»Keine Reaktion«, meldete Worf.

Das Schiff erbebte.

»Ich schätze, das ist die Antwort der Tizarin«, kommentierte Riker.

»Treffer bei den Heckdeflektoren.« Data berührte einige Kontrollflächen. »Alles deutet darauf hin, daß Zufall dahintersteckt. Man hat nicht direkt auf uns gezielt, und es sind keine Schäden feststellbar.«

»Bringen Sie uns fort von hier«, sagte Picard. »Kurs ...«

»Wir sind bereits in Sicherheit.«

»Das ging schnell«, bemerkte der Captain überrascht.

»Sowohl die beiden Tizarin-Schiffe als auch die *Enterprise* flogen mit konstanter Impulsgeschwindigkeit«, erklärte der Androide. »Aber unsere beiden Begleiter haben ein Bremsmanöver eingeleitet, und dadurch bleiben sie hinter uns zurück. Die Distanz beträgt zehntausend Kilometer und wächst.«

»Steuern Sie uns zurück, Kurs eins eins acht Komma drei. Wir umkreisen die beiden Raumer, ohne ihnen zu nahe zu kommen. Die Tizarin sollen wissen, daß wir auch weiterhin präsent sind.«

»Was versprechen Sie sich davon, Captain?« fragte Riker.

Picard hob und senkte die Schultern. »Um ganz ehrlich zu sein, Nummer Eins ... Nicht viel.«

Sehra lag ausgestreckt auf dem Bett und schluchzte hingebungsvoll. Neben ihr saß Karla, nahm Anteil und klopfte ihr hilflos auf die Schulter.

Sehra drehte sich auf den Rücken und versuchte, sich zu beruhigen. »Wie konnte es dazu kommen?« fragte sie ihre Dienerin. »Wieso ging alles schief? Was ist geschehen? Jemand spricht ein böses Wort, ein anderes gesellt sich hinzu — und plötzlich gerät alles aus den Fugen. Haß verdrängt die Liebe, und Chaos bricht aus. Warum?«

Karla zuckte mit den Achseln. »Ich weiß es nicht, Herrin. Ich weiß kaum etwas. Ich wußte nicht einmal, wie ich Wesley Crusher glücklich machen sollte.«

Die Tür öffnete sich, und Sehras Mutter sah herein. »Bitte sei nicht traurig«, sagte sie.

»Wie ...« Die junge Frau faßte sich und begann noch einmal von vorn. »Wie kann ich *nicht* traurig sein. Eigentlich sollte ich morgen heiraten, und jetzt hat statt dessen eine Todfehde begonnen! Was ist *passiert*, Mutter?«

Fenn kam herein und bedeutete Karla mit einem knappen Nicken, den Raum zu verlassen. Die Dienerin stand auf, deutete eine Verbeugung an und zog sich ins Nebenzimmer zurück. Fenn nahm neben Sehra Platz und strich ihr übers Haar. »Du hast wunderschönes Haar. Du hattest es von Anfang an. Als du klein warst, habe ich es dir stundenlang gekämmt, ohne eine Klage von dir zu hören.«

»Mutter ...«

»Manche Dinge geschehen einfach. Diese Sache geht über deine gescheiterte Verlobung mit Kerin hinaus, auch über deinen Vater und den Vater deines Vaters.« Sehras Mutter holte tief Luft. »Vor vielen Generationen waren die Häuser Graziunas und Nistral gute Freunde. Damals wurde ein Abkommen der Koexistenz vereinbart und unterzeichnet: Die beiden Familien wollten das harte Leben zwischen den Sternen gemeinsam führen. Nun, im Lauf der Zeit führte die unmittelbare Nähe zu einer gewissen Verachtung. Die Beziehungen verschlechterten sich, aber Tradition und Kontinuität sorgten dafür, daß die Familien auch weiterhin zusammenblieben. Die Götter wissen: Wir sind in dieser Hinsicht immer sehr geduldig gewesen. Nistral hat Abscheuliches angestellt, deinen Vater betrogen und belogen, ihn beleidigt ... Es grenzt an ein Wunder, daß es nicht schon früher zu einem offenen Konflikt kam. Ich schätze, in gewisser Weise sind wir dir zu Dank verpflichtet. Durch dich wurde alles ans Licht gebracht. Endlich haben wir die Möglichkeit, diese Angelegenheit zu regeln — so oder so.«

»Mir liegt nichts an einem Kampf! Ich habe keine Verdienste erworben, sondern Schuld auf mich geladen! Ich möchte, daß wieder alles so wird wie vorher! Ich kann nicht mit dem Wissen leben, daß ich für dies alles verantwortlich bin!«

Fenns Gesicht verfinsterte sich. »Hast du nicht zugehört, dummes Kind? Diese Sache geht über dich hinaus.«

»Ich bin kein ›dummes Kind‹, sondern eine junge Frau, Mutter!« stieß Sehra zornig hervor. »Und morgen sollte ich eine verheiratete junge Frau sein! Wie kann ich mich so verhalten, als sei ich überhaupt nicht für die jüngste Entwicklung verantwortlich?«

Die Mutter stand auf und schüttelte den Kopf. »Ich sehe keinen Sinn darin, dieses Gespräch fortzusetzen«, sagte sie scharf. »Es ist nicht möglich, zu Dingen zurückzukehren, die *gewesen* sind. Der Weg, den man beschreiten muß, führt nach vorn, von der Gegenwart in die Zukunft.«

»Mir ist völlig gleich, welche Wege wohin führen! Begreifst du denn nicht? Ich will Kerin!«

»Schlag ihn dir aus dem Kopf, Sehra. Dein Wunsch muß unerfüllt bleiben.« Fenn ging, und hinter ihr fiel die Tür ins Schloß.

Die junge Graziunas starrte in den Spiegel, sah dort eine von Furcht und Zorn erfüllte junge Frau.

Dummes Kind ...

»Wenn ich auf Kerin verzichten muß, so will ich nicht mehr leben«, sagte sie, und plötzlich klang ihre Stimme viel älter. »Ohne ihn hat meine Existenz überhaupt keinen Sinn. Wie dumm ich doch gewesen bin! Selbst wenn ich jetzt zu ihm ginge ... Vermutlich haßt er mich. Nein, es gibt nur einen Ausweg ...«

Karla kam aus dem Nebenzimmer. »Kann ich dir irgendwie helfen, Herrin?«

»Ja«, antwortete Sehra. Entschlossenheit verdrängte die Verzweiflung aus ihren Zügen. »Bitte geh zum Versorgungslager und hol mir eine Pilotenuniform. Ich brauche auch einen Helm. Komm möglichst schnell zurück, und denk daran: Kein Tizarin darf von diesem Auftrag erfahren.«

»Aber ...«

»Geh jetzt.«

Karla seufzte. »Ja, Herrin. Wie du willst.«

Kerin stand voll ausgerüstet auf dem Flugdeck des Nistral-Schiffes. Krieger und Techniker eilten an ihm vorbei, nahmen letzte Kontrollen an den kleinen Kampfschiffen vor.

Das Familienoberhaupt näherte sich dem jungen

Mann. Nistral trug einen schwarzen und silbernen Overall, der ein großes Wappen des Clans aufwies. »Bist du soweit, Sohn?«

»Vater ...« Kerin zögerte kurz. »Als ich zum anderen Haus-Schiff flog, um Graziunas herauszufordern und die Hand seiner Tochter zu verlangen ... Bei jener Gelegenheit war ich zu allem entschlossen. Ich wäre bestimmt nicht in der Lage gewesen, mit den Abfangjägern fertig zu werden, wenn ich ebenso empfunden hätte wie jetzt.«

»Ich verstehe, Sohn. Du hast die junge Dame geliebt — oder zumindest geglaubt, sie zu lieben. Und jetzt schickst du dich an, gegen die Angehörigen ihres Hauses zu kämpfen.«

»Ich habe es nicht nur geglaubt, Vater. Es war tatsächlich Liebe. Und vielleicht ...« Kerin suchte nach den richtigen Worten. »Vielleicht liebe ich sie noch immer.«

»Gewissensbisse irgendeiner Art sind unangebracht«, sagte Nistral, der nicht wußte, was er von der letzten Bemerkung seines Sohns halten sollte. »Dir sind Zweifel gekommen, und anstatt Verständnis zu zeigen, wurde Sehra zänkisch.«

»Nein, das stimmt nicht!« platzte es aus Kerin heraus. »Sie ist nicht zänkisch, sondern jung und wunderschön. Wen kümmert's, wie sie in einigen Jahrzehnten aussehen wird?«

Der Vater griff nach den Schultern des Sohns und drehte ihn zu sich um. »Kerin ...« Die Stimme klang jetzt scharf und fest. »Wir sind immer bemüht gewesen, deinen Wünschen zu entsprechen. Ich habe dich unterstützt, als du Sehra heiraten wolltest — obgleich ich von Anfang an wußte, daß ihr nicht zusammenpaßt. Ich habe dich unterstützt, als du schließlich zur Vernunft kamst. Ich habe dich unterstützt, als der Mistkerl Graziunas damit begann, uns zu beleidigen. Nun, in dem Fall fiel es mir nicht sehr schwer, dir beizustehen. Graziunas war schon immer ein arroganter, hochmütiger

223

und egoistischer Angeber; seit Jahren wünschte ich mir, ihm eine Lektion zu erteilen, und jetzt ist es endlich soweit. Es bedeutet auch, daß du es dir nicht erneut anders überlegen kannst. Es gibt kein Zurück mehr. Die Streitkräfte sind mobilisiert und warten nur auf den Einsatzbefehl, um in die Schlacht zu ziehen.«

»Können wir nicht versuchen, einen Kompromiß zu schließen, um den Frieden zu bewahren?« fragte Kerin.

»Nein, verdammt! Eines Tages trägst du den Namen Nistral. Eines Tages trittst du meine Nachfolge an, und dann lastet die Verantwortung des Familienoberhaupts auf deinen Schultern. Glaubst du vielleicht, daß jemand deine Autorität anerkennt, wenn du keine Entscheidungen treffen kannst? Wenn du in dem Ruf stehst, gedankenlos zu handeln und anschließend die Konsequenzen zu scheuen? Ich lasse nicht zu, daß du dir eine solche Reputation erwirbst, Sohn. Mach dich jetzt startbereit.«

»Vater, ich . . .«

»Ich erwarte Gehorsam von dir!«

Kerin, der zukünftige Nistral — wenn er lange genug lebte —, ließ den Kopf hängen. »Ja, Vater.«

KAPITEL 22

Worf wandte sich an Picard. »Die Nistral haben Kampfschiffe gestartet, Captain.«

»Versuchen Sie auch weiterhin, einen Kom-Kontakt herzustellen.« Picard stand auf, um sich Bewegung zu schaffen. Tief in seinem Innern brannte das Feuer der Nervosität. »Es *muß* irgendeine Möglichkeit geben, die Tizarin zur Vernunft zu bringen.«

»Die Graziunas starten ebenfalls offensive Einheiten«, meldete der Klingone.

»Wir sollten uns schleunigst etwas einfallen lassen«, sagte Riker leise.

Sehra kletterte ins Cockpit des kleinen Jägers, blickte auf die Kontrollen und betätigte eine bestimmte Taste. Die teilweise transparente Luke kam herab, schloß sich mit einem dumpfen *Klack*. Die junge Frau glaubte zu spüren, wie sich ein Sargdeckel schloß. Sie versuchte, an etwas anderes zu denken, als sie die Displays betrachtete.

Eine Ewigkeit schien vergangen zu sein, seit sie zum letztenmal eine solche Maschine geflogen hatte, und damals war ihr Vater zugegen gewesen. Im Haus Graziunas kamen Männern und Frauen verschiedene Aufgaben zu, und das Fliegen von Kampfschiffen — insbesondere im Kriegsfall — gehörte nicht zu den Pflichten der weiblichen Clan-Mitglieder. Das galt auch und gerade für die Tochter des Patriarchen.

Es klopfte, und Sehra hob den Kopf. Jenseits des

225

transparenten Lukenteils sah sie das verärgerte Gesicht des Piloten, in dessen Jäger sie saß. Er rief etwas, das die junge Dame nicht verstand. Es spielte auch gar keine Rolle. Sie war ziemlich sicher, daß der den ganzen Kopf umgebende Helm eine Identifizierung verhinderte. Hinzu kam ein weiter Overall, der ihre Kurven verhüllte.

Sie startete das Triebwerk. Der Pilot verstand plötzlich, was die fremde Person im Cockpit seines Kampfschiffes plante — er gab einen erschrockenen Schrei von sich und sprang fort. Überall im großen Hangar starteten Jäger und rasten ins All. Eine Maschine mehr oder weniger fiel sicher nicht auf.

Sehra wartete, bis sich der Pilot in Sicherheit gebracht hatte — er verharrte einige Dutzend Meter entfernt und gestikulierte ausladend, wollte ganz offensichtlich, daß sie den Jäger verließ. *Diesen Wunsch kann ich dir leider nicht erfüllen*, dachte Graziunas' Tochter.

Ein Antigravitationsfeld hob das kleine Raumschiff an und schob es sanft nach vorn. Die Startvorbereitungen wurden von einem Computerprogramm kontrolliert, und Sehra wartete, bis in den Anzeigefeldern die Bereitschaftssymbole erschienen.

»Auf diese Weise büße ich dafür, Schuld auf mich geladen zu haben«, sagte sie, und es klang wie ein Schwur. »Ich bin dafür verantwortlich, daß die Liebe dem Haß wich, und dafür bezahle ich nun.«

Sehra betätigte den Schubregler, und das kleine Raumschiff sauste in die Schwärze des Alls.

Worf sah auf. »Wir empfangen Audio-Signale vom Haus-Schiff der Graziunas, Sir.«

»Hier spricht Captain Picard«, sagte Jean-Luc laut. »Graziunas, es freut mich, daß Sie sich dazu entschlossen haben, einen Kom-Kontakt herzustellen und ...«

»Äh ...«, ertönte die Stimme einer Frau. Unsicherheit vibrierte in ihr. »Ist Wesley Crusher da?«

226

Picard sah zu Riker, der mit den Schultern zuckte. »Wer sind Sie?« fragte der Captain.

»Ich, 'äh, heiße Karla. Und ich muß unbedingt mit Wesley reden.«

»Junge Dame, dies ist die Brücke der *Enterprise*«, erwiderte Picard steif. »Wir erlauben hier keine persönlichen Kom-Gespräche. Worf, unterbrechen Sie die ...«

»Es ist ein Notfall, verdammt!« heulte es aus dem Lautsprecher der externen Kommunikation. »Ich habe eine wichtige Mitteilung für Wesley! Es geht um Leben und Tod!«

»Captain«, begann Deanna, »vielleicht ...«

»Ja, ja, einverstanden. Hauptsache, die Frequenz wird wieder frei.«

»Computer, lokalisiere Wesley Crusher«, sagte die Counselor.

»Er befindet sich in der Krankenstation«, lautete die Antwort.

»Schon wieder?« wunderte sich Riker. »Seit einigen Tagen kommt es bei ihm dauernd zu irgendwelchen Unfällen, die zu Verletzungen führen.«

»Ich erkläre es Ihnen später, Commander«, sagte Deanna förmlich. »Computer, übermittle die eintreffenden Audio-Signale Fähnrich Crusher.«

»Bestätigung.«

Beverly Crusher schloß die Platzwunde in der Stirn ihres Sohns und schnitt eine angemessen strenge Miene. »In letzter Zeit bekomme ich durch dich ziemlich viel Arbeit«, sagte sie. »Ich sollte in Erwägung ziehen, dir Mengenrabatt einzuräumen.«

»Von jetzt an kann's nur besser werden«, erwiderte Wesley erleichtert. »Meine persönliche Katastrophe ist wieder bei den Tizarin.«

»Wie bist du sie losgeworden?«

»Sie mußte zurück — wegen des Krieges«, erklärte Wes. Er griff nach dem Rand der Diagnoseliege. »Ich

227

freue mich natürlich nicht darüber, daß ein Krieg notwendig wurde, um mich von Karla zu befreien. Etwas weniger Drastisches wäre mir lieber gewesen. Aber wenigstens ist sie weg. Und ich sollte jetzt zur Brücke. Dort gehöre ich hin, wenn's brenzlig wird.«

»Wesley Crusher folgt der Gefahr auf Schritt und Tritt«, verkündete Beverly amüsiert.

»Ich weiß genau, wie er sich fühlt«, erklang eine andere Stimme in der Nähe.

Wesley drehte den Kopf und sah Lwaxana Troi, die aus einem anderen Zimmer der Krankenstation kam. »Mrs. Troi! Was machen Sie denn hier?«

»Sie wurde bei der Schlägerei auf dem Holo-Deck verletzt«, antwortete die Ärztin. »Einer meiner Assistenten hat sie behandelt.«

»Es wäre mir lieber gewesen, wenn sich der Erste Medo-Offizier dieses Schiffes um mich gekümmert hätte«, sagte Lwaxana. »Immerhin betraf die Verletzung das Gesicht. Wenn man wie ich im diplomatischen Dienst tätig ist, so kommt dem äußeren Erscheinungsbild große Bedeutung zu. Das verstehen Sie doch sicher.«

»Natürlich«, entgegnete Beverly. Ihre Lippen bildeten jetzt nur noch einen dünnen Strich. »Ich darf Ihnen versichern, daß an der beruflichen Kompetenz meiner Mitarbeiter nicht der geringste Zweifel besteht.«

»Es sind keine Narben zurückgeblieben?« Lwaxana deutete auf ihren Mund.

»Nein.«

»Das freut mich — auch für Sie. Wenn man mir irgend etwas ansähe, so würde ich dafür sorgen, daß Sie ...«

Wesleys Insignienkommunikator piepte, und er klopfte kurz auf das kleine Gerät. »Hier Crusher.«

»Bist du das, Wesley?« ertönte eine vertraute und gefürchtete Stimme.

Er riß die Augen auf. »Karla? *Karla?* Wie ist es dir gelungen, dich auf diese Weise mit mir in Verbindung zu setzen?«

»Der Mann auf der Brücke meinte ...«

»Du hast einen Kontakt mit der *Brücke* hergestellt, um mich zu sprechen?« Wes schlug die Hände vors Gesicht.

»Es geht um Sehra! Sie wird sterben!«

Der junge Fähnrich hob den Kopf. »Wie bitte?«

Lwaxana trat einen Schritt vor. »Was ist denn mit Sehra?«

»Ich mußte ihr versprechen, keinem Tizarin etwas zu verraten, und natürlich bin ich verpflichtet, mich ihren Wünschen zu fügen. Aber dir kann ich es sagen, Wesley. Dir vertraue ich. Du mußt Sehra irgendwie vor dem Tod bewahren! Sie ist in einem Jäger gestartet. Und sie hat keine Kampfausbildung hinter sich! Sie wird nicht einmal fünf Minuten lang überleben!«

»Ich unternehme sofort etwas.«

»Danke, Wesley. Ich wußte, daß du helfen kannst! Leb wohl ...«

»Warte!« rief er. »Vielleicht können wir mit Sehra kommunizieren, wenn wir deine Frequenz ... Hallo? Mist! Crusher an Brücke.«

»Hier Brücke«, sagte der Captain. »Haben Sie den kleinen Plausch mit Ihrer Freundin beendet, Mr. Crusher?« Es klang nicht sehr freundlich, aber Wes begriff: Derzeit gab es wichtigere Dinge im Universum als Picards Stimmung.

»Sir, Graziunas' Tochter Sehra ist ohne das Wissen ihrer Eltern mit einem Kampfschiff gestartet. Ihr droht der Tod!«

»Vielen Tizarin droht der Tod, Mr. Crusher. Wie dem auch sei: Ich werde Ihre Nachricht weitergeben. Vielleicht regt sie die Familienoberhäupter wenigstens zum Nachdenken an. Brücke Ende.«

Kerins Jäger raste durchs All. Vor ihm, noch immer recht weit entfernt, schwebte das Haus-Schiff der Graziunas im Nichts. Es schleuste gerade ein Geschwader aus, das die angreifende Flotte abfangen sollte.

Diesmal ging es um mehr als nur eine Herausforderung. Diesmal verfügten die Waffensysteme über volle Energie, und der bevorstehende Kampf betraf nicht allein die Ehre — es ging dabei um Leben und Tod. Mann gegen Mann, Schiff gegen Schiff. So verlangte es die Fehde. Die Eröffnungssalven waren abgefeuert worden, und jetzt lag es bei den Jägern, eine endgültige Entscheidung herbeizuführen.

Die Vorstellung, mit dem Tod konfrontiert zu werden, war nicht annähernd so entsetzlich wie der Gedanke, daß zu Hause keine Sehra auf ihn wartete, um ihn nach dem Sieg zu umarmen. Er schickte sich nun an, gegen ihre Verwandten zu kämpfen. *Wie konnte es dazu kommen?* dachte er einmal mehr. *Was ist schiefgegangen?*

Er liebte Sehra nach wie vor. Und er haßte sich, weil er nicht den Mut aufbrachte, für seine Gefühle einzutreten. Er und die anderen Tizarin wurden nun für seine Feigheit bestraft. Eine gnadenlose, blutige Schlacht stand unmittelbar bevor, doch Kerin dachte nur an die geliebte Frau ...

Ein Kloß bildete sich in seinem Hals, und er verbannte die Furcht in einen fernen Winkel seines Selbst. Stimmen drangen aus dem Kommunikator, als die Nistral-Piloten Kurs und Position verifizierten.

»Gruppen A und B mit mir. C bleibt in Bereitschaft. E und F übernehmen die Flankensicherung bei zwei acht null Komma drei. Es geht los!«

Kerin beschleunigte, und Dutzende von anderen Kampfschiffen folgten ihm.

Lwaxana schritt in ihrem Quartier auf und ab, fühlte dabei eine Mischung aus Hilflosigkeit und Ärger. Alles schien dem Chaos zum Opfer zu fallen. Sie sah sich dem größten Fiasko ihrer diplomatischen Laufbahn gegenüber. Zwar trug sie keine direkte Verantwortung dafür, aber ...

Die arme junge Frau! Mrs. Troi erinnerte sich an ihr hübsches, unschuldiges Gesicht, dachte daran, wie Sehra in der Kälte des Alls sterben würde. Erwartete sie ein rascher Tod, ohne Schmerzen? Oder stand ihr eine lange Agonie bevor? Und dann die Mutter! Es fiel Lwaxana nicht schwer, sich ihr Leid vorzustellen ...

Bei diesem Kampf konnte es keinen Sieger geben, nur Verlierer. Tausende von Tizarin würden sterben, und alles war so schrecklich *sinnlos* ...

»Q!« rief die Betazoidin. »Q, bitte! Lassen Sie es nicht zu! Greifen Sie ein!«

»Wie denn?«

Lwaxana wirbelte um die eigene Achse und sah Q — er lehnte an der gegenüberliegenden Wand. »Wie soll ich eingreifen, Teuerste?«

»Ich versuche nach wie vor, eine Kom-Verbindung mit den Tizarin herzustellen«, sagte Worf. »Sie ignorieren sogar die Mitteilung in Hinsicht auf Sehra.«

»Sie wollen nichts von uns hören«, erwiderte Picard leise. »Narren.«

»Wir könnten die *Enterprise* wieder zwischen die beiden Haus-Schiffe steuern«, schlug Riker vor. »Vielleicht gelänge es uns dadurch, den Kampf zu verhindern.«

»Wir dürfen uns nicht einmischen, Nummer Eins! Das wissen Sie doch! Wenn sich die Tizarin gegenseitig ins Jenseits schicken wollen, so ist das ihr gutes Recht, verdammt!« Zorn brodelte in Picard, und er konnte sich kaum mehr beherrschen. »Es ist Wahnsinn, reiner Wahnsinn!«

Sehra wußte nicht, wohin sie zuerst sehen wollte.
So viele Schiffe! Bei den Göttern! Hunderte, Tausende ...

Vor ihr blinkten Kontrollampen, und die Anzeigefelder präsentierten immer neue Daten. Alles geschah so ungeheuer schnell. Sie wußte nicht, wo sie sich befand und auf welche Weise sie jetzt aktiv werden sollte ...

Für Sehras Entscheidung, das Haus-Schiff zu verlassen, gab es mehrere Gründe, und die wichtigsten hießen: vermeintliche Verantwortung, Verzweiflung, Hoffnungslosigkeit sowie das Gefühl, das Leben sei plötzlich nicht mehr lebenswert. Doch jetzt, hier draußen in der Schwärze, umgeben von der Kälte und dem Vakuum des Weltraums, keimte Furcht in der jungen Frau.

Das Herz klopfte immer schneller, und etwas schnürte ihr die Kehle zu. Ihre Hände zitterten, und sie schnappte nach Luft.

Neuerliche Verzweiflung erfaßte sie.

Man wird mich vermissen, wenn ich nicht mehr bin, dachte Sehra. *Und sicher vermißt mich Kerin mehr als alle anderen.*

Graziunas' Tochter änderte den Kurs und flog den Nistral-Schiffen entgegen.

»Sorgen Sie dafür, daß die Tizarin nicht gegeneinander kämpfen!« wandte sich Lwaxana an die Entität. »Sie haben die dafür notwendige Macht! Bitte!«

»Oh, natürlich *könnte* ich die Nistral und Graziunas daran hindern, übereinander herzufallen.« Q klang sehr traurig, als er hinzufügte: »Aber leider *darf* ich es nicht, Teuerste.«

»Lieber Himmel, warum denn nicht?«

»Ich habe den anderen Q geschworen, meine Macht nicht zu nutzen, um auf die Angelegenheiten der Sterblichen Einfluß zu nehmen«, erklärte das Wesen. »Interaktionen sind mir gestattet. Es ist mir erlaubt, mit niederen Lebensformen zu sprechen und Wissen zu sammeln. Aber ich darf sie zu nichts ›zwingen‹. Die Q wären sehr ungehalten, wenn ich trotz des ausdrücklichen Verbots in der Tizarin-Kontroverse interveniere.«

»Aber niemand kann etwas *gegen* ein solches Eingreifen haben! Sie würden den Sterblichen helfen, ihnen einen großen Dienst erweisen! Sie könnten stolz darauf sein, zahlreiche Leben zu retten!«

Q legte die Hände auf den Rücken und wanderte langsam umher. »Es geht dabei nicht in erster Linie um mein konkretes Verhalten, sondern ums Prinzip, Lwaxana. Und das Prinzip läßt keine Ausnahmen zu. Die Q wiesen mich nicht darauf hin, daß ich nur dann eingreifen darf, wenn es ›richtig‹ ist. Sie verboten Einmischungen *jeder* Art — um subjektiven Interpretationen bestimmter Situationsaspekte vorzubeugen.«

»Sehra wird sterben!« entfuhr es Mrs. Troi. Sie trat zu Q und legte ihm die Hände auf die Brust. »Und viele andere! Bitte! Retten Sie ihnen das Leben!«

»Ich kann nicht.«

Lwaxana sank auf einen Stuhl.

»Allerdings ...«, sagte Q langsam.

Mrs. Troi hob hoffnungsvoll den Kopf. »Allerdings was?«

»Nun, *Ihnen* hat niemand verboten, sich einzumischen, oder?«

Normalerweise war Lwaxana Troi nie um Worte verlegen, aber diesmal verschlug es ihr die Sprache.

Wesley erreichte die Brücke und war noch immer außer Atem — er hatte einen Sprint von der Krankenstation zum nächsten Turbolift hinter sich. Dumpfer Schmerz pochte in Kopf und Brustkasten.

Picard drehte seinen Sessel. »Ihre Informationen kamen rechtzeitig, Mr. Crusher, aber leider scheinen die Tizarin nicht bereit zu sein, uns zuzuhören.«

»Das ist doch verrückt!« brachte Wes hervor, als er an seinem Pult Platz nahm.

»Unglücklicherweise erfordert es keine geistige Gesundheit, andere Leute umzubringen«, sagte Riker trocken.

233

Worf sah von den Anzeigen der Sensoren auf. »Die Kampfschiffe eröffnen das Feuer, Captain«, grollte er.

Der Wandschirm zeigte Lichtblitze — Phaserentladungen. Die Schlacht hatte begonnen.

Picard starrte zum großen Projektionsfeld und glaubte zu spüren, wie bei jeder Salve etwas in ihm starb.

Kerin bediente die Navigationskontrollen und wich den heranzuckenden Phaserstrahlen geschickt aus. Sein Geschwader begleitete ihn und eröffnete das Feuer auf die gegnerischen Schiffe. Beim ersten Vorbeiflug hielten die Schilde auf beiden Seiten, doch ein oder zwei weitere Salven würden erste Deflektorausfälle zur Folge haben.

Aus den Augenwinkeln bemerkte Kerin etwas: Ein Graziunas-Schiff verließ die Formation, flog mit hoher Geschwindigkeit und spiralförmigem Kurs zum Haus-Schiff der Nistral. Die Sensoren wiesen ihn darauf hin, daß der feindliche Jäger nicht in ein Schutzfeld gehüllt war.

Er suchte nach einer Erklärung dafür und fand nur eine: Vielleicht handelte es sich um irgendeinen besonders ausgefallenen Trick.

»Vom Gegner lösen, Geschwader«, sagte er, und seine Stimme erklang in den anderen Kampfeinheiten. »Warteposition beziehen bei eins vier drei Komma eins vier.«

»Was ist los, Kerin?« fragte ein Pilot.

»Ich muß einen Einzelgänger erledigen«, sagte er. »Dauert nicht lange.«

Er drehte ab, programmierte einen neuen Kurs und folgte dem Graziunas-Jäger, der offenbar das Haus-Schiff angreifen wollte.

Sehras Kampfschiff drehte sich um die eigene Achse.

Jetzt wußte sie, wie leicht es war, im All die Orientierung zu verlieren und vom Kurs abzukommen. Nur ei-

234

nige Sekunden der Unaufmerksamkeit, und schon verlor sie den Überblick. Wo befanden sich die anderen Jäger? Wo ...?

Plötzlich sah sie das Haus-Schiff. Die gewaltigen Ausmaße des riesigen Raumers beeindruckten sie so sehr, daß es eine Weile dauerte, bis eine Erkenntnis in ihr heranreifte: Es handelte sich um das Haus-Schiff der Nistral. Sehra versuchte, die Kursparameter zu verändern, aber die Kontrollen reagierten nicht. Das Atmen fiel ihr immer schwerer, und das Cockpit schien sie einzuzwängen. Panik wuchs in ihr, ließ sich kaum mehr unterdrücken.

Mehrere Kontrollampen auf der Konsole glühten in einem warnenden Rot, und die junge Frau wußte nicht, was sie davon halten sollte. Verunsichert hob sie den Kopf — und sah einen Nistral-Jäger, der sich ihr schnell näherte.

Da kommt der Tod, fuhr es Sehra durch den Sinn. *Gleich ist es soweit. Ich sterbe wirklich. Oh, bei den Göttern ... Es tut mir leid, Kerin.*

Und plötzlich wollte sie nicht mehr sterben. Sie hockte in einer engen, sargartigen Pilotenkanzel, umgeben von kalter, schwarzer Leere, die ihr einen Vorgeschmack auf den Tod gegeben hatte. Und das reichte ihr.

Die Schilde würden sie schützen. Lange genug, um ein Beschleunigungsmanöver einzuleiten und zum Haus-Schiff der Graziunas zurückzukehren ...

Die Schilde.

Sie hatte völlig vergessen, die Deflektoren zu aktivieren.

Kerin raste dem feindlichen Jäger entgegen. Gleich würde er zum erstenmal in seinem Leben töten. Als Mitglied der Nistral-Verteidigungsstreitmacht war er natürlich entsprechend ausgebildet, und er hatte immer gewußt, daß ihn irgendwann die Umstände zwingen

235

mochten, einen Gegner umzubringen — fremde Angreifer, zum Beispiel Ferengi oder Orioner. Aber keine
Tizarin.

Jetzt schickte er sich an, einem von Sehras Verwandten den Tod zu bringen.

Ihm blieb nichts anderes übrig. Der Gegner näherte
sich dem Nistral-Schiff und mußte aufgehalten werden
— jetzt sofort.

Kerin richtete den Zielerfassungsfokus auf den feindlichen Jäger.

»Es tut mir leid«, flüsterte er.

Sehra streckte ruckartig die Hand nach dem Schalter
aus, der die Schilde aktivierte. Über ihr, jenseits der
Luke, blitzte etwas, und sie wußte, was das jähe Gleißen bedeutete.

»Es tut mir leid«, hauchte sie.

Die Phaser in den Tragflächenstutzen feuerten, und Kerin hatte gut gezielt. Die Strahlen bohrten sich in das
kleine Kampfschiff der Graziunas, trafen das Triebwerk
und verursachten eine Explosion. Der Jäger platzte auseinander, und Trümmerstücke wirbelten davon. Der
Rest, darunter auch der Pilot, verwandelte sich in einen
Glutball.

KAPITEL 23

Es blitzte im Kontrollraum der *Enterprise*, und ein seltsam *lautloses* Geräusch begleitete diesen Vorgang.

Picard war sofort auf den Beinen und ahnte die Identität des Besuchers. »Q...«, begann er zornig und wollte der allmächtigen Entität mitteilen, daß sie den falschen Zeitpunkt gewählt hatte, um auf der Brücke zu erscheinen.

Doch der Neuankömmling stellte sich als jemand anders heraus.

Einige Sekunden lang herrschte völlige Stille, und dann stand Deanna langsam auf. Besser gesagt: Sie winkelte die Arme an und stemmte sich zeitlupenartig in die Höhe.

»Mutter?« Sie brachte dieses Wort nur mit großer Mühe hervor.

Lwaxana Troi stand vor ihnen, von einer dunstartigen Aura umhüllt. Sie lächelte sanft und strahlte eine Ruhe aus, die ihrem Wesen widersprach.

»Mutter, ich...« Deanna suchte vergeblich nach den richtigen Worten.

»Hallo, mein Schatz«, sagte Lwaxana. Sie sprach mit einer tiefen, melodischen Stimme, die aus allen Richtungen zu kommen schien.

»Was ist geschehen, Mrs. Troi?« fragte Picard, obwohl er es bereits zu wissen glaubte.

»Ihre Gedanken und Gefühle bleiben mir verborgen.« Deanna trat zögernd auf ihre Mutter zu. »Ich sehe sie.

Ich höre sie. Doch Ihr Ich ist für mich verschlossen und unzugänglich.«

»Wohingegen dein Selbst einem offenen Buch für mich gleichkommt, Kleine. Nun, es fällt dir bestimmt schwer, dich damit abzufinden, aber ...« Lwaxana lächelte. »Deine Mutter hat jetzt kosmisches Niveau erreicht.«

Nistral beobachtete die Schlacht, mit Dai an seiner Seite. Plötzlich flackerten alle Kontrollampen in der großen Zentrale, und die Anwesenden blickten sich verdutzt um. Niemand von ihnen wußte, was geschah.

An Bord des Haus-Schiffes der Nistral kam es zu den gleichen Phänomenen, die ebenfalls eine Menge Verwirrung stifteten. Von einer Sekunde zur anderen funktionierten die Kommunikationssysteme nicht mehr.

»Es ist ein Trick!« donnerte Graziunas. »Ja, ein verdammter Nistral-Trick! Der Gegner setzt eine geheime Waffe ein ...«

»Herr!« rief einer der Männer an den Konsolen. »Wir empfangen jetzt wieder Signale von den Jägern.«

»Was passiert dort draußen?« fragte Graziunas sofort. »Erstatten Sie Bericht!«

»Das ›Draußen‹ scheint in diesem Zusammenhang kaum eine Rolle zu spielen«, antwortete der Mann. »Die Kampfschiffe befinden sich nicht mehr im All.«

»Wovon reden Sie da, bei den Göttern? Wenn die Jäger nicht mehr durchs All fliegen — wo sind sie dann?«

Zuerst glaubte Kerin, an Halluzinationen zu leiden. Alles passierte übergangslos, ohne irgendeine Vorwarnung. Im einen Augenblick änderte er den Kurs, um zur Schlacht zurückzukehren, und im nächsten ...

Er starrte auf die Konsole. Dort glühten keine Lichter mehr. Hinzu kam gespenstische Stille — das Triebwerk schwieg.

Kurze Zeit später hörte Kerin Stimmen, die verwirrte

Fragen riefen oder fluchten. Er konnte sich noch immer nicht dazu durchringen, seinen Sinnen zu trauen. Versuchsweise klopfte er auf die Instrumente, in der Hoffnung, sie dadurch wieder zum Leben zu erwecken. Aber das erwartete elektronische Summen blieb aus.

Der junge Mann lehnte sich im Sessel zurück und schüttelte den Kopf.

»Irgend jemand scheint sich einen Scherz erlaubt zu haben«, murmelte er fassungslos.

Riker sprach das aus, was alle ahnten. »Er hat ihr die Macht der Q gegeben.«

Picard erhob sich und strich das Oberteil der Uniform glatt — auf diese Weise gewann er etwas Zeit, um seine Gedanken zu ordnen. Mrs. Troi wartete und erweckte dabei den Eindruck, über einen unendlichen Vorrat an Geduld zu verfügen.

»Lwaxana ...«, begann der Captain behutsam. Er fürchtete, daß ein falsches Wort genügte, um eine Katastrophe auszulösen. »Lwaxana, ich glaube, Sie sollten sich das noch einmal überlegen. Q hat Commander Riker das gleiche ›Geschenk‹ gegeben, und er wäre fast daran zugrunde gegangen.«

»Oh, mein Selbst ist wesentlich stärker als das von Riker. Womit ich Sie keineswegs beleidigen möchte, Commander.«

»Schon gut«, sagte der Erste Offizier.

»Lwaxana ...« Picard wählte seine Worte noch immer mit großer Sorgfalt. »Wenn Sie Qs Macht akzeptieren, so werden Sie wie er. Dann glauben Sie, allen anderen Lebensformen überlegen zu sein.«

»Ich bitte Sie, Jean-Luc.« Mrs. Troi winkte ab. »Ich habe mich immer allen anderen überlegen *gefühlt*. Und nun *bin* ich es.«

Der Androide wandte sich an Picard. »Ein guter Hinweis, Sir.«

»Nicht *jetzt*, Mr. Data«, erwiderte der Captain.

239

»Bitte hör auf damit, Mutter«, warf Deanna ein. »Du hast keine Ahnung, was passieren könnte.«

»Oh, ich weiß es sogar genau. Ich bin jetzt allmächtig und kann viel Gutes bewirken.«

»Sie sind auch in der Lage, Unheil zu bringen«, brummte Worf.

»Unsinn.« Lwaxana zwinkerte, und plötzlich stand sie auf der anderen Seite der Brücke, neben Worf. Der Klingone wich überrascht einen Schritt zurück. »Meine Allmacht bedeutet nicht, daß ich plötzlich gemein geworden bin.«

»Sie klingt bereits wie Q«, knurrte der Sicherheitsoffizier.

»Schluß damit!« Die Betazoidin stampfte mit dem Fuß. »Hören Sie endlich damit auf, Q ständig zu kritisieren. Wenn er wirklich so niederträchtig und heimtückisch wäre, wie Sie glauben — warum hat er mich dann in die Lage versetzt, etwas zu unternehmen?«

»Etwas zu unternehmen?« wiederholte Deanna. »Wie meinst du das, Mutter?«

»Captain!« sagte Data plötzlich. »Der Kampf hat aufgehört.«

»Was? Soll das heißen, die Graziunas und Nistral schießen nicht mehr aufeinander?« Picard blickte zum Wandschirm und runzelte verwirrt die Stirn.

»Nein, Sir. Die kleinen offensiven Einheiten befinden sich nicht mehr im All. Sie sind verschwunden.«

Picard drehte sich langsam zu Lwaxana um. »Wohin haben Sie die Kampfschiffe transferiert, Mrs. Troi?« fragte er in einem förmlichen Tonfall.

»Zu ihrem jeweiligen Ausgangspunkt«, lautete die Antwort. »Es war ganz einfach und machte mir überhaupt keine Mühe. Ich brauche nur an etwas zu denken, und — *zack!* Schon ist es geschehen.«

»Das ist nicht richtig, Mutter!« sagte Deanna. »Du kannst dich nicht einmischen, wenn sich irgendwelche Leute streiten ...«

»Nein, Kleine«, unterbrach Lwaxana ihre Tochter. Sie sprach scharf, und die Luft im Kontrollraum der *Enterprise* schien zu knistern. »*Du* kannst dich nicht einmischen — im Gegensatz zu mir. Ich habe die Möglichkeit, mich so zu verhalten, wie es mir beliebt. Wir sind hier in einer freien Galaxis, und du mußt einsehen, daß deine Moral nicht immer angebracht und zweckdienlich ist. Ich wollte Leben retten. Und ich *habe* Leben gerettet. Q gab mir die dazu erforderliche Macht, und ich nahm sie. Was ich keineswegs bedaure. Ich vertraue ihm. Mein Vertrauen ihm gegenüber ist absolut. Er hob mich auf sein Niveau, und dadurch sind mir die Augen geöffnet worden — nach Jahrzehnten der Blindheit. Zum Beispiel dies...« Sie streckte kurz die Hand aus. »Ich habe gerade gesehen, wie ein Molekül vorbeiflog. Und warum? Ich *wollte* ein Molekül sehen, und daraufhin präsentierte sich mir eins. Es muß meinen Wünschen genügen, so wie alles andere.«

»Mutter, bitte! Hör mir zu! Du veränderst dich bereits. Du wirst zu etwas, das du nicht bist! Du mußt Q auffordern, die Macht zurückzunehmen!«

»Warum? Nur weil es dir schwerfällt, damit fertig zu werden? Nun, das ist *dein* Problem, mein Kind. Zum erstenmal in meinem Leben bin ich wirklich... *lebendig!* Und das soll ich aufgeben? Erwartest du wirklich von mir, mein Bewußtsein wieder schrumpfen zu lassen und auf die Erkenntnisse zu verzichten, die mir das Universum bietet? Soll ich so werden wie... wie...«

»Wie wir?« fragte Deanna.

»Ja!« Lwaxana deutete auf ihre Tochter. »Ja, genau. So wie du und die anderen. Ihr ahnt nicht einmal das volle Ausmaß der Unterschiede zwischen Q und euch. Zwischen *mir* und euch. Ich begreife erst jetzt, was ich bisher versäumt habe. Das Leben ist ein Bankett! Und die meisten armen Seelen verhungern!«

»Das klingt irgendwie vertraut«, kam es von den Lippen der Counselor.

»Natürlich, Schatz. Es klingt vertraut, weil du diese Weisheit schon des öfteren von mir gehört hast.« Lwaxana klopfte ihrer Tochter auf die Wange, und Deanna erzitterte. Ihre Mutter berührte sie, und doch ... Es fühlte sich irgendwie *falsch* an. »Ich weiß, wo sich das wahre Problem verbirgt. Ja, ich weiß, worum es dir geht. Du kannst ganz beruhigt sein, Kleine: Ich liebe dich selbst als Göttin.«

Kerin nahm den Helm ab, als sich sein Vater näherte und ihn an den Schultern packte. »Wieso bist du hier?« heulte er fast hysterisch. »Was hat die Kampfschiffe in den Hangar zurückgebracht?«

»Keine Ahnung!« rief Kerin. »Ich habe mir von dir eine Erklärung erhofft.«

»Eine Erklärung kann ich dir nicht anbieten«, erwiderte Nistral. »Wohl aber Vermutungen.«

Weitere Piloten traten auf sie zu und brachten laut ihre Verwunderung zum Ausdruck. »Graziunas!« stieß jemand hervor, und die anderen wiederholten den Namen. »Bestimmt stecken die Graziunas dahinter!«

»Nein«, sagte Nistral scharf. »Das bezweifle ich — immerhin verschwanden auch die Kampfeinheiten unseres Gegners. Nein, ich glaube, die Föderation hat sich eingemischt. Und das wird sie bald bereuen.«

Sehra hob die Lider und rechnete damit, sich im Jenseits wiederzufinden. Sie fragte sich, was sie dort erwarten mochte, und der erste Blick brachte Erstaunen: Offenbar begann das Leben nach dem Tod in ihrem Zimmer an Bord des Haus-Schiffes.

Die Tür öffnete sich, und Karla kam herein. Die Dienerin hob die Hände zum Mund und schnappte verblüfft nach Luft. Sehra blinzelte verwundert, klappte den Mund auf und schloß ihn wieder.

»Ich wußte es!« rief Karla. »Ich wußte, daß Wesley Crusher helfen konnte! Er schafft alles!«

Lwaxana hatte ihrer Tochter gerade ewige mütterliche Liebe in Aussicht gestellt, selbst in ihrer neuen Rolle als Göttin, und Picard wußte nicht, wie er darauf reagieren sollte. Erleichterung durchströmte ihn, als Worf sagte: »Captain, die Nistral setzen sich mit uns in Verbindung.« Kurzes Zögern. »Und jetzt auch die Graziunas. Sie verlangen eine Erklärung. Allem Anschein nach glauben die Tizarin, daß wir ihre Kampfschiffe mit unserem Transporter in die jeweiligen Hangars zurückgebracht haben. Sie sind deshalb ziemlich ungehalten ...«

»Wie können sie es wagen, so undankbar zu sein?« entfuhr es Lwaxana. »Ich habe dafür gesorgt, daß sie sich nicht gegenseitig umbringen. Ich habe den jungen Mann daran gehindert, unwissentlich die geliebte Frau zu töten ...«

»Es ist Ihnen gelungen, Sehra zu retten?« fragte Wesley aufgeregt.

»Natürlich«, bestätigte die Betazoidin. »Es war ein Kinderspiel.«

Picard stöhnte innerlich. »Worf, fordern Sie die Tizarin auf, Repräsentanten zu uns zu schicken. Ich erwarte sie in einer Stunde hier an Bord der *Enterprise*. Dann klären wir alles.«

»Und wenn die Antwort aus einer Ablehnung besteht?« erkundigte sich der Klingone.

»Das würde ich den Nistral und Graziunas nicht raten«, entgegnete Picard. »Wenn sie nicht bereit sind, hier Verhandlungen zu führen, nehme ich ihre Schiffe auseinander, und zwar Stück für Stück.«

»Ich kann es Ihnen ermöglichen, wenn Sie möchten«, warf Lwaxana ein.

Der Captain spürte, wie es ihm kalt über den Rücken lief. »Ich finde das nicht komisch.«

»Es sollte auch gar nicht komisch sein, Jean-Luc«, betonte Mrs. Troi. »Ich habe es durchaus ernst gemeint.«

KAPITEL 24

Graziunas und Nistral saßen am Konferenztisch und starrten sich finster an — bis Lwaxana Troi hereinkam. Daraufhin galten die finsteren Blicke ihr. Picard, Riker, Worf und Deanna waren bereits zugegen, ebenso Kerin und Sehra, die wie ihre Väter auf verschiedenen Seiten des Tisches Platz genommen hatten. Sie vermieden es, sich anzusehen.

Nistral richtete den Zeigefinger auf Lwaxana. »Um es klarzustellen: Diese Frau ist dafür verantwortlich, daß die Todfehde nicht zu Ende gebracht werden konnte?«

»Sie hat es gewagt, sich in unsere Angelegenheiten einzumischen?« donnerte Graziunas.

»Ich fasse es nicht«, brummte Nistral. »Ich fasse es einfach ...«

»... nicht«, beendete er den Satz und sah sich verblüfft um: Er stand nun im Maschinenraum der *Enterprise*.

Geordi LaForge wandte sich ihm überrascht zu. »Kann ich Ihnen helfen, Sir?«

Nistral bekam keine Gelegenheit, darauf zu antworten. Ein neuerlicher Transfer fand statt.

Der Chefingenieur verharrte einige Sekunden lang, klopfte mehrmals an sein VISOR, schüttelte den Kopf und setzte dann die Arbeit fort.

Nistral rematerialisierte im Konferenzzimmer. Nur wenige Sekunden waren verstrichen, und die übrigen Tizarin rissen die Augen auf. Picard und seine Gefährten wirkten weitaus weniger überrascht; sie hatten be-

244

reits Gelegenheit gefunden, sich an derartige ›Wunder‹
zu gewöhnen.

»Können Sie es noch immer nicht fassen?« fragte
Lwaxana. »Wenn Sie nach wie vor an meiner Macht
zweifeln, schicke ich Sie in die Umlaufbahn von Vulkan.«

»Ich hätte nichts dagegen«, ließ sich Graziunas vernehmen.

»Na schön«, zischte Nistral. »Aber diese Frau ist als
Repräsentantin von Betazed und der Föderation hier.
Sie hat gar kein Recht, uns ihren Willen aufzuzwin-
gen.«

»Ihr Eingreifen bewahrte Hunderte oder gar Tausende von Tizarin vor dem Tod!« sagte Picard scharf.
»Mrs. Troi rettete auch das Leben Ihrer Tochter, Graziunas.«

»Das Leben meiner Tochter?« Der Patriarch wandte
sich an Sehra. »Was soll das heißen?«

Lwaxana deutete wie beiläufig zu Kerin. »Sie befand
sich in einem Kampfschiff, und er zerstörte es.«

Kerin und Sehra wechselten einen schockierten Blick.
»*Du* warst das?« fragten sie synchron.

»Ja«, bestätigte Picard. »Verstehen Sie nun? Und auch
Sie?« Er wandte seine Aufmerksamkeit den Familienoberhäuptern zu. »Verstehen Sie ebenfalls?«

»Sehra …« Entsetzen zeigte sich in Kerins Gesicht.
»Wenn ich gewußt hätte …«

»Ich wollte nicht mehr leben!« jammerte die junge
Frau. »Ich wollte …«

»Es ist mir gleich, was die Zukunft bringt!« rief Kerin.
»Es ist mir gleich, wie du als Greisin aussiehst!«

»Und mir ist es gleich, wenn du an andere Frauen
denkst! Es spielt keine Rolle! Ich möchte nur dich!«

»O nein, nicht schon wieder«, ächzte Nistral. »Zuerst
ja, dann nein, und dann wieder ja. Ich habe genug davon — Schluß damit!«

»Es ist typisch für Ihren Sohn!« polterte Graziunas.

»Er läßt sich von Frauen um den kleinen Finger wickeln! Hat überhaupt keinen eigenen Willen!«

»Seid still!« schrie Kerin. »Ihr sollt beide still sein! Sehra und ich ... Wir lieben uns. Das ist alles. Wir lieben uns *wirklich.* Und wenn ich nicht so verdammt feige gewesen wäre ...«

»Die Schuld liegt nicht nur bei dir, sondern auch bei mir«, warf Sehra ein. »Wir haben uns beide beeinflussen lassen ...«

»Und das hört jetzt auf.« Kerin griff nach Sehras Hand und hielt sie so fest, daß die junge Frau zu hören glaubte, wie ihre Fingerknöchel knackten. Sie spürte stechenden Schmerz, gab jedoch keinen Ton von sich — es war die herrlichste Pein ihres Lebens. »Wir haben immer auf andere gehört, nicht auf die Stimmen unserer Herzen — das war ein Fehler, den wir nicht wiederholen werden.«

»Nimm die Hände von meiner Tochter«, knurrte Graziunas.

»Du demütigst mich!« klagte Nistral.

»Nein, ich demütige dich nicht — ich vertrete nur einen eigenen Standpunkt. Und das wird in Zukunft immer so sein; du solltest dich besser daran gewöhnen.«

Nistral saß neben Picard, und nun stemmte er sich hoch. Der Captain verblüffte alle Anwesenden, indem er den Tizarin an der Schulter packte und mit solcher Wucht in den Sessel stieß, daß ihm die Zähne klapperten.

»Das ist mehr als genug!« verkündete Picard mit seiner ganzen Autorität. »Mir scheint, wir haben hier zwei junge Leute, die intelligenter sind als ihre Eltern! Kerin und Sehra wiesen auf die Bereitschaft hin, ihre Kontroverse zu überwinden und alle Probleme zu lösen. Aber Sie ...« Er starrte die Väter an. »Sie halten stur an Ihrem Haß fest!«

»Sie verstehen nicht ...«

»Irrtum, Graziunas. Ich verstehe sogar sehr gut. Aber

246

bei mir ist jetzt der Geduldsfaden gerissen. Ihre Rivalität, Todfehde, Häuser und Familien ... Das alles interessiert mich nicht mehr. Mir geht es nur noch um folgendes: Ein junges Paar wollte an Bord meines Schiffes den Bund der Ehe schließen, was eigentlich ein freudiges Ereignis sein sollte. Statt dessen erlebten wir eine ·Mischung aus Zorn, Neid, Eifersucht, Schmähungen, Vorwürfen, Haß und Unbeherrschtheit. Wie würden *Sie* so etwas bezeichnen?«

»Ich bitte Sie, Jean-Luc«, ertönte eine ganz besondere Stimme — sie klang wie das Kreischen von tausend Fledermäusen. »Menschen sprechen in diesem Zusammenhang von ›Liebe‹.«

Q stand auf dem Konferenztisch. Er verschränkte die Arme und sah mit einem arroganten Lächeln auf die Anwesenden herab.

Lwaxana streckte die Hand aus. »Oh, ich freue mich sehr, Sie wiederzusehen ...«

Q bedachte sie mit einem verächtlichen Blick. »Auf Ihre Freude kann ich verzichten.«

Mrs. Troi schüttelte verwirrt den Kopf. »Wie bitte?«

Kerin und Sehra deuteten zur Entität. »Dieser Mann zeigte mir, wie du als Greisin aussiehst«, sagte Kerin. »Der Anblick deines faltigen, runzligen Gesichts verunsicherte mich sehr. Ich wußte einfach nicht, wie ich damit fertig werden sollte. Ich glaubte, dich als alte Frau nicht mehr ansehen zu können ...«

»Er meinte, du hättest nur andere Frauen im Sinn, ohne jemals in der Lage zu sein, dich ganz auf mich zu besinnen ...«

»Q!« Zorn blitzte in Picards Augen. »Sie haben also wieder manipuliert — obgleich Sie das Gegenteil behaupteten.«

»Ich habe auf die Wahrheit hingewiesen, und in diesem Zusammenhang kann man wohl kaum von Manipulationen sprechen«, erwiderte Q. »Es ging mir nur darum, den beiden jungen Leuten zu helfen.«

»Kerin . . .« Picard wandte sich dem jungen Mann zu und schenkte der Entität zunächst keine Beachtung mehr. »Sehra wird altern, ebenso wie Sie. Das läßt sich nicht vermeiden. Aber wichtig ist: Sie werden *zusammen* alt und haben die Möglichkeit, jene Jahre zu genießen. Wenn Sie dann den Blick auf Ihre Gemahlin richten, sehen Sie nicht nur eine Greisin, sondern auch die Frau, mit der sie Ihr Leben verbracht, Freud und Leid geteilt haben. Und Sehra . . . Ja, Kerin wird auch an andere Frauen denken. Wenn man heiratet, so bedeutet das nicht, daß man fortan die schönen Dinge ignorieren muß. Wenn Ihr Ehemann die Fähigkeit verlöre, das Schöne zu bewundern . . . Wie sollte er Sie dann weiterhin lieben? Oder verlangen Sie von ihm, Ihre eigene Schönheit in Körper und Geist zu übersehen?«

»Bravo, Picard«, sagte Q mit deutlichem Sarkasmus. Er klatschte. »Bravo! So sehr Sie auch versuchen, diesen Unsinn zu rechtfertigen — letztendlich erweist sich das menschliche Konzept der Liebe als eine einzige Heuchelei.«

Lwaxana trat näher und wirkte besorgt. »Ich verstehe nicht, worauf Sie hinauswollen, Q . . .«

Er musterte sie spöttisch. »Selbst wenn du zehntausend Jahre mit mir zusammen wärst, Weib — du könntest trotzdem nicht die subtilen Aspekte meiner Größe verstehen.«

Lwaxana schnappte nach Luft, taumelte zurück und hob die Hand zum Herz.

»Sind Sie deshalb hier, Q?« fragte Picard.

»Natürlich!« höhnte das Wesen in Gestalt eines Mannes. »Überall an Bord des Schiffes war von Liebe die Rede. Liebe, Liebe, Liebe. Einfach gräßlich. Ihr Menschen seid von der Liebe geradezu besessen. Immer sucht ihr danach, habt sie gerade gefunden oder wieder verloren. Ihr singt darüber oder nehmt sie zum Anlaß, Gedichte zu schreiben. Aus diesem Grund beschloß ich, das Phänomen der Liebe zu untersuchen und herauszufinden, was es mit diesem angeblich so dauerhaften Gefühl auf sich hat.«

Picard trat um den Tisch herum und fokussierte seinen Zorn auf Q — auf ein Geschöpf, das sich anmaßte, über die Menschheit zu urteilen. »Im Namen der Liebe sind Zivilisationen entstanden, und der Mangel an Liebe trieb große Reiche in den Untergang. Es ist das beste und erhabenste aller menschlichen Gefühle.«

»Dann hat die Menschheit noch weniger Bedeutung, als ich bisher annahm«, erwiderte Q. »Das beste und erhabenste aller Gefühle? Mein lieber Jean-Luc — es ist Ihre lächerlichste Emotion! Sie zeichnet sich durch Egoismus und Ichbezogenheit aus. Es handelt sich um etwas Besitzergreifendes und umfaßt all jene Dinge, über die Sie angeblich hinausgewachsen sind. Und doch halten Sie alle die Liebe für etwas Erstrebenswertes. Nun, Sie sind stolz darauf, daß Ihr Volk Krieg und Gewalt überlebt hat, nicht wahr? Ich darf Ihnen versichern: Die größte Leistung Ihrer Spezies besteht darin, die *Liebe* überlebt zu haben, das absurdeste, lächerlichste und unsinnigste aller angeblich positiven Gefühle.«

Lwaxana war so bleich, als hätte sie den größten Schock ihres Lebens erlitten. »Ich ... ich verstehe nicht ...«

Q schnaubte. »Bist du taub *und* dumm, Weib? Muß ich mich denn *noch* deutlicher ausdrücken, damit du endlich kapierst?«

»Aufhören!« rief Deanna. »Lassen Sie meine Mutter in Ruhe.«

»Verschwinden Sie von hier!« befahl Picard.

Q beachtete ihn nicht, wanderte über den Konferenztisch und sah Lwaxana an. Hochmütiger Spott prägte seine Züge. »Oh, ich habe einen Punkt auf der Liste vergessen: Selbsttäuschung.« Er lachte voller Schadenfreude, ging in die Hocke und blickte Lwaxana Troi in die Augen. »Du bist immer nur ein Forschungsobjekt für mich gewesen, Weib — nur eine Maus im Labyrinth meiner Experimente. Ich wollte feststellen, zu welchen Interaktionen es im Namen der Liebe zwischen dir und deiner Tochter kam. Die Frage lautete: Läßt sie sich von dem ach so wundervollen Gefühl der Liebe dazu verleiten, alle Stimmen der Vernunft zu überhören? An der Antwort kann kein Zweifel mehr bestehen: Sie haben tatsächlich alles Rationale aufgegeben!« Er siezte die Betazoidin jetzt wieder.

»Sie lieben mich!« stieß Mrs. Troi verzweifelt hervor.

»Und Sie lehnen es auch weiterhin ab, die Wahrheit zu erkennen. Köstlich! Sie sind noch mehr auf sich selbst fixiert, als ich bisher dachte. Und Sie bestehen darauf, den Rest der Welt durch den Filter Ihrer Wünsche und Illusionen zu sehen. Aus diesem Grund ignorierten Sie den Rat Ihrer Tochter und aller anderen Personen, die Sie schätzen und respektieren — um sich in ein Wesen zu verlieben, das Sie gerade erst kennengelernt hatten und von dem alle anderen behaupteten, es sei überhaupt nicht zur Liebe fähig. Nun, das stimmt, *liebe* Lwaxana. Sie bedeuten mir nichts. Niederen Lebensformen wie Ihnen stehe ich völlig gleichgültig gegenüber — es sei denn, ich finde sie amüsant.« Noch höhnischer als vorher fügte Q hinzu: »Sie haben mich mehr amüsiert als sonst jemand. Vielen herzlichen Dank, Sie dumme Kuh.«

Lwaxana sank auf einen Stuhl.

»Ich habe Sie aufgefordert, von hier zu verschwinden, Q«, sagte Picard.

»Ich bin getäuscht worden«, hauchte Lwaxana. »Man hat sich einen Scherz mit mir erlaubt, mich als eine Art Versuchskaninchen verwendet.«

»Sie sind wohl kaum in der Lage, mir irgendwelche Anweisungen zu erteilen, Picard«, entgegnete die Entität.

»Er gab mir die Macht der Q«, murmelte Mrs. Troi.

»Ich *bin* dazu in der Lage, und hiermit befehle ich Ihnen, mein Schiff zu verlassen, *jetzt sofort!*«

»Er gab mir die Macht der Q«, sagte Lwaxana etwas lauter und hob den Kopf. Ihr Gesichtsausdruck veränderte sich, signalisierte Gefahr und Unheil.

Deannas Hände schlossen sich um ihre Schultern. »Laß uns gehen, Mutter ...«

»Es war alles ein Experiment.« Lwaxanas Stimme klang nun wie Donnergrollen über den Gipfeln ferner Berge. »Ich sollte gedemütigt werden. Und Sie gaben mir die Macht der Q ...«

»Dadurch wurde alles noch interessanter«, kommentierte Q. »Ich war gespannt, ob Sie diese Macht der Liebe Ihrer Tochter vorziehen. Denn jene Liebe hätten Sie verloren, Teuerste. Innerhalb kurzer Zeit wären Sie bei den Menschen und anderen Humanoiden dem gleichen Mißtrauen begegnet wie ich. Nun, Sie verstehen sicher, daß es mich kaum überraschte, als Sie die Macht wählten.«

»Ich wählte die Macht, um Ihnen nahe zu sein«, erwiderte Mrs. Troi. »Um Sie zu lieben, Sie undankbarer, verlogener ...«

»Sparen Sie sich die Schimpfwörter«, sagte Q gelangweilt. »Sie können mich gar nicht beleidigen. Ich stehe weit über solchen Dingen. Mein kleines Experiment ist nun beendet, und zwar mit folgendem Ergebnis: Die Liebe erobert nicht alles — dieses Ziel erreicht man nur mit Macht. Um sich durchzusetzen und den Sieg zu erringen, braucht man Waffen und Kraft, keine sinnlosen Gefühle.«

Lwaxana ballte die Fäuste. »Sie haben mich *benutzt!* Nur durch Ihre Schuld stehe ich jetzt wie eine Närrin da.«

»Das verdanken Sie allein Ihrem Charakter«, sagte Q. »Ich gab der Närrin nur eine Bühne — und ein Publikum.«

Zorn und Empörung ließen Mrs. Troi am ganzen Leib erbeben. Einige Sekunden verstrichen, und dann schrie sie. Es war ein Schrei, wie er nicht einmal in der Hölle erklingen konnte, und er kündete von der Wut einer verachteten Frau.

»Höchst eindrucksvoll«, meinte Q herablassend. »Wenn Sie gestatten, nehme ich nun meine Macht zurück und überlasse Sie Ihrer jämmerlichen Existenz.«

Das Gesicht der Betazoidin verfinsterte sich, als sie aufstand und mit entschlossenen, zielstrebigen Schritten zum Tisch trat.

Q blinzelte überrascht. »Geben Sie mir die Macht, Lwaxana. Sie können sie nicht behalten.«

Mrs. Troi kochte, und um sie herum flimmerte die Luft.

»Mutter?« fragte Deanna nervös.

Auch Q schien beunruhigt zu sein. Er streckte die Hand aus und bewegte sie so, als ginge es ihm darum, etwas fortzureißen. Doch seine Bemühungen blieben vergeblich.

Es knisterte — irgendwo schien sich Energie zusammenzuballen.

»Lwaxana ...« Qs Stimme klang nun besorgt. »Ich weiß nicht, wie Sie es anstellen, die Macht zu behalten. Ebenso unklar ist mir, was Sie vorhaben. Aber seien Sie gewiß: Sie können mir keinen Widerstand leisten. *Lwaxana!* Sie wecken Zorn in mir, und das ist unmöglich, da ich nicht mit menschlichen Gefühlen belastet bin.« Er näherte sich der Frau, und bei jedem Schritt verlor er einen Teil seiner Selbstsicherheit. »Bevor etwas geschieht, das Sie später bitter bereuen ... Ich verlange es nun zum letztenmal: Geben Sie mir die Macht zurück!«

Lwaxana Troi schmetterte ihn durch die nächste Wand.

KAPITEL 25

Das Brückendeck vibrierte, und Data rief: »Ein Leck in der Außenhülle — im Bereich des Konferenzzimmers!«

Burnside sah überrascht von ihrer Konsole auf. »Wie bitte? Werden wir angegriffen?«

»Jene Kraft, die das Leck schuf, scheint von innen nach außen gewirkt zu haben«, antwortete der Androide. Er prüfte die Anzeigen. »Die Öffnung in der Außenhülle hat sich wieder geschlossen.«

»Sehen Sie!« rief Wesley Crusher und deutete zum Wandschirm.

Q schwebte vor der *Enterprise* im All, drehte sich um die eigene Achse und schien verwirrt zu sein.

»Es fliegt schon wieder jemand ohne Schutzanzug im All«, sagte Chafin und seufzte. »Langsam wird's langweilig.«

»Mutter!« entfuhr es Deanna schockiert.

Picard trat einen Schritt vor. »Lwaxana ...«, begann er.

Sie drehte sich ruckartig um und sah ihn an. Aus einem Reflex heraus wich der Captain zurück. »Lwaxana ...«

Sie hörte ihn nicht. Sie *wollte* ihn gar nicht hören, hatte nur Ohren für Qs spöttische Stimme. Und sie sah allein die Verachtung in seinem Gesicht. Alles in ihr drängte danach, ihm zu folgen, und die Betazoidin gab der Rachsucht bereitwillig nach.

Sie zwinkerte — und befand sich außerhalb des

Raumschiffs, direkt hinter der Entität. »Q!« rief sie, und
natürlich hörte er sie. Er drehte sich um, und Lwaxana
breitete die Arme aus, schleuderte dem Mann Energie
entgegen. Er schrie, wand sich hin und her. Krämpfe
schüttelten seinen Leib.

Plötzlich sprang er nach hinten und verschwand.

»Lauf ruhig weg!« fauchte Lwaxana. »Ich kriege dich
trotzdem. Du kannst dich nicht vor mir verstecken.«
Und sie verschwand ebenfalls.

Graziunas und Nistral richteten verblüffte Blicke auf
Picard.

Der Captain zuckte mit den Schultern. »Eine kleine
Meinungsverschiedenheit zwischen zwei Personen, die
sich lieben«, sagte er.

Q rannte über die Außenhülle der rechten Warpgondel,
und Mrs. Troi war ihm dicht auf den Fersen. Nach einigen Dutzend Metern blieb er stehen und drehte sich
um. »Lwaxana!« rief er. »Ich weiß nicht, wie Sie es anstellen, die Macht zu behalten, aber ich fordere sie jetzt
zurück!«

»Wie ich es anstelle?« Sie näherte sich der Entität.
»Sie haben mir eine Macht gegeben, die der Ihren eben-
bürtig ist. Doch mein Selbst war Ihnen bereits überlegen, und dadurch bin ich nun mächtiger als Sie.«

»Unmöglich! Ihr Selbst kann mir nie überlegen gewesen sein! Keine humanoide Lebensform ist imstande, es
mit meinem mentalen Potential aufzunehmen!«

»Sie haben es nicht einfach nur mit einer humanoiden Lebensform zu tun«, stellte Lwaxana fest. »Ich bin
eine Tochter des Fünften Hauses!«

Sie streckte die Hände aus und brauchte Q nicht einmal zu berühren, um ihn durch die Warpgondel zu
schicken.

Im Maschinenraum ging es drunter und drüber, denn Q war gerade in den Materie-Antimaterie-Wandler gerast. Alarmsirenen heulten, und Techniker eilten hin und her. Geordi versuchte fieberhaft, die Energieversorgung für alle Sektionen des Schiffes zu unterbrechen, denn in nur zehn Sekunden drohte eine verheerende Explosion.

Q taumelte aus dem Wandler, und erstaunlicherweise blieb die tödliche Strahlung hinter ihm zurück. Er wirkte benommen.

Eine Hand senkte sich auf seine Schulter herab, und hinter ihm erklang eine wütende Stimme. »Hüterin des Sakralen Kelchs von Riix!« Q drehte sich um, und Lwaxanas rechte Faust versetzte ihm einen Hieb, der ihn durch die nahe Wand trieb. Mit einer knappen Geste reparierte Mrs. Troi den angerichteten Schaden.

Geordi ließ den angehaltenen Atem entweichen, als die roten Warnlichter erloschen.

Q stürmte durch einen Korridor, blickte dabei über die Schulter und hielt nach Lwaxana Ausschau — die plötzlich vor ihm erschien. Ihr Tritt traf ihn genau zwischen den Beinen. Er ging zu Boden, stöhnte und schnappte nach Luft.

Zorn gleißte in Mrs. Trois dunklen Augen, als sie erneut nach der am Boden liegenden Gestalt trat, die fortzukriechen versuchte. »Und Erbin [Tritt] der Heiligen [Tritt] Ringe von [Tritt] Betazed!« Der letzte Tritt sorgte dafür, daß Q durch den Gang rutschte.

Picard, Riker, Worf und Data liefen durch den Korridor und folgten den Spuren des Duells. Verblüfft rissen sie die Augen auf, als ihnen Q entgegenlief. »Warnen Sie Lwaxana, Picard! Teilen Sie ihr mit, daß sie mich nicht auf diese Weise behandeln darf. Sie beschwört unvorstellbares Unheil herauf!«

»Sie hat nicht auf mich gehört, als diese Sache begann«, erwiderte der Captain ruhig. »Warum sollte sie jetzt meinen Rat beherzigen?«

Q verschwand.

Die Offiziere sahen sich um und glaubten, daß sich die Entität zu einem anderen Ort transferiert hatte. Doch dann hörten sie eine schrille Stimme, senkten den Blick ...

Q war nur noch fünfzehn Zentimeter groß, schrie und schüttelte die Fäuste.

Lwaxana materialisierte. »Hallo, Schätzchen«, zischte sie und stampfte mit dem Fuß.

Q lief verzweifelt hin und her. »Picard!« heulte er im Sopran. »Picard!«

Mrs. Troi streckte jäh die Hand aus und packte ihn. »Hab dich!« sagte sie zufrieden — und löste sich in Luft auf.

Die *Enterprise*-Offiziere musterten sich gegenseitig.

»Sie dreht ihn ganz schön durch die Mangel«, meinte Riker. »Was sollen wir jetzt machen?«

»Wie wär's, wenn wir Eintrittskarten für das Spektakel verkaufen?« schlug Worf vor.

Nur Kerin und Sehra blieben im Konferenzzimmer zurück. Sie saßen dort am Tisch, hielten sich an den Händen. »Ich bin so stolz auf dich«, sagte Sehra schließlich.

»Wenn du durch meine Schuld getötet oder auch nur verletzt worden wärst ... Bei den Göttern, ich kann mir nichts Schrecklicheres vorstellen. Ich hätte nie an uns zweifeln dürfen. Es tut mir leid. *Alles* tut mir leid. Gibst du mir eine zweite Chance?«

»Wenn du ebenfalls dazu bereit bist.«

»Natürlich bin ich das.« Kerin lächelte. »Die Liebe ist wundervoll, nicht wahr?«

»Computer«, sagte Picard laut, »lokalisiere Lwaxana Troi.«

»Die genannte Person befindet sich in der Squash-Halle.«

Riker hob erstaunt die Brauen. »Wieso ausgerechnet dort?«

Lwaxana schwang den glühenden Schläger und schleuderte Q an die Wand.

Er prallte ab und sauste zur Betazoidin zurück. Sie holte zu einem wuchtigen Rückhandschlag aus und der kleine Gott kreischte, als er einmal mehr zur Wand raste.

Picard und seine Begleiter betraten den Zuschauerbereich. Mr. Homn saß dort, aß Popcorn und beobachtete die ›Partie‹. Als er die Offiziere sah, hob er die Tüte und bot ihnen etwas von ihrem Inhalt an.

»Nein, danke«, sagte Picard. Und lauter: »Mrs. Troi!«

Von einem Augenblick zum anderen hatte Q wieder normale Größe und flog mit dem Kopf voran der Prallwand entgegen.

Lwaxana drehte sich verärgert um. »Sie haben mich in meiner Konzentration gestört, Jean-Luc!«

Q verschwand. Und Mrs. Troi ebenfalls.

»Und es geht weiter«, stöhnte Picard.

Besatzungsmitglieder flohen, und es erklangen nicht nur Schreie, sondern auch das Pochen von Hufen. Große gehörnte Tiere liefen durch den Korridor, dicht hinter Q. Er warf sich durch die nächste Wand und ließ die verwirrt schnaubenden Geschöpfe hinter sich zurück.

Die Entität hielt nicht inne, setzte den Weg quer durchs Schiff fort und gelangte schließlich in einen anderen Korridor.

Lwaxana wartete dort auf ihn, und diesmal trug sie eine mit stählernen Dornen besetzte Rüstung aus der betazoidischen Vergangenheit. Deannas Mutter setzte eine besondere Waffe ein: Am einen Ende wies sie einen langen Haken auf, am anderen mehrere Spitzen. Mit einem Ruck neigte sie das Objekt, und der Haken traf Q am Bein, brachte ihn zu Fall. Nur eine Sekunde später stieß Mrs. Troi mit den Spitzen zu, doch Q war bereits durch den Boden gesunken.

Lwaxana schob das Visier zurück. »Verdammter Mist«, murmelte sie.

Q wankte durch einen Korridor und versuchte, einen klaren Gedanken zu fassen, sich wieder zu beruhigen.

Er verstand es einfach nicht. Lwaxana Troi massakrierte ihn förmlich, und er fand keine Möglichkeit, sich wirkungsvoll zu verteidigen. Sie griff immer wieder an, gönnte ihm keine Atempause ...

Plötzlich sah er seine Gegnerin — sie stand am Ende des Ganges.

Q entschloß sich zu einer jähen Attacke, und Energie zuckte von seinen Fingerkuppen. Lwaxana hob nur die Hände, rührte sich nicht von der Stelle. Einmal taumelte sie kurz, aber ansonsten schien sie nicht in Schwierigkeiten zu geraten.

»Geben Sie auf!« rief die Entität. »Sie können mich nicht besiegen! Ich bin Q!«

»Sie waren Q!« erwiderte Lwaxana. »Jetzt sind Sie ein Ex-Q!«

Das Geschöpf in Gestalt eines Mannes fühlte, wie es zu erstarren begann. Zuerst verlor es die Kontrolle über seine Arme, und als es zu fliehen versuchte, verweigerten ihm auch die Beine den Gehorsam. Q senkte den Blick und stellte entsetzt fest, warum er sich nicht mehr von der Stelle rühren konnte: Er hatte im wahrsten Sinne des Wortes Wurzeln geschlagen. Seine Finger verwandelten sich in kleine Zweige. Es knackte und knirschte, während er zu einem Baum metamorphierte.

Er versuchte alles, um die Bewegungsfreiheit zurückzubekommen. Seine ganze Macht setzte er ein, doch irgend etwas schien sie einfach zu absorbieren. Er konnte

258

sich nicht zur Wehr setzen, sich nicht schützen. Ein fremder Einfluß hinderte ihn daran, geistige Energie zu fokussieren ...

Etwas zischte. Qs Hals bestand inzwischen ebenfalls aus Holz, hatte sich jedoch einen Rest von Flexibilität bewahrt. Langsam hob er den Kopf.

Lwaxana näherte sich und schwang eine *Deelar*, eine betazoidische Waffe, die bemerkenswerte Ähnlichkeit mit einer Axt aufwies. Die Klinge blitzte, und davon herabtropfendes Blut sorgte für eine gewisse Dramatik. Mrs. Troi lächelte zufrieden.

»Nein!« heulte Q, und es überraschte ihn ein wenig, daß er nicht die Stimme verloren hatte.

»Jetzt ist es soweit«, sagte Lwaxana fest. »Jetzt rechnen wir ab.«

»Mutter!« ertönte es.

Die Betazoidin drehte sich nicht zu ihrer Tochter um. »Später, Schatz. Derzeit bin ich beschäftigt. Muß ein bißchen Holz hacken.«

»Bitte nicht, Mutter!« Deanna griff nach Lwaxanas Arm und achtete darauf, daß ihre Finger der *Deelar* nicht zu nahe kamen. Etwa anderthalb Meter entfernt zitterten Qs Äste. »Genug! Du hast deutlich auf deinen Standpunkt hingewiesen! Er weiß, daß du zornig bist.«

»Er hat mich gedemütigt! Nie wieder wird mich jemand respektieren.«

Auch Picard war zugegen. »Das stimmt nicht, Lwaxana. Wir alle respektieren Sie.«

»Eins steht fest«, brummte Worf. »*Ich* möchte mir nicht Ihren Ärger zuziehen.«

»Er muß sich entschuldigen«, beharrte Lwaxana.

»Entschuldigen Sie sich, Q«, sagte Picard.

Die Entität schwieg.

»Q ...«, warnte der Captain.

»Eigentlich ist sie gar nicht in der Lage, mich zu verletzen.« Es sollte überzeugt klingen, aber Zweifel vibrierte in jeder Silbe.

»Sind Sie bereit, Leib und Leben darauf zu wetten?«
fragte Riker.

»Er will's nicht anders.« Lwaxana winkte. »Treten Sie
beiseite, Riker.« Sie holte versuchsweise mit der Axt
aus, zielte auf den Unterleib des Hilflosen.

»Es tut mir leid!« stieß Q hervor. »Hören Sie? Es tut
mir leid! Ich habe mich abscheulich verhalten. Ein ech-
tes Ekel bin ich gewesen, jawohl! Ich weiß überhaupt
nicht, was in mich gefahren ist. Daß mir derart wider-
wärtige Gedanken durch den Kopf gingen ... Ich werde
sie für immer aus meinem Ich verbannen. Oh, ich bin
ein gemeines, hinterhältiges und heimtückisches Individuum, das es nicht verdient, im gleichen Universum zu
weilen wie die tausendmal gepriesene Lwaxana Troi!
Sind Sie jetzt zufrieden?«

Die Betazoidin zögerte und überlegte.

»Ich glaube nicht, daß Sie es ernst meinen«, erwiderte
sie und holte aus.

Picard legte ihr die Hand auf die Schulter. »Genug,
Lwaxana«, sagte er fest. »Es *reicht* jetzt.«

Langsam ließ sie die Axt sinken und blinzelte sie fort.

»Ich hätte wirklich zugeschlagen«, murmelte sie.

Picard nickte. »Ja, das wissen wir.«

Eine Sekunde später war Q wieder ein Mann. Er taumelte, wankte zur Wand und schnappte nach Luft.

Lwaxana trat auf ihn zu, und er zuckte zusammen.
»Sie haben mich verletzt«, sagte sie. »Sie haben mich
auf eine Weise verletzt, die ich bisher überhaupt nicht
für möglich hielt. Sie verachten die Menschen und alle
Sterblichen. Sie behaupten, weit über Gefühlen und
dergleichen zu stehen. Wissen Sie, was ich glaube?
Nun, ich glaube, Sie sind es gar nicht wert, zu Emotionen fähig zu sein. Sie sind es nicht wert, Liebe zu erfahren.« Ihre Stimme bebte. »Sie sind es einfach nicht
wert.« Mit einem Ruck drehte sie sich um und ging
fort.

Deanna wollte ihr folgen, blieb jedoch stehen, als

ein scharfes *Laß mich allein, Kleine* hinter ihrer Stirn erklang.

Q nahm auf dem Boden Platz und versuchte, sich wieder zu fassen. Nach einigen Sekunden sah er verärgert auf. »Warum grinsen Sie so, Worf?«

»Nur so«, erwiderte der Klingone zufrieden. »Ich grinse nur so. Wegen einer völlig banalen und trivialen Angelegenheit.«

»Ihre Beleidigungen bedeuten mir nichts«, entgegnete Q. »Was auch immer Sie sagen — es berührt mich nicht. Aber jene Frau, jene ... verdammte ... Frau!« Wut vibrierte in diesen Worten. »Nie zuvor bin ich jemandem begegnet, der einen so zur Raserei bringen kann!« Er stand auf und erzitterte am ganzen Leib. Die für Q typische kühle Arroganz fiel von ihm ab und wich der Hitze von Zorn. »Ich kann mich nicht daran erinnern, daß es jemals einem Individuum gelungen ist, eine derartige Wut in mir zu wecken! Es ist erstaunlich. Wenn ich vor dem inneren Auge ihr Gesicht sehe, möchte ich es am liebsten zerstampfen. Faszinierend! Ich verabscheue sie. Ich *hasse* sie. Es geht gar nicht darum, daß sie mir so sehr zusetzte, mich in große Bedrängnis brachte. Ähnliche Demütigungen erlebte ich, als ich meine Macht verlor, aber ich empfand nicht annähernd auf diese Weise. Eine solche Rage, die das ganze Denken beherrscht ...«

Picard wirkte völlig gelassen. »Häufig deutet ein extremes Gefühl auf die Existenz einer weiteren intensiven Emotion hin.«

»Worauf wollen Sie hinaus?« fragte Q.

»Nun, jene Personen, die wir mehr lieben als alle anderen, sind in der Lage, uns in den Wahnsinn zu treiben. Weil wir uns ihnen öffnen und dadurch verwundbar werden. Anders ausgedrückt: Es ist durchaus möglich, daß Sie Mrs. Troi tatsächlich lieben. Vielleicht sind Sie deshalb so zornig.«

»Unsinn. Ich ...« Er verzog das Gesicht, als er darüber nachdachte. »Nein, ausgeschlossen. Ich kann mich nicht verlieben. Das ist völlig unmöglich. Ich bin eine Entität, die mehr Macht hat, als Sie sich auch nur erträumen können. Einem so armseligen Gefühl wie der Liebe zum Opfer zu fallen — das wäre ...«

»Sehr menschlich«, beendete Riker den Satz und streute Salz in die seelische Wunde.

»Sie haben zuviel Zeit in der Gesellschaft von Menschen verbracht, Q«, sagte Picard. »Ihrer Psyche gelang es nicht, eine angemessene Immunität zu entwickeln, und jetzt werden wir ansteckend für Sie. Sie leiden an einer Krankheit namens Menschlichkeit.«

»Besorgen Sie sich Haar, Jean-Luc«, erwiderte Q mit seiner früheren Arroganz. »Ihr Gehirn wird kalt.« Licht gleißte, und das Wesen verschwand.

»Ein Glück, daß wir den los sind«, knurrte Worf.

»Oh, ich weiß nicht«, sagte Picard langsam. »Ich gebe es nicht gern zu, aber ... Irgendwie habe ich begonnen, mich an ihn zu gewöhnen.«

»Soll das ein Witz sein, Captain?« entfuhr es Riker erschrocken.

Jean-Luc drehte sich zu ihm um. »Ja, Nummer Eins. Ich habe mir einen Scherz erlaubt.« Aber eigentlich war er sich da nicht so sicher.

Lwaxana saß allein in ihrer Kabine und gab sich ganz der Niedergeschlagenheit hin. Sie starrte in den Spiegel, betrachtete ihr Abbild.

Sie kam sich lächerlich und närrisch vor. Göttliche Macht stand ihr zur Verfügung, doch sie konnte nicht einmal lächeln.

Tränen schimmerten in ihren Augen, und plötzlich weinte Lwaxana Troi. Sie hob die Hände vors Gesicht und schluchzte, schwamm in einer Flut des Kummers und Selbstmitleids.

»Hier«, ertönte eine Stimme.

Sie ließ die Hände wieder sinken.

Ein schlanker blonder Mann stand vor ihr. Er trug einen schlichten grünen Overall und reichte ihr ein Taschentuch. »Nehmen Sie.«

Lwaxana griff dankbar danach und putzte sich die Nase. »Ich habe nicht gehört, wie Sie hereingekommen sind. Mit wem habe ich die Ehre?«

»Ich bin Q«, sagte der Besucher.

Mrs. Troi starrte ihn an. »Ich finde das nicht komisch. Mir ist durchaus bekannt, wie Q aussieht, und dieses Wissen nehme ich ins Grab mit. Falls ich jemals sterbe ...«

»Oh, Sie werden sterben, wenn es soweit ist«, erwiderte der Mann. »Glauben Sie mir. Nun, ich bin ein anderer Q.«

»Q Zwei?« fragte Lwaxana verwirrt.

»Wenn Sie so wollen ...« Der Fremde blickte anerkennend auf seine Hände hinab. »Alles am richtigen Platz.«

»Gehen wir einmal von der Annahme aus, daß ich Ihnen glaube«, sagte die Betazoidin. »Was führt Sie hierher?«

Der Mann wanderte durchs Zimmer, griff hier und dort nach Gegenständen, um sie neugierig zu betrachten. »Wir haben Q im Auge behalten, um sicherzustellen, daß er seine Macht nicht auf die gleiche verwerfliche Art benutzt wie vorher.«

»Er erwähnte, daß er niemanden unter Druck setzen oder zu etwas zwingen darf ...«

»Jene Hinweise entsprachen der Wahrheit«, bestätigte Q Zwei. »Wie dem auch sei: Er benutzte seine Macht nicht auf die *gleiche* verwerfliche Art, sondern auf eine *neue* verwerfliche Art. Er agierte auf eine Weise, die uns nicht genug Anlaß gab, unmittelbare Maßnahmen gegen ihn zu ergreifen, aber leider ließ sein Verhalten auch keinen Besserungswillen erkennen. Als er versuchte, die Macht zurückzunehmen, die er Ihnen gegeben hat ... Da sahen wir eine günstige Gelegenheit, ihm eine Lektion zu erteilen.«

»Sie haben mir geholfen, die Macht zu behalten?« fragte Lwaxana ungläubig.

»Lange genug, um es ihm mit gleicher Münze heimzuzahlen.« Q Zwei lächelte. »Sie waren sehr einfallsreich. Ich habe viele Bilder aufgezeichnet und kann es gar nicht abwarten, sie den anderen im Kontinuum zu zeigen. Insbesondere die Episode in der Squash-Halle. Bemerkenswert. Eines echten Q durchaus würdig.«

»Danke.« Lwaxana lächelte. »Ich war wirklich gut, nicht wahr?«

»Und ob«, antwortete der Besucher. »Ich hoffe, Q läßt sich das eine Lehre sein. Er weiß jetzt, was es bedeutet, selbst zu leiden.«

»Ich habe dafür gesorgt, daß er sich in Zukunft nicht so ohne weiteres dazu hinreißen läßt, irgendwelche Leute schlecht zu behandeln.« Lwaxana schmunzelte, und schließlich lachte sie laut und kehlig. »Ja, das wird er sich genau überlegen.«

»Jetzt wird's Zeit, daß die Macht zu uns zurückkehrt.« Q Zwei schnippte mit den Fingern.

Mrs. Troi sackte ein wenig in sich zusammen, als sich etwas tief in ihrem Innern verflüchtigte. Sie verglich den Vorgang mit der Betätigung eines Lichtschalters, der es plötzlich an einer bestimmten Stelle dunkel werden ließ. »Schade«, murmelte sie traurig. »Mir gefiel die Vorstellung, Deanna zu schützen ...«

»Vielleicht hätte die Gefahr bestanden, daß Sie Ihre Tochter zu sehr bemuttern.«

»Mag sein. Nun, vermutlich ist es besser so. Sie scheinen sehr klug und weise zu sein.« Lwaxana musterte den Mann nachdenklich. »Außerdem mangelt es Ihnen nicht an Attraktivität.«

Q Zwei hob einen mahnenden Zeigefinger. »Denken Sie nicht einmal daran«, sagte er und verschwand.

Mrs. Troi zuckte mit den Schultern. »Ein Versuch kann nie schaden.«

Q saß auf dem Haus-Schiff der Nistral und beobachtete die *Enterprise* aus sicherer Entfernung. Als Q Zwei neben ihm erschien, drehte er sich nicht einmal um. »Ich hätte wissen sollen, daß du dafür verantwortlich bist.«

»Die Verantwortung kommt allein dir zu«, erwiderte Q Zwei. »Er hat ins Schwarze getroffen, nicht wahr?«

»Wer?«

»Picard. Du stehst jetzt in seiner Schuld, weil er dir das Leben rettete. An deiner Stelle würde ich überlegen, welchen Dienst ich ihm dafür erweisen kann.« Q Zwei lächelte amüsiert. »Sie hat dich wirklich erwischt, nicht wahr? Nicht nur körperlich — wofür sie meine Hilfe brauchte. Ich meine geistig.«

»Unsinn. Sie war überhaupt nicht imstande, irgendeine Art von Einfluß auf mich auszuüben.«

Q Zwei ging in die Hocke. »Du kannst dich selbst belügen, Q, vielleicht auch Picard und die anderen, aber mich nicht. Du hast etwas für Lwaxana Troi empfunden.«

Q schüttelte den Kopf. »Unmöglich. Ich stehe über der Liebe.«

»Oder auch nicht. Vielleicht steht niemand über der Liebe. Vielleicht ist ihre Macht viel zu groß. Vielleicht ging es Picard darum, dir diese Erkenntnis zu vermitteln.«

»Vielleicht redest du zuviel.«

»Es bleibt unter uns, Q. Niemand erfährt davon. Nicht einmal das Kontinuum.«

Q sah erneut zur *Enterprise*, die noch weiter entfernt zu sein schien als vorher.

Er seufzte.

»Sie war wundervoll, nicht wahr?«

»Ja«, pflichtete ihm Q Zwei bei.

»Selbst wenn ich jetzt beschlösse, zu ihr zurückzukehren ... Sie würde mich fortschicken.«

»Ja, das glaube ich auch. Immerhin hast du einige scheußliche Dinge gesagt.«

»Na schön.« Q stand auf. »Eigentlich gibt es an der derzeitigen Situation überhaupt nichts auszusetzen. Ich meine, ich bin ein Gott, und Lwaxana Troi ist eine Sterbliche.«

»Auch Götter haben ihre Schwächen«, ließ sich Q Zwei vernehmen.

Q warf ihm einen durchdringenden Blick zu und verschwand. Q Zwei lachte leise in der schwarzen, kalten Leere des Alls.

KAPITEL 26

Ich berufe mich hiermit auf meine Befugnisse als Captain der USS *Enterprise*.« Picard lächelte. »Mit dem Segen der Tizarin-Götter erkläre ich Sie für Mann und Frau.«

Kerin und Sehra wandten sich einander zu. Der junge Mann umarmte seine Frau und küßte sie. Das Publikum jubelte und applaudierte. Hier und dort seufzte jemand erleichtert. Picard schloß das große Zeremonienbuch und schickte ein stummes Dankgebet gen Himmel.

Später fand eine Party im Schatten der simulierten Genesis-Bäume statt. Die Junior-Offiziere der Band bliesen wieder in ihre Saxophone und Trompeten; ein vom Holo-Deck geschaffener Vogel flog am Himmel, krächzte und beobachtete das Geschehen neugierig.

Wesley trat zu Graziunas, der sich in Begleitung von Nistral langsam vollaufen ließ. »Wenn Sie gestatten, Sir ...«, begann Wesley. »Ich muß mit Ihnen reden, von Mann zu Mann.«

»Von Mann zu Mann, junger Herr!« donnerte Graziunas fröhlich und legte Wesley einen muskulösen Arm um die Schultern. »Und worüber möchten Sie mit mir sprechen, von Mann zu Mann?«

»Über Karla.«

»Karla! Meinen Sie jene Dienerin, die meine Tochter schon seit einer ganzen Weile loswerden möchte?«

Wesley riß die Augen auf. »Wie bitte?«

»Das Mädchen ist eine echte Katastrophe. Läßt dauernd irgendwelche Dinge fallen, stößt etwas um und tritt Leuten auf die Füße. Einmal hat sie mir den rechten großen Zeh gebrochen! Unglaublich, nicht wahr?«

»Keineswegs«, erwiderte Wesley.

»Meine Tochter versucht dauernd, Karla irgendeinem Ahnungslosen als Geschenk zu überlassen. Aber früher oder später schickt man sie immer wieder zu uns zurück.«

»Und deshalb sind Sie nicht beleidigt?«

»Beleidigt?« wiederholte Graziunas verwirrt. »Warum sollte sich jemand beleidigt fühlen, wenn ein Geschenk zurückgegeben wird? In Karlas Fall ist so etwas gut zu verstehen. Worauf wollen Sie hinaus, junger Mann?«

»Sie hat gelogen«, murmelte Wes.

»Frauen lügen immer. Damit Männer hören, was sie hören möchten.«

»Ich ... Ich meine, der Kampf ist jetzt vorüber, und wenn Sehra beabsichtigt, mir Karla zurückzugeben ...«

»Möchten Sie die Dienerin?«

»*Nein!*« Wesley hatte mit Graziunas sprechen wollen, um einer solchen Möglichkeit vorzubeugen. »Ganz und gar nicht.«

»Nun, das freut mich. Es scheint nämlich, daß meiner Tochter plötzlich viel an ihrer Zofe liegt. Weil Karla ihr geholfen hat, als sie die Spritztour mit dem Kampfschiff unternahm. Eine verrückte Sache. Frauen! Man wird nicht schlau aus ihnen, oder?«

Wesley nickte. »Frauen.«

Graziunas drückte seine Schulter. »Sagen Sie, junger Herr ... Was halten Sie von einer Kraftprobe im Armdrücken?«

Wesley starrte auf die große Hand, die sich um seine Schulter schloß, und er ahnte, daß ihm ein neuerlicher Aufenthalt in der Krankenstation bevorstand.

Lwaxana trug wieder Schwarz. »Genug ist genug, Mutter«, sagte Deanna und nippte an ihrem Drink. Riker,

Picard und Data standen in der Nähe und sahen amüsiert zu. »Hör endlich mit dem Trauer-Unfug auf.«

»Bleibt mir eine Wahl, Kleine?« erwiderte Lwaxana. »Du machst es so schwer für mich.«

»Ich mache es schwer für dich?«

»Ja«, bestätigte Mrs. Troi. »An Bord dieses Schiffes gibt es viele Männer, die eine gute Partie für dich wären. Außerdem ...«

Deanna seufzte tief, senkte den Kopf und erweckte den Anschein, bei etwas ertappt worden zu sein. »Na schön, Mutter. Ich kann es nicht länger vor dir verbergen. Wir haben dieses Thema gerade erörtert und sind nun bereit, unsere Verlobung bekanntzugeben.«

»Wen hast du gewählt?« fragte Lwaxana überrascht.

Deanna drehte sich um und ging zu den *Enterprise*-Offizieren. Mrs. Troi glaubte zu erkennen, wie sich ihre Tochter an Riker wandte, und sie klatschte entzückt in die Hände.

Die Counselor ergriff Data am Arm und zog ihn mit sich. Picard und Riker lachten, während der Androide verwirrt die Stirn runzelte.

»Mein Verlobter«, sagte Deanna zu ihrer Mutter.

Datas Blick glitt vom Lächeln der Counselor zum erbleichenden Gesicht von Lwaxana. »Faszinierend«, meinte der Androide. »Ich sehe diesem Experiment mit großem Interesse entgegen. Sollten aus der Verbindung zufälligerweise Kinder hervorgehen, so werden wir sie nach Ihnen nennen, Mrs. Troi.«

»Ihre zukünftige Schwiegermutter steht vor Ihnen, Data«, warf Riker ein. »Sprechen Sie sie mit ›Mom‹ an.«

»Mom«, sagte der Androide gehorsam.

»Jetzt brauche ich einen Drink«, ächzte Mrs. Troi und ging zur Theke.

☰STAR TREK™

in der Reihe
HEYNE SCIENCE FICTION & FANTASY

Vonda N. McIntyre, Star Trek II: Der Zorn des Khan · 06/3971
Vonda N. McIntyre, Der Entropie-Effekt · 06/3988
Robert E. Vardeman, Das Klingonen-Gambit · 06/4035
Lee Correy, Hort des Lebens · 06/4083
Vonda N. McIntyre, Star Trek III: Auf der Suche nach Mr. Spock · 06/4181
S. M. Murdock, Das Netz der Romulaner · 06/4209
Sonni Cooper, Schwarzes Feuer · 06/4270
Robert E. Vardeman, Meuterei auf der Enterprise · 06/4285
Howard Weinstein, Die Macht der Krone · 06/4342
Sondra Marshak & Myrna Culbreath, Das Prometheus-Projekt · 06/4379
Sondra Marshak & Myrna Culbreath, Tödliches Dreieck · 06/4411
A. C. Crispin, Sohn der Vergangenheit · 06/4431
Diane Duane, Der verwundete Himmel · 06/4458
David Dvorkin, Die Trellisane-Konfrontation · 06/4474
Vonda N. McIntyre, Star Trek IV: Zurück in die Gegenwart · 06/4486
Greg Bear, Corona · 06/4499
John M. Ford, Der letzte Schachzug · 06/4528
Diane Duane, Der Feind — mein Verbündeter · 06/4535
Melinda Snodgrass, Die Tränen der Sänger · 06/4551
Jean Lorrah, Mord an der Vulkan Akademie · 06/4568
Janet Kagan, Uhuras Lied · 06/4605
Laurence Yep, Herr der Schatten · 06/4627
Barbara Hambly, Ishmael · 06/4662
J. M. Dillard, Star Trek V: Am Rande des Universums · 06/4682
Della van Hise, Zeit zu töten · 06/4698
Margaret Wander Bonanno, Geiseln für den Frieden · 06/4724
Majliss Larson, Das Faustpfand der Klingonen · 06/4741
J. M. Dillard, Bewußtseinsschatten · 06/4762
Brad Ferguson, Krise auf Centaurus · 06/4776
Diane Carey, Das Schlachtschiff · 06/4804
J. M. Dillard, Dämonen · 06/4819
Diane Duane, Spocks Welt · 06/4830
Diane Carey, Der Verräter · 06/4848
Gene DeWeese, Zwischen den Fronten · 06/4862
J. M. Dillard, Die verlorenen Jahre · 06/4869
Howard Weinstein, Akkalla · 06/4879
Carmen Carter, McCoys Träume · 06/4898
Diane Duane & Peter Norwood, Die Romulaner · 06/4907
John M. Ford, Was kostet dieser Planet? · 06/4922
J. M. Dillard, Blutdurst · 06/4929
Gene Roddenberry, Star Trek (I): Der Film · 06/4942
J. M. Dillard, Star Trek VI: Das unentdeckte Land · 06/4943
Jean Lorrah, Die UMUK-Seuche · 06/4949
A. C. Crispin, Zeit für gestern · 06/4969
David Dvorkin, Die Zeitfalle · 06/4996

STAR TREK™

Barbara Paul, Das Drei-Minuten-Universum · 06/5005
Judith & Garfield Reeves-Stevens, Das Zentralgehirn · 06/5015
Gene DeWeese, Nexus · 06/5019
Mel Gilden, Baldwins Entdeckungen · 06/5024
D. C. Fontana, Vulkans Ruhm · 06/5043
Judith & Garfield Reeves-Stevens, Die erste Direktive · 06/5051
Michael Jan Friedman, Das Doppelgänger-Komplott · 06/5067
Judy Klass, Der Boacozwischenfall · 06/5086 (in Vorb.)
Julia Ecklar, Kobayashi Maru · 06/5103 (in Vorb.)

STAR TREK: DIE NÄCHSTE GENERATION:

David Gerrold, Mission Farpoint · 06/4589
Gene DeWeese, Die Friedenswächter · 06/4646
Carmen Carter, Die Kinder von Hamlin · 06/4685
Jean Lorrah, Überlebende · 06/4705
Peter David, Planet der Waffen · 06/4733
Diane Carey, Gespensterschiff · 06/4757
Howard Weinstein, Macht Hunger · 06/4771
John Vornholt, Masken · 06/4787
David & Daniel Dvorkin, Die Ehre des Captain · 06/4793
Michael Jan Friedman, Ein Ruf in die Dunkelheit · 06/4814
Peter David, Eine Hölle namens Paradies · 06/4837
Jean Lorrah, Metamorphose · 06/4856
Keith Sharee, Gullivers Flüchtlinge · 06/4889
Carmen Carter u. a., Planet des Untergangs · 06/4899
A. C. Crispin, Die Augen der Betrachter · 06/4914
Howard Weinstein, Im Exil · 06/4937
Michael Jan Friedman, Das verschwundene Juwel · 06/4958
John Vornholt, Kontamination · 06/4986
Peter David, Vendetta · 06/5057
Peter David, Eine Lektion in Liebe · 06/5077
Howard Weinstein, Die Macht des Formers · 06/5096 (in Vorb.)

STAR TREK: DIE ANFÄNGE:

Vonda N. McIntyre, Die erste Mission · 06/4619
Margaret Wander Bonanno, Fremde vom Himmel · 06/4669
Diane Carey, Die letzte Grenze · 06/4714

STAR TREK: DEEP SPACE NINE:

J. M. Dillard, Botschafter · 06/5115

DAS STAR TREK-HANDBUCH:

überarbeitete und aktualisierte Neuausgabe!
von *Ralph Sander* · 06/4900

Diese Liste ist eine Bibliographie erschienener Titel
KEIN VERZEICHNIS LIEFERBARER BÜCHER!

Perry Rhodan

Die größte Science Fiction-Serie der Welt. Über eine Milliarde verkaufte Exemplare in Deutschland.

16/373

Außerdem erschienen:

Robert Feldhoff
Terra in Trance
16/368

Peter Terrid
Das Aralon-Komplott
16/369

Susan Schwartz
Welt der Prospektoren
16/370

Horst Hoffmann
Luminia ruft
16/371

Kurt Mahr
Das Gremium der Vier
16/372

Wilhelm Heyne Verlag
München